LE MIROIR DE VÉRITÉ

1

DU MÊME AUTEUR

SÉRIE LA PORTE des ANGES

1. *Le complot d'Éphèse*
2. *La quatrième clé*
3. *Les cavaliers du chaos*
4. *La morsure du temps*

Michael Dor

LE MIROIR DE VÉRITÉ

1

LE BÂTON DES PRODIGES

MÉDIASPAUL

Illustration de la couverture : © *Julien Chheng*

Éditions Médiaspaul,
48 rue du Four
75006 Paris
editeur@mediaspaul.fr
ISBN 978-2-7122-1238-4

Pour le Canada :
Médiaspaul,
3965 boulevard Henri-Bourassa Est
Montréal, QC, H1H 1L1
www.mediaspaul.qc.ca
mediaspaul@mediaspaul.qc.ca

Imprimé en France

Prologue

Il y a des choses qu'il vaut mieux oublier.

Ce sont des souvenirs trop difficiles à porter, des souvenirs qui vous empêchent de trouver le sommeil, qui blanchissent cruellement vos nuits et vos cheveux…

Le Vénitien ne parvenait plus à dormir depuis longtemps. Il y avait trop de bruit et de fureur dans sa tête, trop de cris et de pleurs.

L'homme avait vieilli prématurément. Son visage parcheminé n'était plus que rides, et ses muscles, qu'il avait autrefois si solides, s'étaient considérablement amollis.

Mais, cette nuit-là, le maître verrier éprouva un profond soulagement. Un sentiment qu'il n'avait plus ressenti depuis bien longtemps. Il regardait avec émotion le travail qu'il avait accompli : l'œuvre de toute une vie !

Les creusets qui l'entouraient fumaient encore légèrement. L'argent, le cuivre et l'étain refroidissaient lentement, paisiblement.

Quant à la plaque de verre, méticuleusement nettoyée avec de l'eau de source très pure, elle achevait de sécher sur le chevalet dressé au centre de la tente.

« C'est fini », pensa l'artisan en regardant ses mains couvertes de brûlures.

Il se sentait épuisé. Épuisé, mais soulagé. À présent que sa mission était terminée, le Vénitien n'aspirait plus qu'à une chose : retourner chez lui, dans sa douce Italie, et oublier ces jours terribles qu'il avait vécus.

L'artisan sortit de la tente et s'adressa aux gardes :

— Dites au Grand Maître que je veux le voir !

Les deux soldats, portant une croix rouge sur leur tunique, hochèrent la tête. Puis, sans dire un mot, ils s'éloignèrent à grands pas.

Le vieil homme huma un instant l'air tiède de la nuit, contemplant les étoiles qui brillaient dans le ciel noir comme de l'encre. Une forte odeur de pin et d'iode chatouilla agréablement ses narines.

« Je vais quitter l'île de Chypre, murmura-t-il. Enfin ! »

Il retourna sous la tente et s'assit sur un siège de bois pour attendre Jacques de Molay, le 23e Grand Maître du prestigieux ordre des Templiers.

L'artisan italien regarda son matériel qui traînait, en se demandant s'il allait le prendre avec lui ou le laisser là.

« J'abandonne tout ! décida-t-il. J'ai réalisé l'œuvre de ma vie. Je n'ai plus rien à apprendre. »

Une fois de plus, sa mémoire l'entraîna malgré lui en Terre Sainte, le funeste 18 mai 1291, à Saint-Jean-d'Acre, dans la citadelle assiégée par le sultan Al-Ashraf. La violence des combats entre l'armée croisée et les Sarrasins avait été inouïe, effroyable. Depuis, l'odeur du sang n'avait jamais cessé de l'imprégner. Il la sentait partout, tout le temps. Les scènes de massacre de ces hommes, de ces femmes et de ces enfants l'obsédaient jour et nuit. Il aurait voulu s'arracher les yeux, si ce geste fou lui avait permis de ne plus voir cette inqualifiable cruauté humaine. Mais il devait vivre avec ses souvenirs gravés dans son âme comme au fer rouge, et ses démons intérieurs ne le laissaient jamais en paix.

Le Grand Maître Jacques de Molay, suivi de quelques compagnons et d'un ébéniste, entra sous la tente et se dirigea directement vers le chevalet de bois. Il resta silencieux pendant un long moment en regardant le travail de l'artisan. Puis il tourna la tête vers le Vénitien qui n'avait pas bougé de son siège et dit :

— Tu as fort bien travaillé, Guido. Il est absolument parfait ! Je n'ai jamais vu un miroir aussi magnifique.

— C'est le mercure qui lui donne tout son éclat !, expliqua modestement le maître verrier. Cette technique est toute nouvelle. C'est la première fois qu'un modèle de ce type voit le jour. Ce miroir est fait pour traverser les siècles. Sa solidité est exceptionnelle…

L'artisan n'avait pas besoin de vanter son œuvre. Jacques de Molay savait parfaitement que cet objet était unique, fabuleux. Non seulement Guido était un génie dans son domaine, mais ce qu'il ignorait, c'est qu'il avait de surcroît été guidé par des créatures célestes, des anges de Dieu.

Le Grand Maître lissa sa barbe qu'il avait longue et bien brossée. Un instant, il eut une pensée pour le premier miroir qui avait été brisé par les Sarrasins lors de la prise de Saint-Jean-d'Acre. La perte avait été immense, catastrophique. La nuit même de cette funeste destruction, le Grand Maître de l'Ordre, Guillaume de Beaujeu, avait été mortellement blessé par une flèche ennemie. Sur le bateau qui emmenait les derniers survivants de cet effroyable massacre marquant la fin de la présence des chrétiens en Terre Sainte, Jacques de Molay avait alors affronté un adversaire encore plus terrifiant que le sultan lui-même. La créature qui s'était battue avec lui sur le pont était immense, effrayante, avec des yeux de braise et deux grandes ailes noires dans le dos.

Satan.

La destruction du miroir avait été accueillie par le monde infernal comme l'une de ses plus grandes victoires. L'ordre des Templiers avait failli. Et le Prince des Ténèbres était venu humilier une nouvelle fois le moine-soldat.

— Tes jours sont comptés, lui avait-il dit avant de disparaître, au lever du jour.

Un peu plus tard, Jacques de Molay avait été élu Grand Maître, à Chypre. Il avait alors décidé de faire reconstruire le miroir. Le Vénitien, choisi pour mener à bien cette entreprise, avait fait le tour du monde pour apprendre de nouvelles techniques. Ensuite, de longs mois avaient été nécessaires pour la réalisation de ce chef-d'œuvre.

Cette nuit-là, sous la tente de l'artisan verrier, Jacques de Molay pouvait savourer sa revanche.

— Tu fabriqueras un cadre en ébène, ordonna encore le Grand Maître à l'ébéniste. Je te dirai les mots qu'il faudra graver dessus.

Le menuisier hocha la tête et alla sur-le-champ chercher son bois et ses instruments.

Jacques de Molay s'approcha de Guido et lui serra la main avec chaleur.

— Tu peux retourner chez toi, mon ami. Sache que les souvenirs douloureux resteront ici, à Chypre. Tu finiras ta vie paisiblement, auprès des tiens.

— Merci, Maître, répondit le Vénitien qui embrassa la main du Templier. Puisse le Ciel vous entendre !

Jacques de Molay était heureux. Cette fois, l'ordre saurait se montrer à la hauteur des événements : le nouveau miroir était entre de bonnes mains.

Mais le Grand Maître se trompait.

Quelques années plus tard, il était condamné à mourir sur un bûcher, et l'ordre des Templiers était définitivement éradiqué.

Heureusement, le moine soldat, juste avant son arrestation, avait confié secrètement le miroir à un jeune garçon.

L'enfant avait appris à utiliser l'objet et à le protéger. Peu avant sa mort, il l'avait confié à une personne de confiance de son entourage.

C'est ainsi que le miroir traversa les siècles.

Puis, un jour, il fut égaré.

1
La brocante

École communale de Wasincourt, dans le département du Nord, le 23 décembre 1952...

— Abracadabra !

Deux colombes blanches sortirent des foulards de soie multicolores. Elles battirent des ailes pour trouver leur équilibre sur les doigts effilés du prestidigitateur.

Les écoliers rassemblés dans le réfectoire transformé pour l'occasion en une salle de spectacle poussèrent des cris d'admiration et applaudirent avec énergie. Leurs instituteurs en blouse grise, debout au fond de la salle ou près des hautes fenêtres, exprimaient un enthousiasme nettement plus modéré. Ils avaient horreur d'être confrontés à l'inexplicable et craignaient par-dessus tout les questions de leurs élèves du genre : « M'sieur ! C'est quoi, le truc pour faire apparaître des tourterelles ? » Car, ils devraient bien alors l'avouer, ils n'en avaient aucune idée...

Les colombes s'envolèrent pour la plus grande joie des enfants, firent un tour de la salle et se posèrent docilement sur un petit guéridon tendu d'une étoffe noire. Le magicien s'inclina avec humilité en écartant les bras et déposa ses foulards dans le chapeau haut de forme que lui tendait sa partenaire, une femme gracile habillée d'une robe rouge-sang.

— Et maintenant, j'ai l'honneur de vous présenter un tour qui nécessite une concentration absolue.

Le visage du magicien était devenu grave comme s'il redoutait de devoir exécuter cette partie du spectacle. Les écoliers frémirent avec une sombre jubilation. Quelques filles au premier rang se mirent à glousser, les yeux brillant d'excitation.

L'illusionniste désigna de la main un garçon d'une dizaine d'années qui était resté dissimulé jusque-là derrière le grand rideau et qui venait de faire son entrée. L'enfant, habillé d'un petit costume semblable à celui du magicien, poussait cérémonieusement devant lui une caisse de bois posée sur des tréteaux à roulettes. Il plaça l'espèce de gros cercueil au centre de l'estrade, inclina mécaniquement la tête vers les spectateurs et s'éclipsa dans les coulisses.

— Je vous demande la plus grande attention, reprit le prestidigitateur d'une voix caverneuse. Le numéro que vous allez voir maintenant est particulièrement dangereux.

Une onde de frayeur parcourut l'assistance. Certains élèves mal intentionnés sourirent méchamment...

La partenaire du magicien revint sur scène en tenant à bout de bras une énorme scie de charpentier.

— La femme coupée en deux ! s'écria un blondinet aux cheveux bouclés. Je m'en doutais !

Quelques garçons furent tentés de se lever pour ne perdre aucune miette du spectacle croustillant qui s'annonçait, mais les instituteurs eurent vite fait de les calmer.

— On reste assis ! Taisez-vous ! Silence !!!

Les maîtres et les maîtresses gardèrent un visage impassible devant leurs élèves, tant pour les rassurer que pour leur montrer que ce genre d'exhibition horrifique n'avait qu'un piètre intérêt à leurs yeux. Toutefois, ils ne pouvaient s'empêcher de regarder avec une curiosité mêlée de crainte l'étrange boîte de bois qui trônait sur la scène.

Le magicien s'approcha lentement de la caisse et actionna quelques loquets. Les panneaux de bois latéraux basculèrent de part et d'autre des tréteaux. On pouvait voir l'intérieur de la boîte, peinte en noir.

— Comme vous pouvez le constater, ce coffre est parfaitement normal.

La femme en rouge adressa un petit signe de la main aux spectateurs comme si elle leur disait au revoir et se coucha docilement sur la planche du fond. Sa tête et ses pieds dépassaient de chaque côté de la caisse lorsque le magicien releva les pans.

La partenaire du magicien tourna alors son visage vers les élèves. Son sourire, en parfait décalage avec les traits tendus de l'illusionniste, disait toute la confiance qu'elle faisait à cet homme qui s'apprêtait pourtant à la couper en deux. Le magicien posa le couvercle sur la boîte et, saisissant l'énorme scie, se posta derrière la malle.

— Je demande toute votre attention.

Lorsqu'il posa l'outil dans l'encoche centrale et qu'il commença à scier, les enfants poussèrent simultanément des « waouh » horrifiés. Mais la femme continuait à sourire paisiblement et à remuer ses pieds, comme si la lame la chatouillait agréablement.

Lorsque la scie eut traversé la caisse de part en part, le magicien salua les spectateurs médusés. La salle crépita en vigoureux applaudissements, mais le prestidigitateur leva la main pour réclamer le silence.

Il rassembla en quelques gestes rapides les éléments séparés de la caisse, remit les crochets en place, souleva le couvercle et fit de nouveau tomber les pans latéraux. La femme était toujours couchée sur le dos, en parfait état, dans la même position qu'au début du numéro.

L'illusionniste lui tendit la main galamment. La partenaire du magicien la saisit et se releva. Puis le couple s'approcha du bord de l'estrade en souriant. L'homme et la femme s'inclinèrent plusieurs fois.

Le spectacle était terminé.

Les enfants remuèrent sur leurs chaises. Les instituteurs estimèrent qu'il était temps d'intervenir :

— Bon, c'est fini ! On se calme maintenant ! On rentre en classe ! Silence ! Silence !!! En rangs par deux ! Vite !

Malgré les cris et les menaces de sanctions qui pleuvaient comme à Gravelotte, les maîtres et les maîtresses eurent du mal à rassembler leurs élèves excités.

Lorsque le réfectoire fut enfin vide, le directeur de l'école se dirigea vers le rideau qui masquait les coulisses.

— Euh… Je peux entrer ? Hu, hu, hu ! Je ne voudrais pas… Hu, hu, hu !

Le petit homme chauve portait une veste un peu chiffonnée et une cravate de soie verte. Il avait une curieuse façon de rire, comme s'il obligeait son hilarité à rester à la frontière de ses lèvres. Le magicien souleva le rideau et dit :

— Vous ne voudriez pas surprendre nos trucs ? Rassurez-vous, monsieur le Directeur : Jacques a déjà rangé le matériel dans les coffres. Nos secrets sont bien gardés. Vous pouvez entrer.

Le directeur ne se fit pas prier et rejoignit le couple de magiciens et leur jeune fils.

— Je m'en voudrais de découvrir comment vous faites tout ça... Hu, hu, hu ! C'est tellement mieux de se laisser prendre par le merveilleux, n'est-ce pas ? Hu, hu, hu !, reprit-il, son regard fureteur démentant la nature de ses propos.

— Vous avez raison, répondit le magicien d'un ton conciliant.

L'illusionniste achevait de se démaquiller. Il avait les traits tirés. Sans son fard, il était beaucoup moins impressionnant que sur scène.

Il devait avoir une cinquantaine d'années. Son visage aurait été quelconque si ses yeux globuleux ne lui avaient donné un air reptilien. Ses cheveux poivre et sel lui tombaient sur les épaules. Il était très grand et légèrement voûté.

Le directeur lissa du bout du doigt sa fine moustache bien taillée et complimenta l'artiste :

— C'est une grande réussite, monsieur Agalito ! Les enfants se souviendront longtemps de cette fête de Noël.

— Je vous remercie, répondit le magicien en pliant soigneusement sa redingote.

— Le numéro de la femme coupée en deux, c'était… époustouflant !

— C'est un grand classique toujours très apprécié.

— Époustouflant ! On se demande bien comment vous faites pour… pour…

Comme le prestidigitateur achevait de ranger ses affaires sans se donner la peine de saisir la perche maladroite du directeur, celui-ci s'empressa d'ajouter :

— Mais je sais que vous devez garder vos trucs pour vous. Hu, hu, hu ! C'est normal. Hu, hu, hu !

Jacques approcha de son père. Il était en culotte courte comme tous les garçons de son âge, avec deux grosses bottines aux pieds et un béret vissé sur le crâne. Ses cheveux étaient coupés tellement courts que l'on pouvait à peine voir leur couleur. Toutefois, ses grands yeux expressifs pétillaient d'intelligence et de malice. Il demanda :

— Papa, je peux mettre ces bagages dans le coffre de la voiture ?

— Tu peux.

Le jeune garçon passa devant le directeur en portant difficilement deux grosses valises. Elles semblaient peser une tonne chacune.

— Il a l'air bien serviable, cet enfant, remarqua l'instituteur.

— C'est vrai. Nous n'avons pas à nous plaindre.

— Mais il ne va pas à l'école ? Quel âge a-t-il ?

— Il va bientôt fêter ses onze ans. Ce mois-ci, nous avons beaucoup de contrats à honorer. Je ne pouvais pas laisser Jacques tout seul à Paris, vous comprenez ?

— On m'a dit que vous alliez ce soir à Cambrai. C'est exact ?

— Oui. Je fais une après-midi récréative dans une entreprise.

L'instituteur se mit à rosir brusquement et se brossa machinalement la manche comme si de la poussière de craie venait soudainement de tomber du ciel.

— Hu, hu, hu ! Votre vie est… hum… passionnante ! Je vous laisse terminer de ranger vos affaires, monsieur Agalito. Hu, hu, hu ! Si vous voulez bien avoir l'obligeance de passer dans mon bureau, avant de partir...

— Entendu.

L'instituteur s'éloigna en trottinant comme une souris.

— Il est bavard, cet homme-là, commenta Hélène qui était restée en retrait.

L'épouse et néanmoins partenaire du prestidigitateur enleva ses escarpins rouges à talons hauts et ses bas résille. Hélène était beaucoup plus petite et plus fluette que son mari. Son visage avait des traits délicats et ses fins sourcils dessinaient deux arcs semi-circulaires. Elle réajusta son chignon en se regardant dans un miroir et dit :

— Je crois qu'il ne reste plus que cette grosse malle à mettre dans la Citroën et nous pourrons nous mettre en route.

Quand tout fut chargé dans le véhicule, il ne restait qu'une toute petite place pour Jacques au milieu de la banquette arrière.

Gaston Bidaud se dirigea vers le bureau du directeur de l'école.

— Entrez, monsieur Agalito. Je vous attendais. Hu, hu, hu !

L'instituteur lui tendit une enveloppe épaisse d'un air gêné.

— Je vous règle en espèces, comme convenu.

— Merci, monsieur le Directeur. Nous avons été très heureux de distraire les enfants de votre école. Ils ont été très sages et polis.

— Nous nous y employons, affirma l'homme avec fierté en bombant le torse. Quel est votre programme en attendant le spectacle de ce soir ?

— Nous souhaitons faire le tour des brocanteurs de la région. Nous sommes toujours à la recherche d'objets insolites pour construire notre matériel de magie. Vous savez où nous pourrions aller ?

L'instituteur se lissa pensivement la moustache.

— Vous devriez aller jeter un coup d'œil à la brocante de la mère Odette. Elle rafistole un tas de vieilles bricoles qu'elle récupère Dieu sait où. Je suis sûr que vous pourriez y trouver des choses intéressantes.

— Je vous remercie, monsieur le directeur.

L'instituteur lui serra chaleureusement la main, après lui avoir donné quelques indications pour trouver la brocante.

Gaston rejoignit Hélène et Jacques qui l'attendaient sagement dans la voiture. La vieille Citroën toute cabossée penchait dangereusement en arrière. Le pare-choc touchait presque le sol.

Gaston démarra et roula lentement. À cinq kilomètres de Wasincourt, ils trouvèrent le chemin de terre qui menait à la ferme de la mère Odette indiquée par un panneau de bois. Ils traversèrent d'immenses champs de betteraves.

La ferme en briques rouges n'était plus exploitée et elle avait été transformée en un bric-à-brac incroyable. Des tas d'objets hétéroclites s'entassaient dans un ordre plus ou moins logique. Il y avait principalement du vieux mobilier, des outils agricoles et du matériel de cuisine. Mais on y trouvait aussi des pyramides de livres soigneusement rangés par ordre de taille sous un préau qui avait dû autrefois être une grange. Quelques chineurs fouillaient les vieilleries avec la méticulosité d'archéologues en plein travail.

Une femme aux longs cheveux gras, plus large que haute, accueillit ses visiteurs, les mains sur les hanches. Elle était debout derrière un comptoir où trônait une énorme caisse enregistreuse. Ses mitaines de laine étaient assorties à son nez rougi par le froid.

La mère Odette héla familièrement le couple et l'enfant qui s'approchaient :

— Bonjour, messieurs-dame ! Si vous cherchez quelque chose de précis et que vous avez un peu de temps, je suis sûre que vous trouverez votre bonheur.

— C'est que nous avons peu de temps, madame, répondit Gaston.

— C'est dommage. Vous cherchez quec'chose en particulier ?

— Rien de précis. Nous nous laissons inspirer par les objets eux-mêmes.

— Si c'est de la décoration de maison qui vous intéresse, c'est à l'intérieur qu'il faut aller.

— C'est ce genre-là, en effet. En réalité, je cherche des bibelots que je peux modifier par la suite. Des objets exotiques ou originaux. Je suis illusionniste.

La mère Odette écarquilla les yeux de surprise.

— Vous êtes magicien ? C'est pas banal, ça ! Et qu'est-ce que vous venez faire à Wasincourt ?

— Nous avons donné un spectacle à l'école communale cet après-midi.

— C'est pas banal, ça ! répéta-t-elle en secouant sa tête aux joues rebondies. Un magicien… Mais j'y pense ! J'ai récupéré un tas de bazar chez un homme qui vient de mourir. Monsieur Marquis, il s'appelait. Mais ce n'était pas un noble.

— Ah bon ?

— Non, non ! Marquis, c'était juste son nom. C'était un monsieur un peu excentrique. Il faisait de l'import-export, qu'il disait. En tout cas, il a fait plusieurs fois le tour du monde, c't'homme-là. J'ai pas tout trié. Y'a p't'être des choses qui pourraient vous intéresser, qui sait ? Suivez-moi !

La femme les entraîna dans une ancienne salle de traite qui servait d'entrepôt.

— Regardez-moi ça ! dit-elle en désignant quelques cartons débordant d'objets et de vêtements jetés pêle-mêle. Le fourbi de monsieur Marquis !

Et elle ajouta à voix basse, comme si elle craignait d'être entendue par son fantôme :

— On disait même qu'il faisait de la sorcellerie. Allez savoir...

Hélène saisit un chapeau chinois qui dépassait d'une boîte à chaussures et le montra à son mari.

— Oh, il est rigolo ! Qu'en dis-tu ?

— Intéressant. Tu me vois porter ce truc sur la tête ?

— Je vous laisse chercher, déclara la mère Odette. Vous en faites pas : je vous ferai un bon prix. C'est pas tous les jours qu'on a un vrai magicien comme client !

Le couple se mit alors en quête d'objets insolites dans tout ce fatras qui sentait la moisissure.

Jacques ouvrit quelques malles en y jetant un rapide coup d'œil. Son intérêt s'orientait davantage vers les jouets, mais monsieur Marquis ne semblait pas en posséder beaucoup. Peut-être était-il un célibataire endurci, après tout.

Ses affaires étaient effectivement étranges. Il y avait des statues d'éléphants taillées dans un bois sombre, des pendules dont les aiguilles tournaient chacune dans un sens opposé, des collections de loupes et de pipes, ainsi que des boîtes à musique surannées.

Le jeune garçon commençait à s'ennuyer. Il allait sortir de l'entrepôt quand son regard fut attiré par l'éclat d'un vieux miroir poussiéreux posé contre le mur. Il saisit le cadre de bois ouvragé et le souleva. Il était plus léger qu'il ne l'avait cru tout d'abord. Il mesurait environ soixante centimètres dans sa longueur et quarante dans sa largeur. Il semblait très ancien.

Il souffla dessus, et la fine poussière qui s'envola le fit éternuer. Jacques s'étonna en constatant que la surface réfléchissante était en parfait état. On ne voyait aucun piqué, aucune tache de rouille. Il admira un instant sa jolie frimousse. Satisfait de ce qu'il voyait, il s'adressa un large sourire comique et tira la langue.

Jacques allait reposer le miroir quand il aperçut une inscription en bas du cadre. Il la frotta avec le dos de sa manche et l'observa de plus près. On pouvait parfaitement lire ces deux mots latins gravés dans le bois : Veritatis Speculum.

Il n'en comprit pas le sens, mais les murmura comme s'ils étaient une mystérieuse formule magique.

Une ombre traversa le miroir.

L'enfant faillit le lâcher et poussa un petit cri de surprise.

— Jacques, ça va ? s'alarma sa mère penchée sur un carton éventré.

Le garçon se retourna pour voir ce que le reflet avait surpris dans son dos, mais il n'aperçut rien de particulier.

— Ça va, répondit-il d'une voix étranglée. J'ai cru voir... une souris.

Hélène se mit à rire.

— Seulement une ? À mon avis, nous sommes ici dans le palais des souris.

Jacques regarda de nouveau le miroir. Ses mains tremblaient légèrement. Il pensa avoir été l'objet d'une hallucination, mais tenta tout de même de prononcer à nouveau les étranges mots latins. Son cœur battait fort dans sa poitrine.

— Veritatis Speculum.

Au même instant, le visage d'un homme se superposa à son propre reflet.

Cette fois, Jacques laissa tomber le miroir à ses pieds, mais, heureusement, celui-ci ne se brisa pas.

— Tu es sûr que ça va ? insista Hélène qui se redressa en tournant son visage inquiet vers son fils. Ne casse rien, surtout !

Le garçon reprit sa respiration et confirma :

— Oui, maman. Tout va bien. Je n'ai rien cassé.

Pas encore…

Il hésita un instant et se pencha avec inquiétude vers la glace couchée à plat sur le sol.

Le visage était toujours là.

« N'aie pas peur ! » entendit Jacques dans sa tête.

Les lèvres de l'apparition avaient remué tandis que cette voix grave et profonde résonnait dans son crâne.

Les yeux de l'enfant s'écarquillèrent et il fit un gros effort sur lui-même pour ne pas fuir en courant.

Qu'est-ce que c'est que ça ?

Et qui est ce bonhomme ?

— Je m'appelle Longin, répondit le reflet.

L'homme que Jacques voyait dans le miroir était assez jeune, avec des traits fins et réguliers. Le garçon lui aurait donné dans les vingt-cinq ans. Peut-être moins. Son sourire était doux et son regard n'avait rien de sévère ni d'effrayant.

« Je n'ai jamais vu quelqu'un d'aussi beau », pensa l'enfant.

— Longin ? Vous… vous êtes un fantôme ?

— Pas exactement. Je suis une âme du Ciel.

— Une âme du Ciel ?

Jacques ouvrit la bouche, mais il ne parvint pas à dire le moindre mot.

— Vous hantez le miroir ?, finit-il par chuchoter craintivement en ramassant le cadre.

— Oh, non ! Je m'en sers simplement pour entrer en communication avec certaines personnes.

Longin disparut soudainement au moment où Hélène s'approcha de son fils.

— Qu'est-ce que tu as trouvé là ?

Jacques lui montra le miroir.

— Il est joli, approuva-t-elle. Et en bon état.

— On peut l'acheter ? demanda précipitamment le jeune garçon.

Hélène fit la moue.

— On en a déjà un certain nombre à la maison. Je ne pense pas que papa…

— J'aimerais bien le garder, la coupa-t-il vivement.

Sa mère haussa les sourcils en lui jetant un regard surpris.

— Tu le veux pour toi ? Pour quoi faire ?

— Pour le mettre dans ma chambre.

Gaston venait de les rejoindre, les mains chargées de divers bibelots.

— Je ne savais pas que tu t'intéressais aux miroirs, affirma-t-il, goguenard.

— C'est bientôt Noël. J'aimerais bien l'avoir comme cadeau.

Le père de Jacques haussa les sourcils.

— Tu ne préfèrerais pas plutôt un jouet ? Je suis sûr que si tu cherches bien dans cette brocante, tu pourrais trouver quelque chose de plus intéressant pour un garçon de ton âge.

— Non, c'est ça que je veux !

L'enfant ne les avait pas habitués à avoir des désirs aussi impérieux. En général, il était calme et réservé, ne demandant jamais rien pour lui-même. Il savait que ses parents n'étaient pas très riches et il n'était pas exigeant.

Son père le regarda longuement.

— S'il n'est pas trop cher, c'est d'accord, je te l'achèterai. Ce sera ton cadeau de Noël.

— Merci, papa.

Ils rejoignirent la mère Odette qui les accueillit avec un large sourire devant sa caisse enregistreuse.

— Je vois que vous avez trouvé votre bonheur. C'est bien ! Je vous avais bien dit que monsieur Marquis avait de drôles de choses et que vous alliez être contents...

Ils négocièrent le prix des objets dont le couple voulait faire l'acquisition et quand Jacques tendit le miroir, la femme eut un mouvement de recul.

— Combien en demandez-vous ?, s'informa Gaston qui n'avait pas remarqué la réaction de la brocanteuse.

La femme saisit le cadre avec délicatesse.

— C'est une pièce rare. Je dirais même unique, murmura-t-elle.

Jacques était déçu. Il savait que la commerçante allait essayer d'en tirer une forte somme et que son père allait devoir lui demander d'y renoncer. Mais la mère Odette ajouta d'une voix mystérieuse, les yeux à moitié clos :

— Il y a des objets que l'on ne peut pas vendre. Je suis désolée.

Gaston hocha la tête.

— Ah ? C'est dommage. Je crois que mon fils y tenait beaucoup. Il nous l'a demandé comme cadeau de Noël.

— Comme cadeau de Noël ? Voyez-vous ça !

Elle baissa sa grosse tête vers Jacques, le fixa et affirma avec une certaine brusquerie :

— Sais-tu que cet objet n'est pas un vulgaire jouet, mon enfant, et que sa valeur est très grande ? Je dirais même inestimable...

— Dites toujours votre prix, proposa Gaston. On verra bien.

La mère Odette claqua sa langue.

— Je vous ai dit qu'il y a des objets que l'on ne peut pas vendre.

Et tendant le miroir à Jacques, elle ajouta :

— Ce miroir ne peut pas être vendu. Il doit être donné. Joyeux Noël, mon bonhomme.

2
Barbe Noire

Jacques attendit la nuit de Noël pour recevoir officiellement son cadeau.

Durant la Messe de minuit dans l'église glacée de Saint-Géry, le jeune garçon ne parvint pas à se concentrer sur les chants traditionnels qu'il connaissait pourtant par cœur. Il lui tardait de regarder de nouveau le miroir de monsieur Marquis. L'âme du Ciel qui apparaissait dans le reflet l'intriguait follement et sa curiosité était douloureusement mise à l'épreuve.

Enfin l'office religieux, qui avait duré presque deux heures, toucha à sa fin. Les Bidaud et leur fils sortirent de l'église et se retrouvèrent dans les rues de Cambrai sous un crachin hivernal sournois. Ils entrèrent dans un salon de thé qui était exceptionnellement resté ouvert.

Les Bidaud étaient ravis. En cette période difficile de l'après-guerre, les réjouissances restaient bien modestes. Pour Noël, on donnait parfois une simple orange aux enfants, ou des clémentines, et on se contentait de déguster une brioche tiède.

Toutefois, Gaston et Hélène tenaient toujours à s'offrir des babioles pour la fête de la Nativité. Pour eux, il était important de faire un petit cadeau à leur fils unique, aussi modeste soit-il.

Jacques déchira le papier journal qui entourait le miroir et le regarda en souriant béatement, de la lumière dans les yeux.

Il se retint de lire à haute-voix l'inscription gravée dans le bois. Il savait que ce n'était pas le moment de mettre le reflet mystérieux à l'épreuve. Après avoir remercié ses parents, le jeune garçon rangea le miroir dans son emballage et offrit ses présents à ses parents : un collier en bois pour sa mère, et un étui à cigarettes en métal pour son père.

— Où as-tu déniché ça ?, s'étonna Gaston.

— C'est un copain d'école qui me l'a vendu. Il m'a dit qu'un soldat américain l'avait donné à sa famille à la Libération. Et le collier, je l'ai fabriqué moi-même, en taillant des morceaux de bois de sureau que j'ai peints avec de la gouache.

Hélène embrassa son fils tendrement :

— Il est magnifique, mon chéri.

Elle se le mit immédiatement autour du cou…

Il était une heure du matin lorsque la famille rejoignit l'hôtel de la rue Tavelle. Il était temps de dormir. Les Bidaud devaient partir relativement tôt pour Arras, afin d'y assurer un spectacle l'après-midi.

L'hôtelier avait posé un lit d'appoint pour Jacques dans l'unique chambre qu'ils avaient louée. Le garçon enfila son pyjama et attendit patiemment que ses parents soient couchés. Dès que la lumière fut éteinte, il se releva sous le prétexte d'aller aux toilettes.

— Ne traîne pas ! recommanda sa mère d'une voix ensommeillée. Il est tard !

Ils ne firent pas attention au miroir que Jacques avait mis sous son bras.

Une fois sorti de la chambre, il ne se rendit pas aux cabinets au fond du couloir, mais se posta sous la veilleuse qui apportait un peu de clarté. Il s'assit par terre, le dos contre un radiateur de fonte et posa le miroir sur ses genoux. Il hésita un instant, puis prononça d'une voix tremblante les deux mots latins en articulant chaque syllabe avec soin : « Veritatis Speculum ».

Le visage, d'abord flou et vaporeux, apparut de plus en plus nettement. Lorsque l'image se stabilisa enfin, l'enfant entendit une voix dans sa tête.

— Bonjour, petit Jacques.

Il émanait de cette apparition une douceur contagieuse qui inspirait la confiance. Cette fois, le jeune garçon ne ressentit aucune frayeur. Il était même heureux de retrouver l'homme au miroir.

— Bonjour, monsieur, répondit-il poliment.

— Je te souhaite un joyeux Noël, mon garçon.

— Moi aussi, monsieur, je vous souhaite un bon Noël.

Le reflet secoua la tête.

— C'est bien solennel de me dire « monsieur », tu ne trouves pas ? Appelle-moi Longin, tout simplement.

— D'accord, monsieur Longin.

— As-tu peur de moi ?

— Un tout petit peu. Pas beaucoup.

— Tu ne dois pas avoir de crainte, mon enfant. Je ne te veux aucun mal, bien au contraire.

Jacques se gratta le menton avec perplexité.

— Qu'est-ce… Qu'est-ce que vous faites dans ce miroir ?

Longin éclata d'un rire cristallin.

— Je ne suis pas dans ce miroir !

— Ah bon ?

— S'il fallait donner une idée de ce qu'est cet objet, je dirais qu'il est une sorte de fenêtre qui nous permet de communiquer ensemble. Une fenêtre entre le monde visible et l'au-delà.

— Tout le monde peut vous voir, alors ?

— Oh, non, pas tout le monde. Seulement les personnes à qui ce miroir est destiné.

Jacques haussa les sourcils.

— Alors ce n'est pas un hasard si je l'ai trouvé, ce miroir ? Il m'était destiné ?

— En effet. Il attendait son nouveau propriétaire.

— Ah ?! Et pourquoi moi ? Pourquoi m'a-t-il choisi ?

— Ce n'est pas le miroir qui t'a choisi. C'est un simple instrument. C'est le Très-Haut qui, dans sa grande sagesse, décide de ce genre de choses.

— Mais vous, qui êtes-vous ?

— Je te l'ai déjà dit : je suis une âme du Ciel.

— Vous êtes donc… un mort ?!

— Oui. J'ai vécu il y a très, très longtemps.

Jacques dévisagea son interlocuteur.

— Vous êtes mort jeune, alors ! C'est bien triste, ça !

— Oh, non ! Tu fais erreur : je suis mort très âgé.

— Mais alors ? Pourquoi vous avez l'air si jeune dans ce miroir ?

— Parce que, lorsqu'on est au Ciel, notre apparence n'est plus marquée par le temps comme sur terre. Et puis, c'est l'amour qui nous rend beaux.

— C'est pas mal, ça ! C'est vrai que vous êtes beau !

Jacques changea brusquement de sujet :

— Mais pourquoi apparaissez-vous dans ce miroir, monsieur Longin ? C'est pas normal !

L'âme fit un grand sourire mystérieux et affirma d'une voix pénétrée :

— Tu as raison. C'est une faveur tout à fait exceptionnelle. J'apparais dans ce miroir pour remplir une mission : celle d'aider les âmes à aller au Ciel sans passer trop de temps à se purifier après leur mort.

— C'est ça qu'on appelle le purgatoire, non ?

— C'est bien ça !

Jacques écrasa un long bâillement avec son poing.

— Oh, je vois que tu es fatigué, s'excusa Longin. Je vais

te laisser dormir. Tu sais l'essentiel et je t'expliquerai le reste à un autre moment.

— D'accord, monsieur.

— Mais, si tu as un peu de patience, je dois encore te poser une question très importante.

L'enfant se gratta nerveusement la tempe.

— Une question compliquée ?

— Pas du tout ! Cependant, je te demande de bien réfléchir avant de me répondre.

— D'accord. Vous pouvez me poser votre question.

— Très bien ! Jacques, est-ce que tu veux bien m'aider dans ma mission ?

— Ce sera dangereux ?

Longin hocha la tête avec gravité.

— Parfois, oui. Mais il y aura toujours quelqu'un à tes côtés pour te protéger.

— Dangereux, comment ?

— Il y a des esprits des ténèbres qui tenteront par tous les moyens de t'empêcher d'agir.

Jacques fit un mouvement de recul.

— Ça n'est pas très rassurant ce que vous dites là !

Longin lui adressa alors un sourire apaisant.

— Ne t'inquiète pas trop, mon enfant. Ton rôle se bornerait la plupart du temps à aider les gens à faire les bons choix dans des situations difficiles. Mais tu es libre : tu peux accepter ou refuser cette mission.

— Si je refuse, je ne vous verrai plus, je parie ?

Longin émit un petit rire amusé.

— Tu es décidément un petit garçon intelligent. Tu as raison. Mais si c'était le cas, je ne te manquerais pas, parce que lorsque tu te réveillerais, tu ne te souviendrais plus de moi. Le Veritatis Speculum redeviendrait alors un simple miroir.

— Est-ce que je pourrai parler de ma mission à mes parents ? reprit Jacques.

— Non. Il ne faut même pas leur dire que tu me vois dans le miroir. Personne ne devra connaître ton secret.

— Ce sera dur ! fit l'enfant un peu dépité.

Jacques ferma les yeux. L'histoire des esprits des ténèbres lui avait fait un peu peur, ainsi que cette obligation de ne rien dire à personne. Il réfléchit avec intensité puis affirma gravement :

— Oui, je veux bien. Je suis d'accord.

Le sourire de Longin devint éclatant. Il y avait comme de la lumière qui sortait de sa bouche.

— Je te remercie de tout mon cœur, Jacques. Désormais, tu peux garder ce miroir et t'en servir pour communiquer avec moi. Te voilà désormais le nouveau Protecteur du Veritatis Speculum.

Le jeune garçon gonfla sa poitrine en hochant virilement la tête comme il l'avait vu faire dans le film Ivanhoé lorsque celui-ci était adoubé chevalier.

— Amen !

Tu es désormais le nouveau Protecteur du Veritatis Speculum.

Waouh !

Jacques savoura ce titre un peu pompeux qui fleurait bon l'aventure et l'esprit chevaleresque. Et, de surcroît, il était ravi de faire plaisir à cet esprit qui avait l'air si gentil, si touchant. Jusque-là, jamais il n'aurait imaginé qu'un fantôme puisse devenir son ami…

— Je suis content, déclara le garçon. Et comment je vais savoir ce qu'il faut faire ?

— Ne t'en fais pour ça. Sois attentif à ce qui se passe autour de toi, et tu sauras quand tu devras me contacter. Maintenant, il est vraiment temps que tu ailles dormir. Tu auras bientôt besoin de toutes tes forces.

Jacques se rendit compte qu'il tombait de sommeil.

— D'accord. Bonne nuit, monsieur Longin.

— Bonne nuit, Jacques. Une dernière chose : méfie-toi de l'Adversaire. Il cherchera à s'emparer du miroir. Tu dois bien le protéger. As-tu compris ?

Jacques gonfla une fois de plus sa petite poitrine.

— Oui, monsieur Longin. Je vais bien le protéger. Je vous le promets.

L'homme sourit une dernière fois et l'image se brouilla.

Pendant un instant, Jacques contempla ses propres traits dans le reflet du miroir. Il fut impressionné par les cernes qui soulignaient de violet ses yeux pâles. Il se leva d'un bond et rejoignit à pas de loup la chambre où dormaient ses parents. Leurs paisibles ronflements le rassurèrent. Il se glissa sous les draps avec le miroir posé sur le ventre, les bras repliés dessus pour le protéger.

Tu dois bien le protéger, lui avait dit Longin. C'était bien son intention. Il ne laisserait personne s'emparer du miroir. Il était le nouveau Protecteur du Veritatis Speculum. Un chevalier sans peur et sans reproche…

Il ne tarda pas à s'endormir.

Le froid le réveilla brusquement.

Il constata qu'il était couché sur un matelas humide et taché de grandes auréoles vertes qui sentaient la pourriture. Jacques portait toujours son pyjama à rayures, mais il n'y avait ni draps ni couvertures.

Un gros orage avait éclaté. Un éclair illumina la chambre.

Ce que l'enfant perçut le temps du flash provoqua en lui une poussée d'adrénaline qui électrisa tout son corps. En fait de chambre, il se trouvait désormais dans la cabine d'un bateau. Il était seul. Ses parents avaient disparu. Le navire était secoué par des flots en furie et Jacques tomba de sa couche en roulant jusqu'à une table fixée au sol. Le vaisseau était soumis à des mouvements de roulis et à des tangages si violents qu'il menaçait de craquer dans toute sa membrure. Le vacarme du tonnerre et la plainte des poutres de bois étaient assourdissants. Un paquet d'eau de mer passa par une écoutille et le trempa de la tête aux pieds. Le pauvre garçon se cramponnait de toutes ses forces à un pied du meuble.

— Mais qu'est-ce qui se passe ?

La porte de la cabine s'ouvrit brutalement et un homme entra dans la pièce en titubant. Il portait un grand chapeau informe et un long manteau rouge aux boutons dorés. Sa barbe raide de crasse avait été grossièrement tressée, chaque torsade attachée par des bouts de ruban.

« Barbe Noire, pensa Jacques. C'est le pirate du film que je suis allé voir au cinéma. Mais qu'est-ce qu'il fait là ? Et moi, pourquoi suis-je dans ce film ? Qu'est-ce que c'est que cette histoire ? »

Le pirate, sabre en main, s'approcha de Jacques avec un air mauvais.

— Où est-il ? gronda-t-il.

— Où est quoi ?

L'homme jeta un regard autour de lui comme s'il cherchait quelque chose de précis.

Il se pencha alors sur l'enfant et demanda d'une voix grasseyante qui empestait l'alcool :

— Où l'as-tu caché, moussaillon ?

— Caché quoi ? répondit Jacques d'une petite voix angoissée.

Le pirate se releva en claquant la langue avec colère et fit le tour de la cabine en s'agrippant à tout ce qui était à portée de sa main. Le galion montait et descendait au gré des immenses vagues furieuses. Les craquements inquiétants laissaient présager le pire. D'un instant à l'autre, le vaisseau allait se briser comme une coque de noix. Déjà, la cabine était remplie d'eau. Mais Barbe Noire semblait se désintéresser du sort du navire. Il n'était obnubilé que par une seule chose : trouver l'objet que Jacques aurait soi-disant dissimulé.

Soudain, son visage s'éclaira d'un sourire satisfait.

— Le voilà !

Jacques regarda dans la même direction que le pirate. Il tressaillit en voyant son miroir pendu sur la cloison.

Le Veritatis Speculum.

Son sang ne fit qu'un tour. Il se leva d'un bond et découvrit avec surprise qu'il tenait une longue épée à la main. Au moment où Barbe Noire allait saisir le cadre, Jacques hurla :

— N'y touchez pas ! Ce miroir m'appartient !

Le pirate tourna la tête vers lui. Il le regarda un court instant avec un sourire narquois et fourragea nerveusement sa grosse barbe hirsute.

— À toi, moussaillon ? cracha-t-il en éclatant d'un rire aussi sonore que le tonnerre, avant de jeter sa tête en arrière pour ouvrir plus grand sa vigoureuse mâchoire et aspirer une goulée d'air comme on avale une rasade de rhum.

« AH, AH, AH !!! »

Jacques se sentit soudain ridicule. Il ne faisait pas le poids devant cette montagne de hargne et de dédain. C'est à ce moment qu'il se rendit compte avec horreur qu'il n'avait plus sa culotte de pyjama. Il la vit, déchirée, pendue à un clou saillant de la table. Ses jambes grêles de poulet s'entrechoquaient comme des castagnettes.

— Si ce miroir est à toi, viens donc le chercher !

Jacques déglutit et faillit laisser tomber son sabre.

Il cherchera à s'emparer du miroir. Tu dois bien le protéger. As-tu compris ? lui avait dit Longin.

Ce sera dangereux ?

Parfois, oui. Mais je serai toujours là pour t'aider et te protéger.

Le souvenir de la voix douce et forte de Longin stimula l'enfant. Il gonfla sa poitrine et se lança à l'assaut du pirate en hurlant :

— Je suis le Protecteur du Veritatis Speculum !

Les sabres s'entrechoquèrent avec une violence inouïe. Barbe Noire écumait de rage. Il repoussa d'un coup de coude le jeune garçon qui alla se cogner violemment le dos contre une poutre. La douleur irradia chaque fibre de son corps chétif, et l'enfant en eut le souffle coupé. Il tomba assis par terre, à moitié sonné.

Le pirate se mit de nouveau à rire grassement. Il commençait à s'amuser.

D'un pas lourd et menaçant, il s'approcha de Jacques et le releva en l'empoignant par le col. Le soulevant à bout de bras, il approcha le visage terrifié de l'enfant du sien. Ses yeux brillèrent d'un éclat rouge comme le rubis et Jacques ressentit un violent mal de tête.

— Ce miroir est à moi ! Jamais, je ne te laisserai y toucher ! Tu as compris ?

Jacques soutint le regard halluciné du pirate et riposta en lui donnant un violent coup de pieds dans l'entrejambe. Barbe Noire poussa un cri de douleur et laissa choir l'enfant.

— Sale vermine !

C'est alors que le garçon saisit adroitement le sabre qui trainait à côté de lui et qu'il se dirigea vers son adversaire. Mais le tangage et le roulis étaient si forts qu'ils firent tomber une lanterne pendue à un crochet de fer. Elle tomba sur la tête de l'enfant et de la cire chaude lui éclaboussa les yeux.

La brûlure était insupportable. Jacques eut bien du mal à retirer la matière grasse qui commençait à durcir. Lorsqu'il parvint enfin à retrouver la vue, il aperçut Barbe Noire qui fonçait droit sur lui avec son épée pointée dans sa direction.

— Aaaah !!!

Il roula sur lui-même et évita de justesse la pointe du sabre qui s'enfonça profondément dans le plancher. Le pirate éructa un juron particulièrement grossier.

Jacques bondit sur ses pieds, le temps que Barbe Noire dégage la lame coincée dans le bois. Il saisit un pichet qui flottait à ses pieds et s'en servit pour frapper la nuque du pirate de toutes ses forces. La poterie se fracassa en plusieurs morceaux, mais Barbe Noire ne sembla nullement incommodé par la violence du coup. Il se retourna en ricanant, laissant découvrir une dentition aussi noire que son chapeau.

— Tu vas mourir, moussaillon ! Il ne fallait pas s'attaquer à moi !

Un long frisson glacé courut le long de la colonne vertébrale de Jacques.

Barbe Noire se jeta sur lui et le ceintura. Il serrait ses bras tellement fort que l'enfant crut entendre ses côtes se briser. Il ne pouvait rien faire contre cette puissante tenaille qui l'étouffait. Le manque d'oxygène se fit rapidement sentir et sa vision commença à se brouiller. Un long sifflement dans les oreilles lui indiqua qu'il n'allait pas tarder à s'évanouir. Sa pensée fonctionnait au ralenti. Il parvint tout de même à remarquer un poignard glissé dans la ceinture du pirate.

Prends l'arme. C'est ta dernière chance.

Du bout des doigts, il réussit miraculeusement à saisir le couteau et le planta dans la botte de son adversaire. Le poignard se ficha dans le pied du marin qui desserra immédiatement son étreinte mortelle.

Jacques tomba à genoux et reprit sa respiration. Barbe Noire avait plié sa jambe en grommelant pour retirer le poignard. Du sang coulait le long de sa botte. L'enfant leva la tête et vit le pirate qui grimaçait de douleur. Il profita alors de son équilibre instable sur un pied pour le pousser violemment en arrière. Son agresseur tomba lourdement sur le dos.

Un coup de tonnerre gronda, suivi d'un éclair qui aveugla Jacques un court instant.

Cette fois, c'était l'enfant qui avait le dessus. Jacques en éprouva un certain plaisir. Il saisit un tonnelet de rhum qui roulait dans sa direction et le lança sur la tête du pirate. Il entendit un bruit sec et désagréable quand l'objet percuta le front de Barbe Noire. L'homme laissa échapper un petit souffle rauque et sa tête s'affaissa mollement, inerte.

Il était assommé.

Jacques poussa un long soupir de soulagement.

Il courut en direction du miroir. Il fallait absolument le protéger. Il essaya d'avancer le plus vite possible malgré le roulis vertigineux et l'eau de mer qui freinaient sa progression.

Quand il arriva enfin à décrocher le cadre, il se posa une terrible question.

Qu'est-ce que je fais maintenant ?

Où faut-il aller ?

Il se dirigea vers l'unique porte de la cabine, mais, dans sa précipitation, il trébucha en se prenant les pieds dans l'homme couché. Il s'étala de tout son long dans l'eau glacée et se cogna le crâne contre une cloison. Il se releva péniblement en toussant, crachant l'eau salée qui lui brûlait les muqueuses et les bronches.

Un bruit inquiétant le fit se retourner. Il vit avec horreur que le corps du pirate avait démesurément gonflé et vibrait comme s'il était pris de soudaines convulsions. Son gros ventre se déchira d'un seul coup comme une vieille outre et une multitude de rats noirs jaillirent de son abdomen.

Jacques hurla.

Des centaines de rongeurs aux yeux rouges coururent vers lui et le renversèrent. Il était submergé par cette marée poilue et agressive. Les couinements sauvages couvraient le tumulte des flots. Jacques crut qu'il allait mourir d'angoisse. Il se protégeait le visage avec le miroir et tentait de repousser les rats qui lui mordaient cruellement les jambes et les bras. Il se secouait comme un beau diable, mais rien n'y faisait. Ils étaient de plus en plus nombreux et leur poids écrasait sa poitrine.

Il étouffait.

— Jacques, Jacques ! Réveille-toi !

C'était une voix bien connue, douce et rassurante.

Le garçon ouvrit les yeux dans la chambre d'hôtel. Hélène, le visage gonflé de sommeil, le secouait par les épaules.

Jacques était trempé de sueur. Il se laissa tomber sur son oreiller.

— Ça va ? demanda sa mère en lui passant la main sur le front.

Jacques mit un certain temps à sortir de son cauchemar effrayant de réalisme. Il bégaya :

— Oui… Oui, ça va… Enfin, je crois.

Hélène frotta délicatement le dos de ses doigts contre les joues rouges de l'enfant.

— Tu es bouillant. Aurais-tu de la fièvre ? Tu es malade ?

— J'ai rêvé de Barbe Noire…

Elle se mit à rire.

— J'avais bien dit que ce film allait t'impressionner.

— Il ne faisait pas si peur que ça, pourtant.

— Il faut croire que si. Rendors-toi, mon Jacquot. Il est trois heures du matin. Et tu peux laisser ton miroir de côté : ce n'est pas la peine de dormir avec lui. Personne ne te le prendra…

Personne ne te le prendra…

Il n'en était pas si sûr que ça. Il était le nouveau Protecteur du Veritatis Speculum. Sa mère ne pouvait pas comprendre.

— D'accord.

Hélène gratifia son fils d'un baiser sur le front et alla se recoucher.

Cependant, Jacques ne parvint pas à trouver rapidement le sommeil. Le cauchemar l'avait bien trop effrayé.

Était-ce un avertissement ?

Une menace ?

Ce sera dangereux ?

Parfois, oui.

L'enfant commençait à prendre la mesure des réponses qu'il avait données à Longin.

Il n'avait pensé qu'au privilège d'avoir été choisi, ne retenant que l'aventure qui s'ouvrait devant lui.

Mais il y avait aussi des herbes amères au milieu des friandises. Et ça, il commençait à peine à en prendre conscience.

Jacques essaya de maîtriser sa peur et son imagination. Ce n'était qu'un simple rêve, après tout. Rien de plus.

Sa mère avait raison. Personne ne viendrait dans cette chambre pour lui voler ce miroir.

Il le souleva de sa poitrine pour le poser à côté de son lit.

Son visage se figea en découvrant la surface réfléchissante.

Elle était couverte d'une multitude de traces de pattes.

Des pattes de rats.

Des traces boueuses.

Et cette fois, il ne dormait pas.

3

Retour à Belleville

Les jours suivants, Jacques n'eut pas la possibilité de consulter le miroir. Son père l'avait soigneusement emballé dans du papier kraft et rangé au fond de la voiture, sous le matériel d'illusionnisme.

Le garçon brûlait d'impatience de rentrer chez lui, à Paris. Pour la première fois depuis qu'il accompagnait ses parents en tournée, il languissait dans une cruelle attente. Jamais il n'avait trouvé un déplacement aussi long et fastidieux. Les spectacles de magie se succédaient avec une pesante monotonie. Jacques faisait toujours consciencieusement son travail d'assistant, mais le cœur n'y était plus. Il n'avait qu'un seul désir en tête : invoquer de nouveau le mystérieux Longin caché dans le miroir au cadre de bois noirci par le temps…

Le 5 janvier 1953, en début de soirée, la vieille Citroën grimpa péniblement la chaussée pavée de la rue Vilin qui esquissait une forme de S inversé. Gaston stationna la voiture devant le salon de coiffure de madame Pérec. Il descendit de la Citroën en s'étirant comme un chat après sa sieste.

— Ça fait du bien de rentrer chez soi ! clama-t-il avec satisfaction.

Jacques s'extirpa de la voiture, et bondit comme un cabri sur le trottoir. Il était ravi de retrouver son quartier de

Belleville. Depuis sa naissance, il habitait au numéro 24 de la rue Vilin, en haut de la butte.

Jacques se sentait comme un poisson dans l'eau dans ce quartier populaire de l'est parisien. Pourtant, il fallait bien le reconnaître, la pauvreté et la saleté suintaient par tous les pores des façades décrépies des maisons. Le jeune garçon adorait regarder, depuis les escaliers abrupts qui menaient à l'angle de la rue Piat et de la rue du Transvaal, la forêt de toits de zinc qui s'étalait devant lui. Il ne se lassait pas d'observer le poinçon de la Tour Eiffel qui perçait le ciel bas de la capitale. Même si la vue était moins belle que sur la butte Montmartre, ce spectacle de la ville couchée à ses pieds lui procurait un agréable sentiment de puissance…

Belleville était peuplé majoritairement de petits artisans et d'ouvriers. Il régnait dans le dédale des rues une chaleureuse ambiance de village méridional. Ici, tout le monde se connaissait. Quand Jacques se rendait le matin à son école de la rue Ramponeau, les gens ne manquaient jamais de le saluer d'un signe de la main. Le garçon connaissait parfaitement les habitudes des habitants du quartier. Il se débrouillait toujours pour passer devant le bar-tabac « Le Balto » quand la mère Gertrude, son éternelle Gitane-Maïs accrochée au coin des lèvres, nettoyait énergiquement les tables de fer alignées le long du trottoir. Les quelques mots qu'elle aboyait de sa grosse voix rauque le rassuraient et lui réchauffaient le cœur si, d'aventure, il se sentait triste. Même si le XXe arrondissement n'était pas le plus chic des arrondissements de Paris, loin s'en faut, Jacques n'aurait voulu pour rien au monde que ses parents déménagent, comme l'avaient fait beaucoup de familles après la guerre, pour fuir la misère et les mauvais souvenirs de l'Occupation.

À Belleville, Jacques était très lié à un groupe de garçons de son âge avec lesquels il disputait des parties de billes acharnées, le soir, après l'école. Au début de l'été, il s'était brillamment illustré en remportant un magnifique billon appartenant au fils du poissonnier de la rue des Couronnes, un garçon obèse et arrogant, nommé René Barbot. L'énorme bille de verre aux fascinants reflets multicolores faisait rêver tous les gamins du quartier. René prétendait que son père l'avait reçue d'un puissant Maharadja en remerciement d'un mystérieux service que le poissonnier lui aurait rendu pendant la guerre. René affirmait d'une voix pénétrée que le prince indien l'avait détachée du turban qui ceignait son auguste tête. Bien entendu, personne ne croyait à cette invraisemblable histoire – le père Bardot n'ayant jamais été plus loin que les Halles – mais, magnifié par la magie de cette fable, le billon avait fini par acquérir un prestige unique et fascinant. Ce fut finalement Jacques qui rafla la mise, au terme d'une longue et épique partie disputée dans le terrain vague d'une maison qui venait d'être rasée. René, atrocement humilié et meurtri par cette perte, avait cédé à contrecœur son billon fétiche, jurant rageusement qu'il ne tarderait pas à le récupérer, de gré ou de force. Mais le jeune Bidaud, tout à la joie de sa brillante victoire, avait ignoré les terribles menaces de ce caïd des bacs à sable et de sa bande de galopins qui ne le quittaient pas d'une semelle. La cote de popularité de Jacques avait soudainement grimpé en flèche dans tout Belleville et la fameuse bille du Maharadja n'avait plus quitté le fond de sa poche…

Si Jacques, d'un naturel ouvert et sociable, s'était fait beaucoup de copains, il n'avait en revanche qu'un seul ami digne de ce nom : Jacob Goetz. Les deux garçons, qui se connaissaient depuis leur tendre enfance étaient devenus tellement inséparables que tout le monde les surnommait familièrement les « double-Jacs ».

Jacob était un enfant juif, très fier de ses racines sémites. Grand et sec, il avait les cheveux rasés, avec deux mèches de cheveux spiralés qui tombaient sur ses tempes. Son visage angulaire était animé par deux grands yeux noirs d'écureuil, toujours en mouvement. Jacob habitait un immeuble crasseux de la rue Piat, avec sa mère et ses quatre sœurs aînées. Sa maman, Esther Goetz, était femme de ménage chez un riche bourgeois du faubourg Saint-Honoré. Elle exerçait sur son unique fils une affectivité étouffante de mère juive qui épuisait le pauvre Jacob. Et, pour couronner le tout, les sœurs avaient pris elles aussi le pli de leur mère et exerçaient une autorité oppressive sur leur petit frère lorsque celle-ci était absente de la maison. C'est-à-dire, la plupart du temps...

Le jeune Jacob vivait dans le culte de son père mort pendant la guerre. Aaron Goetz avait été un rabbin très apprécié, un homme sage et grand connaisseur de la Bible. Il s'était fait arrêter par la Gestapo, un soir d'hiver 1942, dans la petite synagogue du quartier où il officiait. Depuis, la famille avait perdu toute trace de lui.

Jacob s'était mis dans la tête que son père avait survécu à la cruauté des nazis, qu'il vivait quelque part, en France ou ailleurs, frappé d'amnésie et qu'il finirait par revenir à la maison. En attendant son hypothétique retour, le garçon s'était identifié à lui et avait entrepris de lui ressembler en tous points. Il s'habillait de la même manière que son père, portait ses vêtements trop longs qui sentaient la naphtaline, chaussait ses lorgnons et étudiait la Bible à s'en user les yeux.

Jacob, qui venait d'avoir onze ans, faisait d'ailleurs l'admiration de la communauté juive de Belleville. Il n'avait pas encore fait sa Bar Mitzva, mais lisait déjà parfaitement l'hébreu et s'avérait incollable sur la Thora et le Pentateuque. Ce qui amusait beaucoup Jacques et le fascinait tout à la fois...

En rentrant chez lui, ce 5 janvier 1953, le jeune garçon avait hâte de retrouver son ami. Cependant, sa joie était assombrie par la recommandation que Longin lui avait faite le soir de Noël : le secret du miroir ne devait être divulgué à personne.

Cet avertissement avait tracassé Jacques pendant toute cette période où il n'avait pu consulter Longin. Il savait qu'il allait être très difficile de tenir sa langue et que Jacob allait immédiatement sentir qu'il lui cachait quelque chose d'important. Ils se connaissaient trop bien pour que Jacques fasse comme si de rien n'était. De plus, la perspective de ne pas partager avec Jacob la joie de la découverte du Veritatis Speculum lui paraissait insupportable…

L'immeuble où habitaient les Bidaud était constitué d'une petite bâtisse à deux étages encadrant une courette plutôt sordide qui sentait les poubelles. Heureusement, la fenêtre de la chambre de Jacques donnait sur la façade extérieure, ce qui lui permettait d'avoir davantage de lumière et lui épargnait surtout les relents nauséabonds des ordures ménagères.

Les Bidaud entreprirent de vider la voiture et de ranger le matériel dans la cave de l'immeuble qui leur avait été allouée. Dans le box occulté par de grandes tentures opaques, Gaston avait disposé de nombreux miroirs devant lesquels il répétait ses tours de magie chaque jour, comme un pianiste ferait ses gammes.

Il leur fallut presque une demi-heure pour tout remettre en place.

Une fois entré dans l'appartement qui sentait le renfermé, Jacques fonça dans sa chambre, ouvrit la fenêtre et les volets et huma avec satisfaction l'air de Paris qui lui avait tant manqué. Il ne prit pas la peine de déballer tout de suite sa valise : le Veritatis Speculum l'attendait. Il déchira le papier d'emballage et sortit avec précaution le fameux objet qu'il posa délicatement sur son bureau. Puis il alla chercher un clou et un marteau dans la boîte à outils rangée sous l'évier de la cuisine.

Il se sentait plein de joie et d'excitation. Il fit le tour de sa chambre pour trouver un endroit judicieux où accrocher le miroir et décida finalement de le mettre près de la porte, juste en face de son lit, afin de l'avoir toujours à l'œil.

« Je suis le Protecteur du Veritatis Speculum, se répéta-t-il mentalement en tapant sur son clou avec énergie. Je suis le Protecteur… »

Lorsqu'il posa le miroir au mur, les mots grinçants de son cauchemar lui revinrent soudainement en mémoire : *Ce miroir est à moi !* avait dit le terrifiant Barbe Noire. *Jamais, je ne te laisserai y toucher !*

L'enfant se mit à trembler…

Jacques fut bien tenté de prononcer les mots latins gravés sur le cadre, mais il se ravisa en entendant les pas de sa mère dans le couloir. Hélène entrebâilla la porte et dit :

— On mange, Jacquot. N'oublie pas de te laver les mains avant de passer à table.

Avec regret, Jacques laissa le miroir pendu à son clou, passa par le robinet de la cuisine et rejoignit ses parents attablés.

Son père avait le visage sombre, lisant et relisant une lettre comme s'il n'en comprenait pas le sens.

Jacques n'osa pas l'interroger. Il avait appris qu'il ne fallait pas se mêler des affaires des grandes personnes. Il avala rapidement sa soupe tiède et une omelette baveuse, écoutant d'une oreille distraite les actualités à la radio. Quand il eut terminé sa poire, il demanda la permission de se retirer, prétextant une grosse fatigue.

— N'oublie pas de préparer ton cartable, lui dit encore sa mère en posant un baiser sur son front. Demain, il y a école.

— Je ne risque pas de l'oublier, grommela l'enfant. Bonne nuit, maman. Bonne nuit, papa.

— Bonne nuit, Jacquot, répondit son père d'une voix morne.

Le garçon se brossa rapidement les dents, puis s'enferma dans sa chambre. Il se mit en pyjama à toute vitesse, récupéra une lampe de poche dans le tiroir de sa commode, éteignit la lumière et s'assit dans son lit, le miroir en mains.

Il rabattit le drap sur lui et alluma la torche dans sa petite tente improvisée.

Jacques soupira d'aise. Il allait enfin retrouver Longin. La séparation d'avec l'âme du Ciel lui avait semblé interminable. L'enfant prononça à voix basse les deux mots latins et attendit. Il ne fallut pas plus d'une ou deux secondes pour qu'apparaisse une figure floue. Les traits se précisèrent peu à peu, comme si le focus d'un appareil photo réglait la netteté.

— Bonjour, petit Jacques, entendit le garçon dans sa tête.

— Bonjour, monsieur Longin, répondit-il par la pensée.

L'homme souriait paisiblement.

— Comment vas-tu, mon garçon ? demanda-t-il.

Longin avait beau être un fantôme, il ne faisait décidément absolument pas peur à Jacques. Bien au contraire, l'enfant s'était déjà attaché à lui. Il était un peu comme le grand frère qu'il n'avait jamais eu.

— Je vais bien, monsieur. Et vous ?

— Je suis heureux de te revoir, Jacques.

— Je… je suis désolé de vous avoir fait attendre si longtemps, bredouilla-t-il, mais mon papa avait rangé le miroir au fond du coffre de la voiture pour qu'il ne se casse pas. Vous êtes fâché contre moi ?

— Fâché ? Mon Dieu, non. Pourquoi le serais-je ?

— Parce que je n'ai pas pu remplir les missions que vous attendiez de moi.

Longin se mit à rire.

— Tu sais, petit Jacques, le temps n'a pas le même sens là où je suis.

Le garçon inclina la tête. Il avait tellement craint que l'âme du Ciel soit déçue de lui et qu'elle décide de confier le miroir à un autre Protecteur. Il laissa échapper un long soupir de soulagement. Longin lui demanda :

— Raconte-moi ce qui t'est arrivé depuis Noël.

— Oh, c'était comme d'habitude. Mes parents ont fait beaucoup de spectacles. Nous étions dans le Nord et le Pas-de-Calais. Et en Picardie aussi. C'était parfois barbant. J'aurais préféré parler avec vous.

— Il faut que tu apprennes la patience, mon enfant. Chaque chose en son temps.

Jacques fit la moue.

— C'est que le temps passe très, très lentement, quand on est vivant.

— Tu verras que le temps est une réalité bien relative. Plus tu avanceras en âge, et plus il te semblera court.

Le garçon changea de sujet, comme il lui arrivait souvent de le faire.

— J'ai fait un drôle de cauchemar après vous avoir parlé, la nuit de Noël.

— Un cauchemar ?

Jacques rougit légèrement.

— Enfin... C'était un mauvais rêve ridicule. À cause d'un film que j'avais vu au cinéma. « Barbe Noire », vous connaissez ?

— Ce film t'a fait peur ?

— Non ! se défendit le garçonnet. Ce n'est qu'un film de pirates. Pas un film qui fait peur ! Je ne sais pas pourquoi j'ai rêvé de Barbe Noire et du miroir. Il n'y a pourtant pas de rapport entre les deux, hein ?

— Raconte-moi.

Jacques lui relata l'histoire du bateau secoué par les vagues, du grondement du tonnerre et des éclairs, et surtout du terrible affrontement avec le pirate. Il frissonna en décrivant la terrible scène des rats.

Longin l'écoutait attentivement.

— L'Adversaire sait que tu es le nouveau Protecteur du Veritatis Speculum, dit-il d'une voix grave. Il veut te faire peur et te mettre à l'épreuve.

— Mais qui c'est, l'Adversaire ? Vous m'en avez déjà parlé la dernière fois…

— On lui a donné plusieurs noms. Le plus connu est celui de diable.

— Le diable ?!

Jacques déglutit avec difficulté.

— L'Adversaire est le chef des anges rebelles, poursuivit Longin. Il est l'ennemi de Dieu et de l'humanité. Il s'est damné pour l'éternité, mais il veut entraîner un maximum d'âmes dans sa chute.

Le garçon était stupéfait.

— Vous dites que le diable est entré dans mon rêve ?

— Ce n'est pas vraiment comme ça que ça se passe. Le démon n'entre pas dans le rêve à proprement parler, mais il agit sur certaines facultés mentales. L'Adversaire ne peut pas forcer la volonté d'une personne, mais il peut, en revanche, exercer son pouvoir sur son imagination, sur sa mémoire.

— Mais il y avait plein de traces de pattes de rats sur le miroir ! Ce n'était pas de l'imagination, ça ! J'étais parfaitement réveillé quand je les ai vus.

Longin cligna des yeux familièrement.

— Je suppose que tu ne pouvais pas nettoyer ces traces parce qu'elles s'étaient formées à l'intérieur du miroir, n'est-ce pas ?

— Oui, c'est bien ça. Dans un sens, ça m'a rassuré. Et elles ont disparu toutes seules au bout de quelques minutes.

— Je sais. Le miroir est capable de rendre visible ce qui appartient normalement au monde invisible. Mais il ne faut pas t'inquiéter outre mesure, Jacques. Je t'apprendrai à maîtriser le Veritatis Speculum pour qu'il ne t'arrive rien de fâcheux. Cependant, tu dois me promettre de faire attention aux manœuvres de l'Adversaire.

— Quelles manœuvres ?

— Le démon va essayer de détourner ton cœur du droit chemin et te faire utiliser le miroir dans une mauvaise intention.

— On peut utiliser le miroir pour faire du mal ?

— On peut toujours faire du mal en utilisant quelque chose de bon au départ. C'est un grand risque, en effet. Tout dépend de la manière dont tu vas utiliser le Veritatis Speculum.

— Brrr… Je ne suis qu'un enfant. Vous allez m'aider, n'est-ce pas, monsieur Longin ?

— Bien sûr, petit Jacques.

La voix chaude de l'homme le rassura. Le jeune garçon hésita un instant, puis demanda d'une voix timide :

— Est-ce que je peux parler de vous et du miroir à mon ami ? Je sais que c'est interdit, mais… Exceptionnellement… Juste à lui ! Il s'appelle Jacob et…

— En aucun cas ! réagit vivement Longin. C'est toi que le Très-Haut a choisi comme Protecteur du Veritatis Speculum, pas ton ami Jacob. Il est impératif que le secret reste bien gardé !

— Mais Jacob est un garçon formidable ! insista Jacques d'une voix suppliante. Et il est beaucoup plus instruit que moi, beaucoup plus intelligent. Il pourrait vraiment m'aider dans mes… nous aider à…

— Je n'en doute pas, affirma Longin d'une voix radoucie. Ton ami Jacob est certainement un très bon garçon. Mais il n'y a qu'un seul Protecteur à la fois. Je n'y peux rien. C'est ainsi.

Jacques ne put empêcher de laisser une larme couler sur sa joue. Il était profondément déçu.

— Tranquillise-toi, reprit l'âme du Ciel. Tout se passera bien.

— Ah bon ? Et comment vous le savez, d'abord ? Comment vous pouvez en être si sûr ?

Il y avait de l'amertume dans sa voix.

L'enfant se moucha bruyamment. Longin le regardait, sans rien dire. Jacques savait que l'âme du Ciel n'était pas responsable des règles concernant le Veritatis Speculum, mais il lui en voulait quand même. Il se mit à réfléchir profondément, cherchant un argument capable d'emporter l'adhésion de l'homme qui le fixait avec bienveillance. Mais il ne trouva rien. Comment lui faire comprendre que Jacob et lui n'avaient jamais eu le moindre secret l'un pour l'autre ? Son ami était quelqu'un de vraiment futé auquel on pouvait faire confiance. Il devait bien exister un moyen de lui révéler le secret sans faire de drame. Quitte à…

Quitte à ne rien dire à Longin…

L'âme du Ciel sembla lire dans les pensées du garçonnet.

— N'écoute pas cette petite voix qui te pousse à désobéir, Jacques. Il faut vite la chasser de ton esprit si tu veux rester le Protecteur du Veritatis Speculum.

Jacques comprit que ses pensées commençaient à l'entraîner sur un terrain glissant. Il secoua la tête comme pour en expulser ces réflexions importunes. L'Adversaire cherchait-il déjà à l'influencer ?

— Très bien, mon enfant, approuva Longin avec un grand sourire. Tu agis sagement. Tu as compris qu'un Protecteur doit toujours faire attention à ne pas se laisser détourner de la voie juste et éviter de faire le mal.

Jacques hésita un instant et demanda timidement :

— Pourquoi vous vous occupez des âmes du purgatoire, alors que vous êtes au Paradis ?

Le regard de Longin se voila. Sa voix se fit hésitante :

— Parce que… parce qu'au moment de mourir, j'ai adressé une prière un peu particulière au Très-Haut. Et, dans sa très grande clémence, Il m'a exaucé.

Jacques était de plus en plus intrigué.

— Quelle prière ?

— Je lui ai demandé une faveur : celle de passer mon Ciel à aider mes frères humains à éviter le plus possible les peines du purgatoire.

— Mais vous, monsieur Longin, vous êtes allé au purgatoire avant d'aller au Ciel ?

— Juste un peu de temps, très court. Mais j'avais une raison personnelle de faire cette prière au Très-Haut.

— Et laquelle ?

L'âme du Ciel sourit malicieusement

— Tu es bien curieux, mon enfant.

Jacques se mit à rougir brutalement.

— C'est que… euh…

— La raison pour laquelle j'avais demandé cette faveur sur mon lit de mort, reprit gentiment Longin, c'est que j'avais fait quelque chose de grave dans ma vie. Un mal qui m'aurait valu de rester très longtemps dans le purgatoire. Si ce n'est même être damné pour l'éternité.

Jacques déglutit avec difficulté.

— C'était si grave que ça ?

— Oui.

— Alors, pourquoi vous avez fait juste un peu de purgatoire ?

— Parce que j'avais reçu le pardon du Très-Haut pour mon grand péché. Mais, tout le reste de ma vie, j'ai médité sur le mal terrible que j'avais commis sans même en avoir conscience. J'avais eu tellement de chance de recevoir la lumière de la vérité. Je ne l'avais pas méritée, pourtant. Mais qu'en était-il de ceux qui n'avaient pas eu cette grâce ? Que devenaient les hommes et les femmes qui faisaient le mal dans leur vie, sans même avoir toujours conscience de la gravité de leurs actes ?

Jacques ne semblait pas bien comprendre les paroles de Longin. Ce dernier sourit avec indulgence et reprit :

— Je vois que tu as des difficultés à comprendre mes paroles. C'est normal, ne t'en fais pas. Je crois qu'il est effectivement temps que tu connaisses mon histoire.

— C'est gentil, monsieur Longin. Ça m'intéresse, vous savez ?

— Je m'en doute, petit Jacques.

L'âme du Ciel réfléchit un instant, puis commença son récit.

— Je suis né il y a plus de deux mille ans, en Italie. J'étais un légionnaire romain.

— Un légionnaire romain ! s'exclama l'enfant, les yeux brillants d'excitation.

L'homme se mit à rire.

— Eh oui, je commandais une troupe de soldats, comme centurion. Ma vie a vraiment changé lors de ma dernière mission. Mais… Je crois que le plus simple, c'est que tu découvres les choses par toi-même. Il est temps d'apprendre à te servir du Veritatis Speculum. Te sens-tu prêt à faire un grand voyage, mon cher Jacques ?

— Un grand voyage ? s'étonna le garçon. Je veux bien, monsieur Longin, mais je ne suis pas sûr que mes parents soient d'accord pour...

L'ancien légionnaire secoua vigoureusement sa main pour signifier qu'il faisait fausse route.

— Non, non ! Tu n'auras pas besoin de quitter cette chambre. Il te suffira de traverser le miroir.

— De traverser le miroir ? Comment ça ?

— Je t'ai déjà dit que le Veritatis Speculum est une sorte de fenêtre. Il te permet non seulement de me voir, mais aussi de passer à travers lui pour te rendre dans d'autres lieux et d'autres temps.

Le cœur de Jacques se mit à battre plus vite.

— Comment est-ce possible ?

La voix de Longin se voulait rassurante.

— Sois sans crainte, il n'y a aucun danger. Quand tu passeras de l'autre côté du miroir, ce sera comme un songe.

Tu verras ce qui se passe à travers les yeux d'une personne tout en restant ici, comme endormi. Pour cette première expérience, tu seras l'un de mes soldats.

La perspective d'endosser le rôle d'un légionnaire romain ne déplaisait pas à Jacques. Il se mit à sourire.

— Et si ça tourne mal, qu'est-ce qui va se passer ?

— Tu te réveilleras ici, sous ton drap. Je te l'ai dit : tu n'as rien à craindre. Comme c'est la première fois que tu traverseras le miroir, tu ne resteras pas longtemps sur place, je te le promets. Pas assez de temps en tout cas pour te retrouver dans une situation difficile. Au fil du temps, tu apprendras à te débrouiller. Prêt à faire ton premier voyage ?

— Euh… Oui, répondit l'enfant d'une voix mal assurée.

— Très bien, petit Jacques. Pour cela, il faut d'abord que tu appelles quelqu'un qu'on nomme le « Guide ». C'est un ange qui aide les humains à passer de l'autre côté du miroir.

L'enfant commençait à paniquer.

— Mais… il est comment cet ange ? Il est grand ? Il fait peur ?

— Non, il ne te fera pas peur. Il sera à tes côtés, mais tu ne le verras pas.

Jacques n'était pas trop rassuré.

— Tu peux le faire maintenant ? proposa Longin.

— Oui, répondit l'enfant d'une petite voix.

— Alors, appelle-le. Il se nomme Ange Kaphiel.

Jacques répéta le nom de l'ange. À peine eut-il prononcé les mots que le miroir prit une étrange couleur laiteuse. Une brume blanche envahit la surface réfléchissante. Puis le brouillard se déchira comme si le soleil perçait à travers un voile d'humidité.

L'enfant sentit que quelqu'un le poussait fermement dans le dos. Il voulut résister à la pression, mais il fut littéralement aspiré à l'intérieur du cadre. Il bascula dans le Veritatis Speculum en poussant un cri d'effroi.

4
Le coup de lance

Jacques se retrouva sur un bateau longeant une côte écrasée de soleil. À la proue du navire se tenait un soldat romain. Il avait un casque de fer surmonté d'une crête rouge, de larges garde-joues et une armure rutilante sur le torse. Ses bras musclés étaient bien bronzés, presque noirs.

Le centurion de l'armée romaine regardait attentivement une ville aux maisons blanches vers laquelle la galère se dirigeait avec lenteur. Le port était envahi de bateaux militaires qui se mêlaient aux modestes barques de pêcheurs remplis de filets. Il n'allait pas être facile pour la galère de débarquer sans risquer de percuter une embarcation.

Jacques mit un certain temps à reconnaître le centurion qu'il voyait de profil. C'était bien Longin, mais un Longin beaucoup plus âgé que celui qu'il connaissait par le miroir. Il devait avoir une quarantaine d'années. Sa barbe noire parsemée de quelques fils blancs était bien taillée. Le légionnaire avait un port de tête altier et ses yeux brillaient d'un éclat farouche semblable à celui d'un fauve.

Jacques regarda autour de lui avec une certaine inquiétude. Il était debout au milieu d'une rangée de soldats serrés les uns contre les autres. Il baissa la tête et découvrit qu'il avait une armure, lui aussi. Son apparence était celle d'un adulte. Il n'avait jamais vu le monde de si haut.

Cette soudaine métamorphose le plongea dans une grande confusion. L'âme du Ciel lui avait dit qu'il n'avait rien à craindre en tombant dans le miroir, mais il ne put empêcher son cœur de battre à tout rompre. Jacques ne s'imaginait pas vivre quelque chose d'aussi réaliste. Il sentait les rayons du soleil lui cuire le visage et percevait parfaitement les effluves iodées de la mer. C'était une expérience vraiment troublante. Et un peu terrifiante également…

Il regarda le bateau lourdement chargé. Au fond du navire, sur deux niveaux, plusieurs dizaines de rameurs aux torses luisants ahanaient sous l'effort. Une grande voile carrée était accrochée à l'unique mât central du bateau, mais la brise venant du large n'était pas assez forte pour la gonfler. Sur les passerelles qui longeaient la coque ovale bardée de plaques de fer, des soldats débraillés jouaient aux dés par petits groupes de trois ou de quatre, ou somnolaient paisiblement dans des zones ombragées du bateau.

Longin sortit de sa rêverie, se retourna, passa devant la rangée de soldats sans leur jeter le moindre regard et s'avança vers une rambarde de bois où se tenait un autre officier.

— Légionnaires ! cria-t-il à pleins poumons. Nous arrivons à Césarée Maritime ! Préparez-vous à accoster !

L'ordre fut relayé d'un bout à l'autre de la galère. Le centurion regarda avec satisfaction les soldats se lever prestement, galvanisés par la voix puissante et autoritaire de leur chef. Il tourna la tête vers l'officier en second et dit :

— Il est heureux que nous soyons arrivés, Valerius Taurus ! La traversée m'a semblé interminable.

L'homme à qui il s'adressait était bien plus jeune que lui. Il avait une vingtaine d'années, tout au plus.

— Je suis content aussi, Longinus. C'est la première fois que je vais dans une contrée de notre Empire aussi éloignée de Rome. Et toi, es-tu déjà venu ici ?

— Oui, il y a une trentaine d'années. J'étais alors chargé d'aider Saturninus, notre légat de Syrie, à organiser un recensement de la Judée. Une sacrée organisation, je t'assure !

— On m'a dit que c'est ta dernière mission ? Est-ce vrai ?

Le centurion approuva d'un mouvement de la tête.

— Tes informations sont exactes, Valerius Taurus. Ce changement de garnison de la Légion italique sera la dernière pour moi. Encore quelques mois à passer en Palestine, et je serai enfin libre. Sais-tu depuis combien d'années je sers notre Empire ?

— Tu avais dix-huit ans quand tu t'es engagé, je suppose.

— Tout juste. Et cela fait vingt-cinq ans que je combats sous l'Aigle impérial. D'abord pour Auguste, pour qui j'ai affronté les Barbares en Germanie. Puis pour Tibère maintenant. Mon corps est plus couturé qu'un vêtement de lépreux. Il est temps que je prenne ma retraite. Vingt-cinq années passées à me battre ! Te rends-tu compte de ce que ça signifie ?

Valerius Taurus manifesta du respect à son aîné. Il ajouta :

— On dit que la Judée est un vrai nid de vipères et que notre gouverneur Ponce Pilate a bien du mal avec les Juifs et leurs chefs religieux. Ta dernière mission risque d'être agitée et bien difficile.

— Ces Juifs sont des fanatiques et des idiots ! s'emporta le centurion. Ils ne comprennent que la force. Mais j'en ai vu d'autres. Je termine mon engagement et je quitte l'armée. C'est la seule chose qui m'intéresse aujourd'hui.

— Sauf s'il se passe des événements graves ces prochains temps. Peut-être devras-tu rester dans ce pays plus longtemps que prévu…

Longin haussa les épaules.

— Que les dieux me préservent d'une telle malédiction ! De toute façon, que veux-tu qu'il arrive de suffisamment important pour que je reste dans cette région ingrate qui n'intéresse personne ?

Le jeune officier reprit d'une voix enjouée :

— Vas-tu passer tes vieux jours sur une île, comme notre Empereur ? On dit que Tibère ne désire plus quitter sa résidence de Capri.

Les yeux de Longin brillèrent.

— Non, Valerius Taurus. J'ai acquis un bout de terrain en Espagne que je compte bien exploiter. Il est couvert de citronniers odorants et de vigoureux grenadiers.

— Tu ne feras donc plus que cultiver la terre, comme un simple agriculteur ? s'étonna son compagnon en pouffant.

— Non. Peut-être trouverai-je aussi une femme à marier, qui sait ?

Le centurion tourna la tête pour cacher son trouble. Jacques ne perdait pas un mot du dialogue entre les deux soldats.

La vision de Jacques se brouilla de nouveau. Il eut l'impression qu'une brume épaisse venait de s'abattre sur la galère. À sa grande surprise, des cris déchirants parvinrent à ses oreilles. Des plaintes et des lamentations. Des injures également. Jacques se mit à trembler de tous ses membres.

Le voile se déchira et il se retrouva dans une rue étroite et bondée. Il avait toujours son apparence de soldat romain, mais l'escouade dont il faisait partie encadrait trois hommes à moitié nus, portant une grossière et pesante poutre de bois sur les épaules.

L'un d'entre eux était particulièrement couvert de sang. Des traces de coups de fouet lacéraient son dos. On avait enfoncé sur sa tête une coiffe confectionnée avec un branchage épineux. Des trois condamnés, il était celui sur qui les gens s'acharnaient le plus, cherchant à le frapper ou à lui cracher au visage.

Jésus.

Jacques n'en revenait pas. Il se retrouvait à présent au milieu d'un épisode de la vie du Christ : le chemin de croix. Il était l'un des soldats chargés de mener Jésus au lieu de son supplice. Il traversait les rues de Jérusalem avec celui qui allait être crucifié parce qu'il prétendait être le fils de Dieu…

Mais Jacques n'eut pas le temps de réfléchir davantage. Il devait faire face à une foule enragée et repousser fermement ces hommes et ces femmes aux visages déformés par la haine qui cherchaient à agresser les condamnés. Jacques, ou plutôt le légionnaire qu'il incarnait, était dépassé par les événements. En tête du cortège, il aperçut Longin qui se frayait un chemin à travers la marée humaine, un glaive à la main.

— Calmez-vous ! hurlait-il. Vous n'avez donc aucun respect pour ceux qui vont mourir ? Bande de chiens ! Écartez-vous de notre chemin !

Jésus tomba brusquement de tout son long sur la chaussée. Longin, qui avait aperçu la scène, s'approcha de lui. Jacques découvrit avec étonnement qu'il n'y avait aucune colère dans les yeux du centurion. Il n'y avait que de la détermination. Et aussi un peu de pitié.

Jacques détourna le regard et aperçut un groupe de femmes restées en arrière, le visage ravagé par les larmes

Une nouvelle fois, la scène du chemin de croix s'effaça dans un nuage laiteux. Quand Jacques put à nouveau voir clairement, il crut que la nuit était tombée. Mais ce n'était pas le cas. Le ciel était assombri par de lourds nuages noirs. Le soleil était presque à son zénith, mais il était masqué par une épaisse nuée violette.

« Il va y avoir un gros orage » pensa Jacques.

En baissant les yeux, il se rendit compte qu'il était au pied d'une croix. Il tournait le dos au supplicié. Avec sa lance, il empêchait quiconque de s'avancer de trop près du crucifié.

Deux autres croix avaient été dressées, l'une à sa droite, l'autre à sa gauche. S'il ne pouvait pas voir les condamnés qu'il était chargé de surveiller, il pouvait en revanche les entendre gémir faiblement. Jacques ferma les yeux, terrifié par l'horreur du spectacle de ces hommes agonisants qui étouffaient lentement.

Jamais Jacques n'avait vu une telle cruauté. Il sentait ses jambes flageoler.

Il rouvrit prudemment les yeux et regarda en face de lui. Il n'y avait plus grand monde sur ce gros rocher qui surplombait un paysage désertique. Un pesant silence régnait, contrastant avec le tumulte de la rue lors du chemin de croix. La plupart des Juifs qui avaient assisté à l'exécution se dirigeaient d'un pas pressé vers les remparts de Jérusalem. Ils rentraient chez eux pour se préparer à fêter la Pâque qui n'allait pas tarder à commencer.

Quelques femmes étaient restées là, sur le lieu du supplice, à quelques mètres des condamnés. Il y avait aussi une poignée de jeunes gens au visage sombre qui regardaient fixement l'homme cloué sur la croix.

Jacques n'osa pas se retourner pour regarder Jésus. Il prêta l'oreille, mais n'entendit pas les râles du Christ. Peut-être était-il évanoui. Ou même déjà mort.

Longin, qui était resté en arrière, s'approcha des suppliciés en titubant. Était-il ivre ? Jacques n'aurait pu le dire.

Le centurion leva les yeux et regarda attentivement les corps en croix. Il maugréa :

— Par tous les dieux ! Ils ne sont pas encore morts !

Il héla quelques légionnaires qui jouaient aux dés, assis par terre et leur commanda :

— Prenez des gourdins et brisez les jambes de ces malheureux ! Il faut en finir. Le gouverneur Ponce Pilate a promis aux chefs des prêtres que les corps seraient retirés avant leur fichu Sabbat. Il faut achever ces condamnés. Inutile d'irriter davantage les religieux...

Les soldats s'exécutèrent de mauvaise grâce, mais quand ils furent devant Jésus, Longin les arrêta.

— Inutile : celui-là est déjà mort.

— Vous êtes sûr ? demanda l'un des gardes.

Longin jeta un regard méprisant sur son contradicteur.

— Je suis un soldat. Je sais reconnaître la mort quand je la vois.

Puis il saisit la lance que tenait Jacques et donna un violent coup sur le supplicié. Le garçon entendit un bruit mat particulièrement sinistre quand le fer perça le corps.

Jacques ne voyait pas Jésus, mais il réalisa que quelque chose d'étonnant était en train de se passer. Les traits de Longin étaient décomposés.

Le visage du centurion était tellement transformé que Jacques prit peur. Il se mit à crier.

Les lèvres de Longin remuaient. Ce fut la dernière chose que Jacques vit. Mais il n'entendit pas ce qu'il disait.

Puis l'enfant se sentit tiré en arrière et se retrouva soudainement assis sous son drap, dans sa chambre, les mains serrant fortement le cadre du miroir.

Sa lampe-torche était tombée à côté du lit.

— Vous avez tué Jésus… gémit Jacques en dévisageant Longin qui occupait de nouveau le miroir.

L'âme du Ciel secoua la tête en signe de dénégation.

— Non, non. Jésus était déjà mort. Je ne m'étais pas trompé. Le Christ avait bien rendu son âme au Père des Cieux.

— Pourquoi lui avoir donné un coup de lance, alors ?

Les yeux de l'ancien légionnaire s'embuèrent.

— Je voulais être totalement sûr que les suppliciés étaient bien morts avant que l'on ne descende les corps des croix. Mais… Mais…

— Mais quoi, monsieur Longin ?

L'homme hésita un instant, puis reprit :

— Je dirais qu'il y avait autre chose. C'était comme si une force m'avait poussé à le faire pour que j'accomplisse mon destin.

— C'était votre destin de donner un coup de lance ?, s'étonna Jacques. C'était plutôt méchant, non ?

— Je le reconnais. Tout ce que nous avons fait à Jésus était effroyable, épouvantable. Mais nous ne savions pas… *Je* ne savais pas qui il était. Je n'étais qu'un soldat païen au service de l'Empereur de Rome, préoccupé par mon seul intérêt et mon désir d'en finir rapidement et de quitter ce lieu qui empestait la mort. C'est au moment du coup de lance que j'ai vu et que j'ai compris.

Jacques se souvint du visage blême du centurion juste après qu'il eut transpercé le flanc du Christ.

— Qu'avez-vous vu, monsieur Longin ?

L'âme du Ciel soupira.

— Je dois d'abord t'avouer quelque chose, Jacques. Comme tu as pu t'en rendre compte, il faisait très sombre quand nous avons crucifié Jésus. Depuis la sixième heure, c'est-à-dire l'heure du midi, jusqu'à la neuvième heure, le soleil s'était éclipsé et l'obscurité avait couvert la terre. On m'a même raconté par la suite que le voile du sanctuaire, au Temple, s'est déchiré par le milieu au moment où Jésus a expiré.

— Pourquoi faisait-il si noir ?

— C'était l'heure des ténèbres, mon enfant. Mais nous ne comprenions pas ce qui arrivait. Nous étions trop orgueilleux, trop bêtement disciplinés : Ponce Pilate nous avait ordonné de crucifier ces hommes, et rien ni personne ne nous aurait détournés de notre tâche.

Longin se tut un instant, le regard perdu dans le vague.

— En réalité, pendant ces trois heures de la crucifixion, j'étais complètement aveugle.

— Aveugle, comment ?

— Je veux dire que mes yeux me faisaient souffrir. Je distinguais à peine les formes qui m'entouraient. Depuis plusieurs années, à la suite d'une maladie que j'avais contractée en Germanie, ma vue baissait régulièrement et je voyais de moins en moins clair. J'avais toujours besoin de beaucoup de lumière pour continuer à faire mon travail de soldat. C'est la raison pour laquelle je m'étais porté volontaire pour une dernière mission en Judée.

— À cause du soleil ?

— Exactement. Je devais aller dans un endroit où il y avait beaucoup de clarté. L'Empereur m'aurait immédiatement renvoyé de son armée s'il avait su que je devenais aveugle. Seul mon ami Valerius Taurus était informé de mon infirmité. C'est la raison pour laquelle il était toujours à mes côtés pour me guider, en cas de difficultés. Aussi, lorsque nous sommes arrivés au lieu dit « le Crâne » et que le ciel s'est chargé d'énormes nuages noirs, je ne voyais plus rien. Et Valerius Taurus était resté à Jérusalem auprès de Ponce Pilate. J'étais terriblement handicapé...

— C'est pour ça que vous avez donné un coup de lance ! s'exclama Jacques. Vous n'étiez pas sûr que Jésus était vraiment mort comme vous l'aviez affirmé ? Vous n'arriviez pas à bien voir son corps, n'est-ce pas ?

— Oui, c'est vrai. Mais c'est ce qui s'est passé juste après le coup de lance qui est resté gravé dans ma mémoire !

Le visage de Longin s'éclaira.

— Mes yeux malades furent guéris instantanément. Je voyais de nouveau parfaitement, comme au temps de ma jeunesse. Et à l'endroit où j'avais percé le corps de Jésus, sur le côté, j'ai vu distinctement couler du sang et de l'eau. C'était comme si cette eau et ce sang avaient purifié ma blessure...

L'âme du Ciel semblait revivre l'intensité de ce moment incroyable. Il poursuivit d'une voix rauque :

— Mais j'ai vite compris que c'étaient d'autres yeux qui venaient de s'ouvrir à ce moment-là : les yeux de mon âme. Et je me suis écrié : « Sûrement, cet homme était un juste ! » Ce Jésus n'était pas un malfaiteur comme les grands prêtres le prétendaient…

Jacques siffla entre ses dents.

— Vous êtes devenu croyant…

Longin sourit.

— Oh, pas encore entièrement. Je ne savais pas vraiment qui était ce Jésus que nous venions de crucifier. Je pressentais que cet homme était un être extraordinaire, mais j'ignorais qu'il était Dieu. C'est bien des mois plus tard, quand j'ai reçu le baptême, que j'ai fini par comprendre réellement la vraie nature de Jésus.

— Vous n'êtes jamais allé en Espagne pour cultiver votre terre, n'est-ce pas ? Vous êtes resté à Jérusalem…

— Oui. Quand Valerius Taurus m'avait dit dans la galère : « Peut-être devras-tu rester plus longtemps que prévu dans ce pays », il ne savait pas combien il avait raison.

Longin soupira.

— Tu connais maintenant mon histoire, Jacques. Le coup de lance était comme le symbole du mal que l'homme fait à Dieu, par ses actions mauvaises, par ses péchés. Le souvenir de ce geste m'a poursuivi jusqu'à mon dernier souffle, il a hanté mes cauchemars, il m'a fait verser d'abondantes larmes…

— Mais vous avez demandé pardon à Dieu ! Vous ne pouviez pas savoir ce que vous faisiez !

— C'est vrai. J'obéissais simplement aux ordres. Mais le plus mystérieux dans cette affaire, c'est que Dieu nous a adressé un dernier message, après la mort de son Fils. La mère de Jésus, Marie, et un de ses apôtres, Jean, ont été témoins de ce qui s'est passé. Après le coup de lance, ils se sont approchés du Christ et ont contemplé ce prodige de l'eau et du sang qui coulaient de sa blessure. Un cadavre n'aurait jamais dû saigner, puisque le cœur ne battait plus. Ce sont des signes de vie qui sont sortis du corps mort de Jésus. Mais moi, j'ai été dépassé par les événements. Je me suis enfui à toutes jambes. Je ne voulais pas que mes soldats voient leur centurion pleurer comme un enfant…

Jacques aurait aimé trouvé quelque chose à dire, mais il resta silencieux. Au bout d'un long moment, Longin conclut :

— Il est temps pour toi de dormir, mon enfant. Tu en sais suffisamment pour l'instant. Il est tard, et tu dois aller à l'école demain.

Mais le jeune garçon n'avait pas du tout envie de se coucher. Tout ce qu'il venait de vivre l'avait mis dans un état d'excitation tel que le sommeil allait être difficile à trouver. Il demanda :

— Vous ne vouliez pas me demander de faire quelque chose pour vous, monsieur Longin ?

— Très bientôt, répondit-il posément. Je ne sais pas ce qui va arriver, parce que c'est la Providence divine qui dirige les événements de ce monde. Mais je t'encourage à être attentif à ce qui se passera autour de toi. Pour l'instant, je te souhaite une bonne nuit.

Jacques allait protester, mais le visage de l'homme s'effaça. Le Veritatis Speculum était redevenu un simple miroir.

L'enfant sortit de son lit en grommelant et alla accrocher le cadre au mur.

« Bonne nuit, monsieur Longin », murmura-t-il.

En se recouchant, Jacques ne prêta pas attention à une ombre menaçante qui glissa sur le mur de la chambre et pénétra dans l'ancien conduit de cheminée.

5
Un étrange visiteur

En ce jour de rentrée des classes, le maître d'école Alfred Pitois était en pleine forme. Il sortit sur le perron du bâtiment scolaire, son regard scrutant l'horizon à la recherche d'un éventuel retardataire. Sa main chercha la chaîne de la cloche et lorsqu'il l'eut trouvée, il secoua le battant avec la même énergie que le timonier du Titanic annonçant le naufrage du paquebot.

Le piaillement des enfants dans la cour de récréation se mua en un grand cri et un galop effréné de lourds souliers ferrés retentit. Les pèlerines tachées de boue claquèrent au vent. L'instituteur regarda d'un œil sévère la nuée d'écoliers qui se rassemblaient en se bousculant devant une ligne blanche peinte sur le sol.

Monsieur Pitois était le directeur de l'école en pierres jaunes et rouges de la rue Ramponeau. Il avait en charge, comme il se doit, les « grands » de Septième. Ce matin-là, comme chaque matin que Dieu faisait, l'instituteur avait revêtu une blouse grise parfaitement repassée et se tenait très droit, les mains derrière le dos.

— On se dépêche ! cria-t-il machinalement d'une voix bourrue.

Il se dirigea d'un pas lent et majestueux vers ses élèves et jeta un rapide coup d'œil sur les autres classes. Pitois aimait montrer à ses collègues que les Septièmes étaient les plus disciplinés de tous les enfants de l'école et il mettait un point d'honneur à ce qu'ils soient toujours les premiers à rentrer en classe. Certains écoliers, qui avaient repéré le petit jeu de leur instituteur, s'en amusaient en traînant volontairement les pieds. Mais ils prenaient toujours garde à ne jamais trop tirer sur la corde, parce qu'ils savaient que si la classe se faisait coiffer au poteau de l'escalier, ils risquaient de le payer très cher à l'arrivée…

Les « double-Jacs » étaient restés en arrière, bavardant tranquillement à voix basse. Jacob, ravi de retrouver son ami, le pressait de questions. Mais l'instituteur le repéra rapidement et se mit à gronder en fronçant les sourcils :

— Monsieur Goetz, vous n'allez pas commencer à ouvrir votre clapet infernal, j'espère ? Je vous rappelle que les vacances de Noël sont terminées, au cas où vous ne l'auriez pas remarqué. Vous n'avez pas pris de bonnes résolutions pour cette année 1953 ?

Jacob répliqua :

— Mais nous ne sommes pas encore rentrés, maître !

— Ce n'est pas le moment, Goetz. Attendez la récréation de dix heures.

Puis il tourna les talons et adressa un signe du menton à Matthieu et Albert en tête de rang, ses deux chouchous. La classe de monsieur Pitois se mit en branle et entra la première dans l'austère bâtiment. Ils gagnèrent le couloir dans un ordre parfait, deux par deux. Devant son portemanteau, chaque élève retira sa pèlerine, son béret, et enfonça ses moufles de laine dans ses poches. Toujours en silence, les garçons entrèrent dans la classe qui sentait l'encaustique et la craie. Debout devant leur pupitre de bois, ils attendirent l'ordre de s'asseoir.

L'année commençait normalement. Monsieur Pitois regarda longuement ses élèves avant de se décider à leur ordonner de prendre place.

— Prenez votre cahier du jour. Et en silence !

Pendant que les écoliers sortaient leur matériel, l'instituteur écrivit la date au tableau de sa belle écriture ronde.

Jacob, qui était assis à côté de Jacques, lui montra fièrement son nouveau porte-plume Pat.

— Il est beau, non ?, chuchota-t-il. C'est mon cadeau de Noël.

Jacques siffla entre ses dents. Il le compara à son pauvre porte-plume mâchouillé à l'extrémité et dit :

— Ben dis donc ! Il est chouette !

Jacob se rengorgea avec fierté.

— Il tient tout seul dans la main. Et c'est spécial gaucher, paraît-il.

— Ça ne va pas plaire à Pitois, plaisanta Jacques. Lui qui veut absolument faire de toi un droitier…

— Il peut toujours essayer de me transformer en droitier, grogna Jacob, je ne me laisserai pas faire ! C'est pas parce qu'il y a une majorité d'anormaux autour de nous qui utilisent la main droite qu'il faut que je devienne comme eux. Et puis, je te signale que l'hébreu s'écrit de droite à gauche.

— Et alors ?

— Ben, c'est plus facile d'utiliser la main gauche pour écrire l'hébreu !

— Les juifs sont gauchers ? Première nouvelle !

— Les vrais, oui !

Jacob aimait faire ce genre d'affirmation avec un aplomb à toute épreuve.

— Goetz, taisez-vous ! tonna l'instituteur qui venait de se retourner. Un mot de plus et je vous donne des lignes à copier !

Le garçon grommela et ouvrit son cahier du jour d'un geste sec. Il enfonça avec délicatesse une plume Sergent Major neuve dans son porte-plume de compétition, la suça délicatement, puis la trempa dans l'encrier. Il se mit alors à écrire avec application en tirant la langue comme un petit du cours préparatoire de Onzième.

Une journée d'école était toujours parfaitement rythmée. Il n'y avait jamais de surprise dans le déroulement des activités. Le premier exercice était le cours de morale. Ce n'était pas le plus désagréable. Parfois, la morale pouvait sauter au profit de la dictée, ou, pire encore, des compositions. Ce qui ne manquait jamais de provoquer un tollé vite réprimé par l'instituteur. Mais, pour cette première journée de 1953, le maître s'était assis tranquillement à son bureau et avait ouvert le livret de morale. Il annonça de sa voix lente aux paroles exagérément articulées le thème du jour :

— Pourquoi vaut-il mieux subir l'injustice que…

C'est à ce moment précis que se produisit un événement totalement inattendu.

Monsieur Pitois ne termina pas sa phrase.

Jacques leva brusquement la tête et observa le maître avec plus d'attention. L'homme était rigide comme un bloc de marbre, les lèvres arrondies comme une carpe faisant des bulles dans l'eau

Mais il y avait plus étonnant encore : Titi, le fils du boulanger qui était toujours au premier rang à cause de sa myopie, avait le bras à moitié levé comme s'il voulait se gratter l'oreille. Et lui aussi était pétrifié, figé comme un insecte dans un morceau d'ambre.

— Jacob ? murmura Jacques d'une voix étranglée. Qu'est-ce qui se passe ?

Son voisin de table ne lui répondit pas. Il avait toujours sa tête penchée sur la droite, la langue stupidement tirée. De l'encre était en train de tomber de sa plume.

La goutte était en suspension dans le vide !

Jacques poussa un cri de stupeur. Il réalisa que le temps venait brutalement de s'arrêter. Toute la classe s'était statufiée, lui excepté.

Mais il n'eut pas vraiment le temps de se poser des questions. La porte s'ouvrit sans faire le moindre bruit et un étrange personnage entra.

Il était très grand, presque un géant. Il portait un heaume cabossé qui enveloppait entièrement sa tête. On ne pouvait pas voir son visage, ni même ses yeux. Sur ses larges épaules était posé un camail et ses bras et ses jambes étaient enveloppés dans une épaisse armure en métal terne. Une ceinture de cuir lui entourait les reins et une longue épée pendait à ses côtés.

L'apparition avança vers le garçon médusé. On aurait dit qu'elle glissait plutôt qu'elle ne marchait. Elle ne faisait aucun bruit en s'approchant de l'enfant.

Le chevalier, qui semblait sorti tout droit d'un champ de bataille du Moyen Âge, tenait un grand bâton à la main. Il se mit alors à parler d'une voix qui faisait penser à un roulement de cailloux tombant d'une falaise.

— Tu t'appelles Jacques, n'est-ce pas ?

L'enfant n'osa pas répondre. Il tremblait de tous ses membres.

— Jacques, c'est bien toi ? répéta l'homme une seconde fois.

Il n'y avait pas d'agressivité dans sa question. Juste une certaine insistance.

— Ou… Oui, marmonna le garçon.

Le géant baissa très lentement la tête.

— Je suis le chevalier Owen. Je suis un Passeur.

Il avait décliné son identité comme si l'enfant allait parfaitement comprendre à qui il avait affaire.

— Bon… bonjour, parvint à extirper Jacques de sa gorge serrée. Moi, c'est Jacques. Jacques Bidaud, élève de Septième, de la classe de monsieur Pitois. J'habite dans le quartier de Belleville, à Paris, au numéro 24 de la rue Vilin et je… euh… Je viens d'avoir onze ans.

Le garçon se sentait stupide d'avoir débité mécaniquement son identité comme s'il était interrogé par un simple inspecteur de police. Il avait l'impression que le chevalier allait se rendre compte de sa méprise et rebrousser chemin pour trouver le vrai Jacques qu'il cherchait. Mais le Passeur ne bougea pas et continua à parler de cette voix rocailleuse qui semblait ne pas avoir une origine humaine.

— Je n'ai pas beaucoup de temps, mon enfant. Je dois te confier cet objet.

— À moi ? demanda craintivement le garçon terrorisé. Qu'est-ce que c'est ?

— On appelle cela un bourdon. C'est un bâton de marche. Celui-ci est très précieux. Prends-en grand soin. Tu dois empêcher à tout prix les esprits des ténèbres de s'en emparer.

Le spectre lui tendit le bâton qui ressemblait à une houlette de berger. L'extrémité en était légèrement recourbée, comme une crosse d'évêque.

Au moment où Jacques saisit le morceau de bois, celui-ci changea brusquement d'apparence. Il restait visible, mais il prit une étrange couleur bleue, comme celle d'un arc électrique.

— Qu'est-ce qui lui est arrivé ? demanda l'enfant d'une voix tellement étranglée qu'elle en était devenue haut-perchée.

Dans la paume de la main, il continuait à sentir la fermeté du bois usé par le temps. C'était vraiment une étrange sensation.

— Le Bâton des prodiges sait se cacher des regards humains. Toi, tu le verras toujours, ainsi que certaines âmes pures. Mais les personnes qui t'entoureront seront incapables de l'apercevoir. Cependant, n'oublie jamais qu'il ne peut échapper au regard des créatures démoniaques qui veulent le détruire.

— Le Bâton des prodiges ? Vous voulez dire que c'est un bâton magique ?

— Non. C'est bien autre chose que de la magie. Jusqu'à ce soir, le Bâton des prodiges sera invisible, même pour les démons. Mais passé ce délai, il faudra que tu sois extrêmement prudent : il sera de nouveau en danger.

L'apparition tourna brusquement la tête vers la porte de la classe restée entrouverte.

— Je dois partir, maintenant. Il ne faut pas qu'ils sentent ma présence ici…

— Qui ? s'affola Jacques. Mais qu'est-ce que je dois faire de ce bâton ?

— Tu dois en faire bon usage. Je le reprendrai un jour, quand les temps seront meilleurs. L'histoire s'accélère, mon enfant. L'histoire s'accélère…

Le Passeur traversa la salle de classe et sortit.

— … de la commettre ?, termina monsieur Pitois de sa voix maniérée.

Au même instant, Jacob poussa un grognement :

— Zut ! J'ai fait une tache.

Et Titi se gratta l'oreille…

Jacques faillit de nouveau pousser un cri. Le temps avait repris son cours comme si de rien n'était.

— Je répète, reprit l'instituteur : « Pourquoi vaut-il mieux subir l'injustice que de la commettre ? »

Monsieur Pitois leva brusquement les yeux de son carnet et regarda le garçon en fronçant les sourcils.

— Bidaud ! Que faites-vous avec votre poing levé comme si vous alliez chanter l'Internationale ?

Jacques lâcha le bâton et se remit prestement les bras croisés sur sa table en rougissant.

Un bruit sec comme celui d'une détonation retentit à côté de lui, dans l'allée centrale. Le morceau de bois venait de tomber.

L'instituteur bondit sur ses pieds.

— Qui a fait ça ? C'est vous, Bidaud ?

Jacques ouvrit la bouche. Il passa du rouge au cramoisi.

— J'ai rien fait, m'sieur !

Tous les élèves penchèrent simultanément leurs têtes

vers l'allée centrale pour voir ce qui avait pu causer un tel bruit, mais ils ne virent effectivement rien de particulier.

Monsieur Pitois rejoignit à grandes enjambées le pupitre des « double-Jacs » et se planta devant Jacques qui n'en menait pas large.

— Vous avez claqué un pétard, Bidaud ? Vous ne nous avez pas habitués à ce genre de comportement, mon ami ! Que vous arrive-t-il aujourd'hui ?

Puis tournant les yeux vers Jacob, il le fusilla du regard.

— En revanche, vous, ce serait tout à fait votre genre.

Le garçon incriminé se redressa vivement et prit à parti tout le reste de la classe en écartant les bras.

— Mais je n'ai rien fait, m'sieur ! Vous n'avez qu'à leur demander.

Tous les garçons se tassèrent d'un seul coup, rentrant leurs têtes dans les épaules. Ils n'avaient aucune envie de s'attirer les foudres du professeur en prenant position pour Jacob.

— Fouillez vos poches et mettez tout ce qu'elles contiennent sur la table ! ordonna Pitois.

Les double-Jacs s'exécutèrent prestement.

Devant Jacques, il y avait seulement un mouchoir soigneusement plié et le gros billon du Maharadja qui attira les regards de ses camarades.

— Rien d'autre ?

— Non, maître.

L'instituteur se tourna vers Jacob. Le garçon avait sorti un mouchoir sale en boule, un vieux peigne dont il manquait la plupart des dents, un bonbon à la menthe La Pie-qui-chante, trois billes en terre et une kippa pliée en quatre.

— C'est tout ?

— Ben oui, m'sieur.

L'instituteur n'était pas satisfait. Il voulut contourner le pupitre pour aller fouiller le sac des enfants, mais il trébucha sur le bâton invisible et s'étala de tout son long dans l'allée centrale.

Les écoliers s'esclaffèrent à gorge déployée.

Monsieur Pitois resta un instant couché sur le carrelage et se redressa avec la lenteur d'un serpent qui se délove. Les rires des écoliers moururent dans leurs gorges.

Le calme avant la tempête…

Une fois debout, l'instituteur réajusta ses grosses lunettes d'écaille sur le nez, se brossa nerveusement le pantalon du plat de la main, et se tourna vers les « double-Jacs » qui s'étaient presque recroquevillés sous leur pupitre.

Un ouragan de cris se déchaîna alors :

— BIDAUD ! GOETZ ! AU COIN IMMÉDIATEMENT !!! JE VAIS VOUS APPRENDRE LA DISCIPLINE, MES GAILLARDS ! AH, L'ANNÉE 53 COMMENCE BIEN ! VOUS SEREZ EN RETENUE TOUS LES JEUDIS PENDANT UN MOIS !

Les « double-Jacs » n'essayèrent même pas de se défendre. Ils savaient que c'était parfaitement inutile, ou, pire, que leurs tentatives de justification ne feraient qu'aggraver leur cas.

Ils se mirent chacun dans un coin, les mains sur la tête et le visage tourné vers le mur.

— Pitois, tête de rat ! grogna Jacob, le visage plissé par la colère contenue.

L'instituteur, qui avait recouvré toute sa contenance, remonta sur son estrade en boitant un peu, s'assit à son bureau et ouvrit de nouveau le livre de morale. Ses mains tremblaient encore.

— Où en étions-nous ? Ah, oui : « Pourquoi vaut-il mieux subir l'injustice que de la commettre ? »

Jacob grommela en jetant une œillade à Jacques :

— Pitois, pitoyable ! Il est bien placé pour parler d'injustice, ce chameau !

Jacques se dispensa de répondre. Il était bien trop troublé par ce qui venait d'arriver. Ses pensées se bousculaient dans sa tête. Il ne savait plus où il en était. Pendant toute la durée de la punition, le garçon retourna mille fois dans sa tête la scène démentielle du passage du chevalier. Il était encore sous le choc.

Qui était cet Owen qui prétendait être un Passeur ?

Et pourquoi les esprits des ténèbres voulaient à tout prix détruire ce bâton ?

Autant de questions sans réponses qui mettaient Jacques dans une profonde inquiétude. Il n'avait qu'un désir en tête : consulter Longin le plus rapidement possible.

Sois attentif à ce qui se passera autour de toi, lui avait dit l'âme du Ciel la veille au soir.

Jacques ne pensait pas qu'une telle aventure aurait commencé si vite.

Et surtout pas de cette manière…

6
Une mauvaise nouvelle

Une demi-heure avant la récréation de dix heures, les double-Jacs furent invités à rejoindre leur place.

En revenant à son pupitre, Jacques se débrouilla pour caler discrètement le bâton près de son cartable afin que personne ne se prenne les pieds dessus en sortant de la classe.

Le bourdon avait repris son apparence normale, mais Jacques était effectivement le seul à voir l'objet. Il se força à ne pas le regarder continuellement et à se concentrer sur son exercice de calcul. Des divisions à cinq chiffres. L'horreur. Et pourtant, il n'aurait pu dire ce qui était le plus difficile à résoudre, entre un problème de maths et un problème de bâton invisible à sortir de la pièce…

Heureusement, rien de notable ne se passa jusqu'à dix heures.

Une fois dans la cour de récréation, Jacob laissa éclater sa colère :

— Avec Pitois, c'est toujours pareil. C'est : « faites ce que je dis, pas ce que je fais ». Quand je pense qu'il nous a cassé les oreilles avec sa leçon de morale sur l'injustice ! C'est pas croyable ! Un vrai Philistin, ce bonhomme !

Jacques haussa les épaules.

— Bah, ce n'est pas très important. C'est terminé. N'en parlons plus.

Jacob secoua la tête vigoureusement.

— Pas pour moi ! C'était vraiment pas juste ! Au fait, c'était quoi, ce bruit ? Si tu crois que j'ai pas compris que tu faisais l'innocent devant Pitois, c'est que tu me connais mal. Je sais très bien que tu es parfaitement au courant de ce qui est arrivé. D'ailleurs, tu étais blanc comme un linge et tu n'as pas cessé de regarder quelque chose sous la table. Alors, dis-moi : qu'est-ce que tu as fait ? C'était un nouveau tour de magie ?

— C'était rien du tout, mentit Jacques en évitant de croiser le regard de son ami.

— Mon œil ! Pourquoi ne veux-tu rien me dire ? Qu'est-ce que tu caches ?

— Rien du tout, je t'assure.

Jacques regardait le bout de ses bottines ferrées.

Jacob fixa longuement son ami avec un air de reproche. Puis il fit une grimace et tourna brusquement les talons en se dirigeant vers un groupe de garçons qui tapaient dans un ballon.

— Tu vas où, Jacob ?

— J'vais jouer au foot, répondit-il sans se retourner. Je ne te parle plus tant que tu ne m'auras pas dit la vérité !

Jacques se retint d'éclater en pleurs.

Pitois avait raison : elle commençait mal, cette année 1953. Et pourtant, la découverte du Miroir de Vérité avait été extraordinaire et Jacques n'en revenait toujours pas d'avoir été choisi comme Protecteur. Mais à peine était-il revenu à Paris que de gros nuages noirs venaient soudainement assombrir le ciel serein de son existence. Ce qui s'était passé dans la salle de classe lui avait vraiment fait peur. Il aurait tant aimé sentir la présence rassurante de son ami à ses côtés. Lui aurait certainement compris ce qui venait d'arriver et ce qu'il convenait de faire.

Jacques se sentait perdu. Il ne s'était jamais senti aussi seul que pendant cette récréation.

Tout le reste de la matinée, Jacob ne lui adressa effectivement pas la parole et lorsque la cloche de midi retentit, il se dépêcha de prendre ses affaires et de sortir de l'école sans attendre Jacques comme d'habitude.

Le garçon rentra à la maison, le cœur gros. Il marchait tête baissée, en traînant les pieds, incapable de répondre aux salutations de Jules, le marchand de charbon, et de Dingo sur son vélo, le simple d'esprit qui travaillait pour la blanchisseuse, madame Maugard.

Comme Jacques s'y attendait, aucun de ses interlocuteurs ne lui posa de questions sur la mystérieuse houlette qu'il portait accrochée à l'épaule, pour la bonne raison qu'ils ne la voyaient pas.

Le Bâton des prodiges n'en avait accompli qu'un pour l'instant : celui de casser l'amitié des deux meilleurs amis du monde. Jacques commençait vraiment à regretter d'avoir trouvé le miroir dans la brocante de la mère Odette et d'avoir accepté d'en être son Protecteur…

Lorsqu'il rentra dans l'appartement, il alla directement dans sa chambre et glissa le bâton sous son lit, soulagé de s'en débarrasser. Sa mère, qui l'avait entendu rentrer, l'appela :

— Jacquot ? Tu peux venir nous voir au salon ?

— On ne mange pas ? s'étonna Jacques en rejoignant ses parents assis dans le modeste canapé-lit recouvert d'une couverture de laine jaune moutarde.

Ils avaient la tête des mauvais jours. Son père tenait en main la lettre que le garçon avait vue la veille au soir.

Hélène se leva et alla embrasser son fils avec douceur sur le front, comme elle le faisait toujours. Elle lui demanda machinalement :

— Ça s'est bien passé à l'école ?

— Bof, ça peut aller.

— Jacob n'est pas passé nous dire bonjour et nous souhaiter la bonne année ? s'étonna-t-elle.

Jacques se laissa tomber dans un fauteuil en osier maintes fois rafistolé.

— Il était pressé. Il passera à un autre moment.

— Tant mieux ! Il a passé de bonnes vacances de Noël, au moins ?

— Je crois que oui.

La réponse évasive surprit Hélène, mais elle n'insista pas. Elle tourna son regard vers son mari pour l'encourager à prendre la parole.

Gaston esquissa un sourire nerveux qui se voulait rassurant.

— C'est peut-être aussi bien que ton copain ne soit pas venu ce midi. Ta maman et moi avons quelque chose à te dire.

— C'est à cause de cette lettre ?

Le père de Jacques approuva de la tête.

— En effet.

Le cœur de Jacques se mit à battre. Décidément, cette journée était placée sous le signe de la malchance.

— Qu'est-ce qui se passe ?

Gaston se gratta la gorge en toussant et secoua la lettre qu'il tenait en main comme s'il voulait achever d'en sécher l'encre.

— Un petit mot est arrivé à la maison pendant notre tournée. Ma sœur Josette m'annonce son passage à Paris.

— Josette ?

Jacques était suffoqué.

Gaston leva les yeux au plafond en soupirant.

— Sa Seigneurie, Josette !

Un troupeau d'anges passa dans le salon.

— Et ce n'est pas tout, ajouta nerveusement Gaston : elle arrive ici avec ses deux *adorables* bambins, Oscar et Babette.

Jacques déglutit péniblement.

— Ici ? À Paris ?

— Oui, ils viennent passer quelques jours à la maison. Nous aurions besoin que tu libères ta chambre pour l'occasion. Juste quelques jours, rassure-toi.

Jacques s'empourpra violemment. Une vision d'horreur lui traversa l'esprit : il imaginait avec un réalisme à couper le souffle les deux mouflets de Josette mettant sa chambre sens dessus dessous, se disputant le Veritatis Speculum, puis le brisant sans le moindre égard.

— C'est que… bredouilla-t-il.

— Elle arrive ce soir !

Un ricanement sardonique retentit dans le crâne de l'enfant.

Un rire de joie cruelle…

Josette…

De presque dix ans la cadette de Gaston, Josette était le second enfant de Raymond et de Denise Bidaud, de braves commerçants parisiens, honnêtes et travailleurs. Longtemps attendue et désirée, la petite fille avait été choyée dès sa naissance au-delà du raisonnable. L'enfant était particulièrement belle et avait très vite appris à tirer parti de ce cadeau de la nature. Son entourage ne manquait jamais de la complimenter sur sa grâce et ses bonnes manières, et ne voyait que son joli minois. « On lui donnerait le Bon Dieu sans confession » était la phrase qui revenait le plus souvent à ses oreilles et dont elle tirait avantage pour mener son monde à la baguette.

Bien évidemment, Josette avait hérité de cette éducation – ou plutôt de cette absence d'éducation – un tempérament exécrable de diva prétentieuse…

Durant toute son adolescence, Gaston avait été le souffre-douleur de son insupportable petite sœur. La jeune fille n'avait eu que du dédain pour son frère aîné qu'elle trouvait laid et dépourvu du moindre intérêt, sauf quand il pouvait lui être utile, en particulier pour endosser la responsabilité des bêtises qu'elle commettait.

Son mépris fut total le jour où Gaston annonça à sa famille son désir d'embrasser une carrière de magicien. Elle traita alors son frère de « clown de music-hall », « d'exhibitionniste maladif », de « bête de foire », et autres amabilités du même genre. Elle refusa même de venir à son mariage et finit par couper les ponts avec lui.

Elle-même avait épousé en grande pompe un riche industriel normand dont elle avait divorcé l'année suivante, non sans lui avoir extorqué, au passage, une coquette somme d'argent…

Gaston ne revit sa sœur qu'à l'enterrement de leur mère Denise, en 1938. Affublée d'un extravagant chapeau noir et traînant un ridicule caniche portant des bottines de cuir assorties à la couleur de sa robe, Josette avait daigné échanger quelques mots avec Gaston à l'issue des funérailles. L'essentiel de la conversation avait tourné autour de l'héritage des parents, mais la discussion avait eu au moins le mérite de rétablir un semblant de bonnes relations entre eux.

Chaque année, Josette profitait d'un de ses passages à Paris pour venir saluer son frère et sa femme, réduisant la durée de son séjour au minimum requis par la bienséance.

Puis la Seconde Guerre mondiale éclata.

En 1944, Josette fut contrainte de fuir la Normandie bombardée et trouva finalement refuge dans le modeste appartement de son frère, à Belleville. La pauvre femme avait tout perdu. Elle était ruinée et désespérée. La seule richesse qui restait de sa vie passée était une boîte à bijoux qui contenait une bague en or ornée d'un magnifique diamant que lui avait offert son ex-mari.

À la fin de la guerre, Josette avait décidé de quitter le triste appartement de Belleville – au grand soulagement de Gaston et d'Hélène – pour se lancer à l'assaut des beaux quartiers de la capitale, bien résolue à trouver un nouvel époux au portefeuille aussi épais qu'un bottin téléphonique.

Et c'est là que le drame éclata.

Au moment du départ, Josette constata que son coffret à bijoux avait disparu.

Or, Gaston venait de faire l'acquisition de nouveaux tours de magie, en particulier d'une grande illusion, celle de la femme coupée en deux, ainsi que d'une série de foulards en soie qu'il avait spécialement fait venir de Chine.

Josette se mit dans la tête que son frère lui avait dérobé les bijoux et les avait revendus pour se payer son nouvel équipement. Gaston et Hélène eurent beau protester de leur innocence, se défendre avec la plus ferme énergie et prouver que leurs achats avaient été effectués grâce à de patientes économies, Josette ne voulut rien entendre et porta même plainte contre eux.

Heureusement, elle rencontra Hubert de Villeneuve, un veuf habitant un beau manoir en Sologne, qui la sortit de ses sombres pensées et réussit même à l'apaiser, jusqu'à lui faire retirer sa plainte. Toutefois, la tante de Jacques ne renonça pas pour autant à retrouver son diamant. Elle se mit à la recherche de sa bague et engagea une armée de détectives privés.

En vain.

Toujours convaincue au fond d'elle-même de la responsabilité de son frère, ou pour le moins qu'il en savait plus qu'il ne voulait bien le dire, elle venait régulièrement le voir à Belleville pour tenter de lui extorquer des informations.

Ou mieux encore : des aveux.

Là encore, en vain.

En 1948, Josette avait mis au monde des jumeaux, Babette et Oscar, qui la détournèrent provisoirement de sa quête obsessionnelle. Mais les vieux démons venaient de ressurgir…

Gaston et Hélène restèrent un long moment silencieux, la tête baissée. Puis Jacques demanda :

— Pourquoi vient-elle, cette fois ?

— Elle prétend avoir trouvé quelqu'un qui aurait vu sa bague en vente dans une boutique parisienne.

— Mais ça fait huit ans que son diamant a disparu...

Gaston soupira.

— Je sais, mon Jacquot. Elle prétend toujours venir chez nous pour tirer un trait sur cette affaire, mais elle repart chaque fois plus troublée qu'en arrivant.

— Mets-là dehors ! Ne la reçois pas à la maison !

— Mais elle est ma sœur ! Et Dieu sait qu'elle est capable de nous créer des problèmes. Je suis déjà content qu'elle ait retiré sa plainte contre moi, mais je ne suis pas en mesure de lutter contre elle.

— Et elle vient déjà ce soir ?

— La lettre est arrivée quand nous étions en tournée et nous n'avons pas eu la possibilité de nous organiser en conséquence. Alors, tu es d'accord pour laisser ta chambre à ta tante et aux petits, pour une ou deux nuits ?

— Mais je dors où, moi ?

— Nous avons pensé que tu pourrais aller chez les Goetz.

— Chez les Goetz ?

Comment leur expliquer que Jacob lui faisait la tête et qu'ils ne se parlaient plus à cause de cette saleté d'histoire de bâton invisible ?

Jacques avait de nouveau les larmes aux yeux. Il avait envie de refuser de prêter sa chambre, mais il savait que ses parents étaient encore plus désemparés que lui. Après tout, ce n'était qu'un mauvais moment à passer. Il avait bien d'autres soucis plus importants à régler.

Sa priorité était de protéger le miroir, et l'idée de trouver refuge chez Jacob n'était finalement pas une si mauvaise idée que ça.

Encore fallait-il se réconcilier avec lui.

Rapidement…

— D'accord, souffla-t-il en hochant la tête. J'irai chez les Goetz. Si les sœurs de Jacob veulent bien de moi, ce qui n'est pas sûr…

Hélène sourit, visiblement soulagée.

— Je vais aller voir madame Goetz cet après-midi pour lui demander, dit-elle. Elle est toujours prête à nous rendre service. C'est une brave femme.

— D'accord.

Jacques changea brusquement de sujet.

— Qu'est-ce qu'on mange, maman ?

Sa mère redressa la tête, un peu surprise. Elle tamponna ses yeux gonflés avec un mouchoir à fleurs, puis répondit :

— Euh… J'ai préparé un hachis Parmentier. Ça te plaît ?

— Oui, j'ai faim !

Gaston bondit hors de son fauteuil, claqua ses mains l'une contre l'autre et dit :

— Moi aussi, j'ai faim ! Allons manger ! On ne va se laisser abattre par Josette, quand même !

La famille se mit à table. Pour une fois, le père de Jacques n'ouvrit pas sa radio pour écouter les actualités. Il adressa un clin d'œil complice à son fils et attaqua le plat avec appétit.

Le repas se passa dans une bonne humeur un peu forcée, mais le fait de manger apaisa le jeune garçon. Après avoir avalé sa pomme, il se brossa les dents, attrapa son cartable et sortit de l'appartement.

— J'y vais ! cria-t-il à l'adresse de ses parents.

— À ce soir, Jacquot ! Travaille-bien !

Il dégringola l'escalier et laissa alors éclater les sanglots qu'il avait réussi à retenir jusque-là. Appuyant son dos contre la loge du concierge, il se moucha et reprit sa respiration un instant.

En sortant dans la rue, Jacques tomba nez à nez avec René Bardot et ses fidèles acolytes.

— Tiens ! Voyez qui vient là !

Le gros garçon toisa Jacques avec mépris et glapit de sa voix de fausset :

— Mais, ma parole, on dirait que t'as pleuré, Bidaud !

Les garnements s'esclaffèrent. Jacques passa vivement sa manche sur les yeux et affirma crânement :

— Pas du tout ! Qu'est-ce que tu racontes ?

La bande de René l'entourait en l'observant méchamment.

— Tu te moques de nous ? aboya le fils du poissonnier. Au fait, j'ai appris qu'il y avait de l'eau dans le gaz avec ton copain. Il est où, ton youpin chéri ?

— Tu voulais le voir ?

— Ben non, mais je me disais que c'est quand même rare de te voir sans ta ventouse. T'es tout seul, maintenant ? Hein, simple Jac ?

— Tu peux parler : t'es jamais sans tes larbins qui te collent aux fesses.

René mit les mains dans ses poches et gonfla la poitrine pour garder sa contenance.

— Tu cherches la bagarre, microbe ?

— J'aime pas quand tu traites Jacob de youpin !

— C'est pas ce qu'il est ?

— C'est un juif, pas un youpin.

René fit une moue dédaigneuse.

— Tu trouves pas que ton pote ressemble à une gonzesse? On leur coupe le bout du zizi à la naissance, aux youpins, et voilà qu'ils se laissent pousser des jolies tresses de cheveux bouclés !

Et René dandina son gros derrière en défilant devant

ses camarades hilares. Il s'approcha de Jacques en faisant mine de vouloir l'embrasser.

— Viens ici, mon petit cœur de goy…

Jacques poussa violemment René en arrière. Le jeune obèse trébucha et tomba par terre sur son imposant fessier. Rouge comme une tomate, il jeta un regard d'abord étonné autour de lui, puis, furieux, dévisagea le jeune garçon qui avait osé poser les mains sur lui.

Les rires cessèrent immédiatement.

— Tu vas me le payer, Bidaud ! hurla-t-il d'une voix suraigüe.

Il bondit sur ses pieds avec une aisance étonnante pour un gamin de son embonpoint et fonça sur Jacques comme un taureau en furie.

Jacques tomba à son tour par terre et une violente bagarre éclata entre les deux enfants. Les écoliers se mirent en rond autour des combattants et encouragèrent leur chef en scandant :

— RE-NÉ ! RE-NÉ ! RE-NÉ… DU SANG ! DU SANG !

Le fils du poissonnier avait l'avantage de la taille et du poids et comptait bien sur ces atouts pour donner une bonne leçon à Jacques. L'occasion était trop belle de régler son compte à celui qui l'avait si gravement humilié. Le souvenir de la partie de billes du début d'été décupla sa rage et il laboura le corps du garçon de coups de poings sauvages. Sa bouche écumait. Soudain, il aperçut sa bille qui tomba de la poche du short de Jacques. Il poussa un cri de triomphe en la ramassant.

— J't'avais bien dit que je la récupérerais ! De gré ou de force !

C'est à ce moment précis que quelqu'un traversa la muraille que formaient les garçons autour des belligérants.

C'était Jacob qui venait d'arriver avec la force d'un bulldozer. Ayant aperçu son ami se faire massacrer, il avait sorti le plus gros livre qu'il avait dans son cartable et avait volé à son secours. René reçut un grand coup sur la tête et tomba à plat ventre sur le trottoir, se cognant violemment le menton sur un pavé. On entendit distinctement le bruit sinistre des dents qui claquaient.

Jacob se rendit compte qu'il avait la Bible en mains. Il leva les yeux vers l'Éternel avec embarras et murmura :

— Euh… Désolé… C'est pour la bonne cause…

Le concierge de l'immeuble sortit de sa loge, sa moustache blanche hérissée comme les poils d'un chat en colère.

— Qu'est-ce que vous faites, bande de chenapans ? Filez d'ici, graines de voyous !

Le gardien donna de grands coups sur le dos des enfants avec le manche de son balai. Il ne faisait pas dans le détail, Max Lardet, l'ancien sous-officier qui avait combattu les Boches. Pour lui, cette racaille des rues ne valait guère mieux que les rats qui traînaient aux abords des poubelles.

Les garçons fuirent à toutes jambes comme une nuée d'oiseaux.

Il ne resta bientôt plus que René qui se releva en geignant et Jacob qui regardait avec un air affolé son ami Jacques resté à terre, les yeux clos, le nez en sang.

Max Lardet attrapa le fils du poissonnier par le col et le releva sans ménagement :

— C'est encore toi qui cherches la bagarre, hein ?

René geignit avec air pitoyable :

— C'est pas moi qui ai commencé ! J'vous le jure !

Le concierge cracha avec dédain.

— Ouais, tu parles ! Tu vas pas me faire gober ça !

Puis, arrachant le billon du Maharadja du poing serré du garçon, il demanda :

— Et ça, tu l'as chipé à ton copain ?

René devint rouge comme une tomate et se défendit avec énergie :

— Ah non ! C'est à moi ! À MOI !

Jacob secoua la tête avec une mine outragée et rectifia :

— C'est pas vrai, monsieur Lardet ! Il ment. Le billon est à Jacques ! Il l'a gagné à la loyale ! Ça, tout le monde pourra vous le dire !

Le concierge hocha la tête et dit :

— Je sais ! Jacques me l'a déjà montré. Je suis au courant.

Il jeta un regard dur à René qui se décomposa littéralement. Le concierge siffla entre ses dents :

— File ! Je veux plus te voir ici !

Il se baissa vers Jacques toujours inanimé sur le trottoir. René en profita pour jeter un regard assassin à Jacob en traçant un signe éloquent du pouce sous la gorge. Puis il tourna les talons et s'enfuit en courant.

— Nom d'un chien !, maugréa le gardien d'immeuble. Il t'a mis dans un sale état, petit ! C'est moche !

7
Le salon de voyance

Si Max Lardet avait eu en sa possession une paire de lunettes spéciales pour distinguer ce qui est habituellement invisible aux yeux des gens normaux, il aurait aperçu une étrange scène se dérouler à côté de lui.

Une créature de petite taille s'était accrochée aux épaules de René pendant toute la durée de la bagarre, ses doigts griffus s'enfonçant profondément dans sa chair. Il murmurait des paroles inaudibles à l'oreille du gros garçon qui se défoulait sur Jacques.

Quand le concierge était arrivé, l'être immonde s'était laissé choir lourdement sur le trottoir comme une grosse araignée. Il avait un pelage noir et luisant sur tout le corps. Son visage aurait presque pu sembler humain s'il n'avait exprimé une redoutable férocité à faire frémir le criminel le plus endurci.

Le curieux personnage avait couru sur la chaussée, tel un cafard géant, et rejoint une autre créature accrochée à un réverbère. Celle-ci avait une figure rouge comme du sang, avec un nez retroussé comme si elle était incommodée par une mauvaise odeur. Son regard était méprisant et hautain. Elle avait craché sur son compagnon, ce qui lui avait valu de recevoir en retour un coup de poing bien appliqué.

Cependant, la bagarre entre les deux créatures avait avorté rapidement. Dans leurs dos, une paire d'ailes lisses comme du vieux cuir s'était déployée et elles s'étaient envolées à une vitesse stupéfiante vers le ciel plombé de Paris.

Le concierge aurait eu beaucoup de mal à les suivre, car il n'avait guère fallu plus d'une ou deux secondes pour que les drôles de bestioles se retrouvent au cœur de la ville. Elles avaient plané un instant au-dessus d'une vieille masure située dans une impasse lugubre avant de se glisser dans le tuyau d'une cheminée. S'enfonçant dans la maison, elles avaient débouché dans un salon vieillot qui sentait l'encens et la cire de bougie.

Au milieu de la pièce, un vieil homme vêtu d'une robe de chambre en soie était assis devant une table ronde, penché sur une boule de cristal. Quelques cartes d'un jeu de tarot étaient disposées devant une dame qui lui faisait face. Elle écoutait avec attention la voix mystérieuse du voyant.

Mais les deux créatures ne s'étaient pas occupé de monsieur Miroslav, alias Gustave Taponier, ancien charbonnier reconverti dans les sciences occultes, et de sa cliente, madame Michu, mercière de son état. L'endroit grouillait de diverses créatures de tailles différentes, dont les physionomies étaient plus effrayantes les unes que les autres. Elles babillaient dans un désordre inimaginable, ou se cherchaient noise pour n'importe quel prétexte, continuellement prêtes à ouvrir les hostilités.

Cet appartement était un des lieux de Paris où l'on trouvait le plus grand nombre de ces esprits belliqueux. Ce salon était devenu depuis des décennies le QG d'un démon très puissant appelé Belzébuth.

Avant sa rébellion et son rattachement au premier ange déchu Lucifer, Belzébuth était un Séraphin. Depuis, il avait acquis le titre de Prince des Milices infernales et régnait sur des légions de démons avec deux autres Princes, eux-aussi d'anciens Séraphins : Bélial et Léviathan.

Les anges déchus avaient gardé la place qui était la leur lorsqu'ils appartenaient à l'un des neuf Chœurs angéliques, mais la hiérarchie démoniaque, calquée sur celle des anges de Dieu, était sans cesse remise en cause, en particulier par les démons de bas niveaux, qu'il fallait sans cesse mater sévèrement pour les faire obéir. Seule la peur faisait régner un semblant d'ordre dans ces hordes en rivalité permanente…

Belzébuth ressemblait à une énorme mouche et emplissait à lui seul la moitié de la pièce. Son corps était recouvert de cuirasses épaisses et se terminait par un dard aussi long que puissant. Sur ses quatre ailes noires qui vibraient continuellement, on pouvait voir des dessins mystérieux en filigrane, des incantations démoniaques et des visages d'hommes exprimant une indicible épouvante. Ses yeux jaunes aux multiples facettes étaient continuellement en mouvement, comme si le démon voulait tout voir à la fois.

Pour l'heure, les deux créatures venaient d'arriver. Elles se prosternèrent devant leur Prince et proclamèrent :

— Gloire et Puissance à toi, grand Belzébuth !

Même si les yeux du chef des démons semblaient regarder ailleurs, les deux bestioles savaient parfaitement que Belzébuth les transperçait de son regard maléfique et soupçonneux.

— Alors, esprit de Haine 10489 et esprit de Suffisance 8762 ? Avez-vous agi comme je vous l'ai demandé ?

Sa voix était caverneuse et n'exprimait aucune chaleur. Esprit de Suffisance 87623 haussa les épaules et lança un regard méprisant à esprit de Haine 104896.

— Moi, j'ai rempli parfaitement mon rôle, grand Belzébuth. J'ai glissé comme convenu des idées dans la tête du gros humain René Bardot – que la race des humains soit maudite ! – Je lui ai dit qu'il était bien plus fort que cet avorton de Jacques Bidaud – que ce nom soit effacé pour l'éternité ! – et lui ai remis en mémoire sa défaite au jeu de billes. Mais esprit de Haine 10489 n'a pas été aussi motivé que moi dans sa tâche et je dois vous dire que le combat manquait de vigueur…

Esprit de Suffisance 8762 n'eut pas le temps d'achever sa phrase. Esprit de Haine 104896 lui sauta dessus en hurlant. De la fumée jaune et toxique sortit de ses narines dilatées par la colère.

— Ça suffit ! intervint le Prince Belzébuth en donnant un violent coup de dard à chacun des belligérants.

Les deux petits démons cessèrent immédiatement leur querelle en se tordant de douleur. Une créature qui ondulait comme un serpent s'approcha de près de la mouche monstrueuse. Elle avait un joli visage féminin, mais ne pouvait garder sa longue langue fourchue à l'intérieur de sa bouche.

— Ils n'ont rien fait du tout, grand Belzébuth ! Ils ont passé leur temps au cabaret du Moulin Rouge à reluquer les filles. Ils ont désobéi à vos ordres…

— Tais-toi, esprit de Mensonge 14985 !, tonna le Prince des démons en le piquant à son tour avec son dard. Éloigne-toi de moi, sale vermine !

Esprit de Haine 10489 et esprit de Suffisance 8762 s'étaient calmés et attendaient patiemment que Belzébuth les congédie. Ils se dandinaient d'une jambe sur l'autre avec un air penaud. Mais le Prince n'en avait pas fini avec eux.

— Je vous ai demandé de vous servir du gros plein de soupe de René Bardot pour faire peur au nouveau Protecteur du Veritatis Speculum. Il doit absolument être terrorisé et renoncer à se servir de cet instrument de malh… Weurp… *bonheur*…

En prononçant ce mot, Belzébuth fut pris de nausée et éructa grossièrement. Les deux démons l'imitèrent servilement.

— Weurp !

— Que ce miroir soit brisé pour l'éternité ! poursuivit le Prince des démons avec agressivité. Vous devez faire peur à ce gamin, le terroriser !

— Oui, Vénéré Belzébuth. Mais… c'est qu'il est bien

protégé par son Ange gardien – que soit maudite cette race ignoble ! Sans parler de celui de son copain Jacob – que le peuple choisi soit détruit ! On a affaire à des coriaces…

L'énorme mouche explosa de colère et envoya valdinguer les deux démons d'un coup de queue. Il se mit à hurler. Une méphitique odeur de pourriture s'exhala de sa bouche édentée comme si l'on venait soudainement d'ouvrir un vide-ordures.

Une créature visqueuse au sourire cauteleux s'approcha de son chef et murmura d'une voix mielleuse :

— Il faut être plus persuasif, ô grand et vénéré Prince. Si je puis me permettre de vous donner quelques conseils, bien entendu.

Belzébuth se calma un peu, et demanda :

— Que suggères-tu, Esprit de Malice 8235 ? Parle !

Les yeux du démon brillèrent d'un intense éclat bleu.

— Je crois qu'il faut pourrir la vie de cet avorton de Jacques jusqu'à ce qu'il comprenne qu'il ferait mieux de renoncer à se servir du miroir.

— J'ai envoyé esprit de Vengeance 9876 et esprit d'Avarice 875 auprès de la sœur du père de Jacques, la stupide Josette. Elle ne devrait pas tarder à rendre visite à son frère. N'est-ce pas suffisant ?

— Certainement ! Cette femme est un bon instrument. Très docile et parfaitement influençable. Mais…

Les ailes de Belzébuth se mirent à vibrer plus rapidement. Le Prince des démons commençait à s'impatienter :

— Mais quoi, esprit de Malice 8235 ?

L'esprit visqueux désigna un démon à la peau grise qui semblait porter la misère du monde sur le dos. Il traînait tristement les pieds en gémissant, la tête baissée.

— Je suggère à Votre Seigneurie de vous servir d'un bon serviteur de notre cause : esprit de Découragement 975 ne paye pas de mine, mais il est d'une magnifique efficacité.

Belzébuth grogna.

— Esprit de Découragement est de toutes les missions, et il faut toujours le pousser pour le mettre au travail…

— Et que pensez-vous d'esprit de Division 2597 ?

— Je l'ai envoyé s'occuper de son copain Jacob ce matin, mais il s'est fait repérer par l'Ange gardien du mioche. C'est une NULLITÉ, UN MINUS !!!

Cette dernière phrase avait été dite d'une voix aussi puissante que rageuse. À l'autre bout de la pièce, un démon qui ressemblait à une lame de couteau, enfonça sa tête dans les épaules. Il lâcha la fourche qu'il utilisait pour piquer deux esprits en pleine contestation, et s'enfuit du salon à toute vitesse.

— Vous devez harceler ce pathétique garçon, insista esprit de Malice 8235. Il faut lancer sur lui une multitude d'esprits !

— Et attirer les foudres de l'Archange Michel – que soit maudite cette race ignoble ! – et ses légions d'anges ? Tu es un imbécile, esprit de Malice 8235, et…

— Ne les envoyez pas tous ensemble, mais les uns après les autres, suggéra le démon d'une voix pleine d'une fausse douceur. Sans aucun répit.

Belzébuth allait répliquer lorsqu'un démon entra brusquement dans la pièce, ventre à terre. Il se dirigea directement vers Belzébuth, tout excité par ce qu'il avait à dire. C'était une créature avec des oreilles immenses dont les lobes traînaient par terre, et qui avait également une paire d'yeux derrière la tête. Il ne se prosterna pas comme il était d'usage de le faire devant le Prince des démons et ne demanda même pas la permission de prendre la parole.

— J'ai vu et entendu des choses intéressantes, vénéré Maître !

— Parle, esprit de Curiosité malsaine 987 ! ordonna Belzébuth.

L'esprit se retourna pour voir s'il avait capté l'attention de tous les démons présents. Mais certains étaient bien trop occupés à se chamailler pour s'intéresser aux nouvelles qu'apportait le nouvel arrivant.

— Le petit humain Jacques Bidaud que vous m'avez demandé d'espionner a reçu une bien curieuse visite, ce matin…

Esprit de Curiosité malsaine 987 se tut un instant pour ménager son effet. La mouche le menaça de son dard et le démon ne tarda pas à délivrer son message.

— En fouillant la mémoire du jeune Jacques, je suis tombé sur un souvenir tout frais, qui n'avait même pas eu le temps d'être analysé et rangé à sa place.

— Quel souvenir ?

Esprit de Curiosité malsaine 987 tira sur ses oreilles d'un geste machinal.

— L'humain Jacques Bidaud a reçu la visite d'un Passeur. Et pas n'importe lequel ! Celui du chevalier Owen.

Belzébuth cessa de battre des ailes et approcha son effrayant visage de celui du petit démon.

— Le chevalier Owen ? Tu es sûr de ce que tu dis ?

— Certain !

— Et que lui a-t-il dit ?

— Ce n'est pas ce qu'il lui a dit qui est intéressant. C'est ce qu'il a fait : il lui a donné le Bâton des prodiges…

8
Le gouffre ténébreux

Jacques était remonté chez lui, avec l'aide de Jacob et du concierge. Son nez avait doublé de volume et saignait abondamment. Le mouchoir qu'il tenait dans sa main était entièrement rouge. Il avait aussi la lèvre inférieure fendue, un œil au beurre noir et les bras couverts d'ecchymoses.

Hélène hurla en voyant son fils entrer dans l'appartement.

— Qu'est-ce qui t'est arrivé ?

Jacques était dans un trop sale état pour répondre. Ce fut Jacob qui donna les explications, à grand renfort de gestes désordonnés et d'interjections bibliques.

— C'était affreux ! conclut-il avec un air terrorisé. Tout ça parce que ce gros plein de soupe de René, cet Aman* de Belleville, m'a traité de youpin !

— Il faut le conduire tout de suite à l'hôpital, décréta Gaston en regardant les plaies de plus près.

Hélène enveloppa l'enfant dans une couverture et son mari prit l'enfant dans ses bras. L'hôpital n'était heureusement pas très loin de la rue Vilin. Jacob aurait bien voulu les accompagner, mais Gaston l'expédia à l'école, avec la mission d'expliquer l'absence de Jacques à monsieur Pitois.

— Et le père Bardot ne va pas tarder à avoir de mes nouvelles, ajouta Gaston en maugréant.

Jacques fut admis dans une salle de soins qui sentait

---

* Voir l'explication de ce mot à la page 307.

l'éther. Ses différentes coupures nécessitèrent douze points de suture, dont trois rien que pour la lèvre.

— Il aura probablement une cicatrice, affirma le médecin en se lavant les mains. Mais pas de quoi avoir une carte de GIG pour autant…

Une infirmière appliqua un onguent sur la multitude des plaies qui couvraient le corps du petit supplicié. Jacques gémissait, mais se forçait à ne pas pleurer.

Au milieu de l'après-midi, Gaston finit par retourner à la maison pour préparer l'arrivée de sa sœur et de ses enfants, tandis qu'Hélène resta avec Jacques jusqu'à six heures du soir, heure où ils furent enfin autorisés à quitter l'hôpital après avoir signé une multitude de papiers.

C'était déjà la nuit et une pluie glacée tombait drue sur les pavés rendus glissants. En entrant dans leur appartement, ils faillirent buter sur deux enfants assis dans l'entrée, en train de vider consciencieusement un nounours de sa bourre de paille.

— Oh, non ! Mon Totof, geignit Jacques en voyant son jouet entre les mains des deux anges blonds qui lui adressaient un sourire espiègle.

— Bonzour, Zacquot !, minauda la petite Babette. Bonjour, tata Zélène.

Oscar ne dit pas un mot, mais tendit fièrement sa paume vers Jacques pour lui montrer les deux yeux en plastique de l'ours Totof qu'il avait réussi à arracher.

— Cassé, dit-il en riant.

Si Jacques avait été plus en forme, il aurait dit quelque chose de bien senti, mais il ne se sentait pas la force de réagir. Il était accablé, vidé.

Et inquiet de ce qui allait encore se passer…

Josette fit son apparition dans le hall d'entrée. Elle se dirigea vers Hélène en écartant les bras, telle une actrice entrant en scène.

— Oh, tu es enfin rentrée, ma chère ?

La femme élégante laissait planer un parfum délicat sur son passage. Elle embrassa du bout des lèvres sa belle-sœur, comme si elle donnait un baiser à un poisson en décomposition. Puis elle tourna la tête et serra la main de Jacques du bout de ses longs doigts gantés.

— Tu as encore grandi, toi… Comment t'appelles-tu déjà ? Marc ? Frank ?

— Jacques, maugréa l'enfant.

Elle lui faisait le coup à chaque fois.

— Jacques, bien sûr !

Josette était encore plus élégante que lors de sa dernière venue, l'année précédente. Son maquillage était parfait. Elle portait une robe imprimée zèbre avec un grand décolleté dans le dos comme en plein été, ainsi que des gants fins montant jusqu'aux coudes. Ses chaussures à hauts talons la faisaient paraître encore plus grande qu'à l'accoutumée. Il faut dire qu'elle adorait tellement regarder les gens de haut, et surtout sa *chère* Hélène…

Lorsque l'enfant retira son béret et l'écharpe qu'il avait plaquée contre sa bouche, Josette découvrit les bandages et la cicatrice à la lèvre. Elle ne put s'empêcher de faire une grimace disgracieuse trahissant ses origines populaires.

— Mais qu'est-il arrivé à ce gamin, grand Dieu ?

Josette n'attendit pas la réponse. Elle tourna les talons et se rendit au salon avec la démarche chaloupée d'un mannequin dans un défilé de mode.

Hélène tourna son regard vers son fils et haussa les épaules.

— Eh bien, ça promet !

La mère de Jacques retira sa capuche de plastique et la secoua sur le paillasson avant de la poser sur le porte-manteau. Ils eurent à peine le temps de retirer leurs vêtements que la voix aigre de Josette se fit de nouveau entendre :

— Hélène ? Qu'est-ce que tu fais, ma chère ? Dépêche-toi de me préparer ma chambre et les lits de mes trésors !

Ils tombent de sommeil, les pauvres chéris. Et mon nigaud de frère n'est pas encore revenu des courses ! Secoue-toi un peu, ma pauvre fille !

La mâchoire d'Hélène se crispa. Elle avala une goulée d'air et glissa à l'oreille de son fils :

— Viens ! On va préparer tes affaires. J'espère que papa aura eu le temps de passer chez madame Goetz et qu'il n'y a pas de problème pour te loger chez elle.

— Sinon, c'est pas grave, j'irai chez la mère Gertrude. Elle m'a dit qu'il y aurait toujours une chambre pour moi, au Balto, au cas où…

— Je préférerais vraiment que tu ailles chez ton copain Jacob. Je n'ai pas envie que tu empestes la fumée de cigarettes. Bon, allons-y ! Plus vite tu seras parti, et plus vite je serai soulagée de te savoir à l'abri de ta délicieuse tante et de ses charmants bambins…

Josette, assise confortablement dans un fauteuil les jambes croisées, ne leva même pas le nez de son magazine de mode lorsque Jacques et sa mère passèrent devant elle pour se rendre dans la chambre du jeune garçon.

Hélène sortit une vieille valise de cuir bouilli de la penderie et la posa sur le lit.

— Je m'occupe de tes vêtements. Toi, prends tes affaires de classe et tout ce dont tu as besoin.

Sans échanger le moindre mot, ils préparèrent les bagages, le cœur lourd.

Jacques fourra un maximum de choses dans un grand sac militaire, puis se mit à plat ventre pour attraper le Bâton des prodiges caché sous le lit.

— Qu'est-ce tu cherches là-dessous ? s'étonna Hélène.

— Je… Rien du tout. J'ai cru que…

Sa mère n'insista pas. Elle alla chercher une serviette et un gant de toilette dans la commode de sa chambre. Jacques en profita pour caler le bâton sur le sac marin. Le bourdon avait repris son étrange apparence bleutée et vibrait comme s'il mettait en garde l'enfant contre un danger imminent.

Jacques avait aussi l'intention de prendre le Veritatis Speculum. Il n'était pas question de le laisser à la merci des enfants. De plus, il lui tardait de parler avec Longin et de l'interroger sur l'étrange visite du chevalier Owen dans sa salle de classe.

Au moment de prendre le miroir, il vit Josette qui se tenait dans l'embrasure de la porte et qui le regardait ranger ses affaires.

— Rassure-toi, Jules... Euh... Jacques. Tu pourras récupérer rapidement ta chambre. Je ne resterai ici qu'un jour ou deux...

Le garçon s'étonna de la douceur avec laquelle sa tante venait de lui parler. Était-elle moins féroce qu'elle n'en donnait l'air, en fin de compte ?

— Le temps de tirer un trait sur la regrettable histoire de bijoux volés, ajouta-t-elle, et je serai partie.

Jacques hocha la tête.

— D'accord, Josette.

Il se dirigea vers le miroir et empoigna le cadre pour le retirer du mur.

— Pourquoi prends-tu cette vieillerie ? demanda sa tante d'une voix soudainement sèche. Laisse-ça à sa place !

Ce que Jacques vit dans la glace lui fit pousser un cri d'effroi.

Josette se tenait toujours à la même place, mais elle le regardait avec des yeux durs, les mains sur les hanches.

Mais ce n'était pas les yeux de sa tante qui lui avaient fait peur. C'était le personnage sombre qui se tenait à côté d'elle.

Une créature au pelage noir, au visage hideux et déformé par la haine...

Un être avec un bec crochu comme un corbeau à la

place de la bouche, et deux grands yeux jaunes à la pupille fendue comme ceux d'un serpent...

Esther Goetz avait installé un lit d'appoint à côté de celui de Jacob. La minuscule mansarde du jeune garçon était pleine comme un œuf, et il fallait monter sur les lits pour se déplacer dans la chambre. Du reste, la pièce ressemblait davantage à un débarras qu'à une chambre d'enfant.

Les quatre sœurs aînées avaient protesté pour la forme contre l'intrusion de ce *goy* dans leur intimité familiale, mais la solidarité entre les habitants du quartier passait toujours avant le confort personnel. De plus, les filles n'étaient pas mécontentes de savoir Jacob forcé à rester davantage à la maison, et d'avoir, en prime, un nouveau petit frère à commander...

En revanche, Jacques se demandait comment il allait consulter son miroir sans attirer l'attention. Le seul lieu d'intimité de cet appartement surpeuplé était les minuscules toilettes. Encore fallait-il les utiliser le plus brièvement possible s'il ne voulait pas s'attirer les foudres des terribles sœurs de Jacob se disputant continuellement leur tour, avec de grands cris et de bruyantes lamentations...

Jacques avait donc décidé d'y aller au milieu de la nuit, lorsque tout le monde dormirait. Il était tracassé par tout ce qui s'était passé pendant cette journée, en particulier par la macabre vision du monstre qui accompagnait Josette et il avait hâte de tirer toute cette affaire au clair.

Le dîner chez les Goetz lui sembla interminable. Esther avait fait un repas pantagruélique et n'arrêtait pas de parler.

— Mange, mon garçon ! Tu dois reprendre des forces ! Ce n'est pas à l'hôpital qu'ils vont te remplumer. Je vais te guérir, moi !

Pour une mère juive, rien n'était plus important que de nourrir sa progéniture. Dès qu'une assiette était vide, elle y mettait une nouvelle louche de purée sans demander le moindre avis à personne.

— Tu n'as rien mangé Jacob ! Regarde comme tu es maigre à côté de Jacques ! Tu me fais honte devant ton copain…

— Mais non, maman. Je suis parfait.

— Mais mange donc, je te dis ! Ce n'est pas bon ? Tu n'aimes pas ?

— Mais si, c'est bon ! soupira Jacob d'un air accablé.

— Et toi, Jacques, encore un peu ?

— Non merci, Madame.

Le visage de la femme se ferma.

— Vous n'aimez pas ce que je vous ai préparé, c'est ça ? Allez ! Dites-le, qu'il n'est pas bon, mon repas !

Les filles protestèrent vigoureusement.

— Mais si, maman, c'est très bon ! Ce sont les garçons qui font les difficiles… Comme d'habitude !

Jacob donna un vigoureux coup de pied sur le mollet de sa sœur Salomé assise juste en face de lui. Elle se mit à glapir, sitôt suivie par les autres filles.

— Taisez-vous, maintenant ! tonna Esther, excédée. Allez, Jacob, fais plaisir à ta maman : mange encore un peu, s'il te plaît. Sois un bon fils pour ta vieille mère.

— Je n'en veux plus !

Esther leva sa louche au-dessus de la tête. De la purée tomba par terre.

— Tu n'aimes jamais ce que je te prépare ! C'est toujours meilleur chez les autres, n'est-ce pas ? Tu préfères manger chez les goys ! Excuse-moi, Jacques : ce n'est pas contre toi…

— Ce n'est pas vrai !

— Alors quoi ? Tu veux rester chétif comme un petit poulet et faire croire à tous les gens du quartier que je ne sais pas m'occuper de mon fils… Moi, une femme seule qui travaille toute la journée pour ses enfants, qui sue sang et eau… Tu sais ce que t'aurait dit ton père, Jacob ? Tu sais ce qu'il t'aurait dit ?

— Il m'aurait dit que j'ai assez mangé pour quelqu'un de ma constitution !

Ses sœurs se mirent à ricaner en montrant leur frère de la main.

— Tu vois bien, maman ! On t'avait bien dit que Jacob, il est mal élevé et qu'il n'a pas de respect pour sa famille…

— Non, il t'aurait dit de toujours obéir à ta mère ! reprit Esther en faisant mine de sangloter. C'est ça qu'il t'aurait dit. Mange encore un peu… Sinon, sinon… JE ME TUE !

Elle porta sa main sur le cœur et baissa tragiquement la tête. Les filles se jetèrent à ses pieds et supplièrent :

— Non, maman ! On va faire manger Jacob ! Ne te tue pas !

Jacques avait l'habitude de ce spectacle, mais, ce soir-là, il n'en pouvait plus. Esther lui faisait un peu peur. Il n'était pas habitué à prendre ses repas dans un tel tohu-bohu et il craignait toujours les réactions de la mère de Jacob qu'il ne comprenait pas. Il loua le Ciel quand il se retrouva enfin dans la chambre de son ami. Mais Jacob, excité d'avoir son copain à côté de lui, n'arrêtait pas de jacasser. Jacques essaya bien de le calmer, mais il savait que c'était parfaitement inutile. S'il voulait invoquer Longin, il devait attendre que Jacob s'endorme et il lui fallait être patient.

Alors, Jacques l'écouta sans intervenir.

Mais ce fut lui qui s'endormit le premier…

Jacques était sur une île qui avait la forme d'un gros haricot sec, au milieu d'un immense lac de montagne. Il pleuvait et le vent soufflait fort.

Le jeune garçon se tenait debout au sommet d'un monticule en granit qui dominait un paysage désolé. Il n'y avait pas âme qui vive alentour. Sous un ciel chargé de gros nuages, une impression de mélancolie intense se dégageait de ce panorama. Autour de lui, les bruyères s'étendaient, uniformément brunes sur les plis du terrain. Ça et là, des rochers les marquaient de taches grises. Seuls quelques genêts jetaient au milieu des teintes tristes de ces landes mornes la note éclatante de leurs fleurs d'or.

Jacques était seul. Il tremblait de froid. L'enfant ne portait qu'une simple chemise de crin et d'antiques braies déchirées. Ses pieds nus posés sur la roche humide avaient pris une effrayante couleur violacée.

Le garçon regarda autour de lui, son cœur battant la chamade. Il n'aperçut aucun toit de maison à proximité, ni aucun village. Il n'y avait pas non plus de champs ou de forêts, pas de fumée ni de pont. Il n'y avait qu'un étroit sentier tracé à travers la bruyère qui traversait de part en part la bande de terre jaillie au cœur des eaux grises du lac.

Alors son regard se porta au-delà de l'île, pour découvrir s'il y avait, tout là-bas, sur la berge du lac, un ponton ou une route. Mais il n'y avait rien d'autre que les flancs escarpés d'une montagne, âpre et sauvage.

Jacques se mit à frissonner. Le paysage changeait de tonalité, en fonction du déplacement des nuages. Ainsi le lac prit brusquement une étrange couleur pourpre, comme si l'eau était devenue du sang.

« Et Moïse fendit la Mer Rouge en deux parts en frappant les flots avec son bâton, et les Israélites purent passer à pied sec », pensa l'enfant.

Mais Jacques n'avait pas le Bâton des prodiges avec lui. Il était presque nu, fragile et vulnérable.

Le garçon s'essuya les yeux remplis de larmes et de pluie mélangées, et scruta avec une intensité redoublée le paysage qui l'entourait.

Soudain, quelque chose, tout au bout de l'île, retint son attention. Sous les rais obliques de la pluie, il aperçut, ou crut apercevoir, une chapelle en pierres noires. On distinguait à peine sa façade triangulaire et son clocher qui défiait le ciel menaçant. Un rayon de soleil perça soudainement les nuages et Jacques vit s'illuminer d'une lueur trop vive la lande, les rochers et la montagne qui l'entouraient. Leurs contours, un bref instant, eurent une précision exagérée, avant de retomber dans l'ombre et, sous son voile de deuil, la contrée sembla s'attrister encore davantage après cette brusque éclaircie.

Mais, cette fois, il en était sûr : tout au bout de l'île, se trouvait une petite église qui semblait abandonnée.

L'enfant cria à pleins poumons, mais il n'entendit que des oiseaux menaçants comme des vautours crier sinistrement en planant au-dessus de sa tête.

Soudain, le vent tourna, emportant avec lui une lointaine sonnerie de cloches venant de la chapelle.

Jacques reprit espoir. S'il entendait les cloches, c'est qu'il y avait quelqu'un pour les faire sonner.

Il se mit alors à courir sur le sentier pierreux. À chaque enjambée, il manquait de se tordre la cheville. Mais peu lui importait, il redoubla de vitesse en suivant l'appel des cloches. Plus il avançait, et plus il distinguait nettement leur chant.

Le chant des cloches ?

Elles ne chantaient pas : elles sonnaient le glas.

Jacques frissonna.

Qui était mort ? Il semblait le seul être humain sur cette île.

Le glas sonnait-il pour lui ? Était-il convoqué à son propre enterrement ?

L'étroit layon était sinueux et les massifs épineux qui le bordaient déchiraient cruellement les pieds et les mollets du garçon. Mais l'enfant était trop terrorisé pour ressentir la douleur. Il courait, courait, courait à perdre haleine, sans quitter des yeux l'église aux pierres noires qui semblait s'éloigner au fur et à mesure qu'il s'approchait d'elle.

Soudain, au détour du chemin, il déboucha sur un espace plat qui formait une sorte de plate-forme naturelle. Au centre d'une dalle de granit, une vaste ouverture parfaitement circulaire s'enfonçait profondément dans le sol. Le sentier s'arrêtait net devant le gouffre.

Jacques s'approcha à quelques pas de l'entrée de la grotte, mais elle était bien trop sombre pour qu'il puisse distinguer quoi que ce soit à l'intérieur. La lumière du jour semblait ne pas pouvoir y pénétrer, comme si les ténèbres de la caverne avalaient la moindre parcelle de clarté qui s'aventurait à proximité.

Le jeune garçon essaya de contourner la fosse, mais la pente était glissante et il craignait de tomber dans cette bouche infernale.

Soudain, alors qu'il s'approchait du bord, il aperçut un bras sortir du gouffre, puis un autre, et encore un autre. Peu à peu, une forêt de mains tendues cherchèrent à l'agripper. Il essaya de leur échapper, mais l'une d'entre elles réussit à saisir son mollet. La poigne était tellement forte que les ongles longs et terreux pénétrèrent cruellement dans sa chair.

— Au secours ! hurla Jacques.

Mais personne ne vint à sa rescousse.

C'est alors que le garçon entendit de lugubres plaintes surgir du fond de la caverne. Elles s'amplifièrent, devenant de plus en plus assourdissantes.

— Jacques ! Viens nous rejoindre. Viens, Jacques ! Viens ! Nous t'attendons !

Les voix exprimaient une telle angoisse que l'enfant se boucha les oreilles pour ne plus les entendre. Il tira sur son pied emprisonné pour tenter de s'enfuir, mais la main ne desserrait pas son étreinte. Il se mit à crier de plus belle :

— Laissez-moi tranquille ! Laissez-moi ! Laissez-moi…

9
Le passage

— Jacquot ! Réveille-toi !

Jacob était assis en tailleur sur son lit et le regardait fixement avec inquiétude. Il lui secouait l'épaule.

— Ça va ?

La pâle lueur des réverbères de la rue Piat qui passait par la lucarne était la seule source de lumière de la chambre.

Jacques se frotta les yeux, tremblant encore de peur. Il était trempé de sueur malgré la température hivernale.

— J'ai fait un cauchemar, dit-il d'une voix pâteuse.

— Et moi, je crois que je suis aussi en train de rêver, répliqua son voisin à voix basse.

Entre les mains, il tenait le Bâton des prodiges qui avait gardé cet éclat métallique un peu étrange.

— Qu'est-ce que c'est que ça ? demanda Jacob dans un souffle en tendant le bois devant lui. C'était accroché à ton sac militaire.

Jacques s'était redressé, complètement réveillé cette fois.

— Tu le vois ?

Jacob haussa les épaules.

— Bien sûr, que je vois ce bâton... Enfin, ce truc qui brille...

Jacques n'en revenait pas. Comment était-ce possible ? Le chevalier Owen lui avait expliqué si peu de choses à propos de cet objet. Il lui avait simplement dit : *Les per-*

sonnes qui t'entoureront seront incapables de l'apercevoir. Toi, tu le verras toujours, ainsi que certaines âmes pures.

Les âmes pures… Jacob faisait-il partie de ces « âmes pures » ?

— Alors ? insista le jeune juif. Tu m'expliques ?

Jacques ne savait pas ce qu'il convenait de faire. Longin lui avait bien dit qu'il ne fallait parler à personne du Veritatis Speculum, mais il ignorait si cette interdiction s'étendait également au bâton. Il bredouilla :

— Euh… C'est-à-dire que… Comment dire ?

Jacob regarda le bois sur toutes ses coutures et chuchota :

— Laisse-moi deviner… C'est ce… ce machin qui est tombé en classe en faisant un bruit d'enfer. Et c'est sur ce bâton que Pitois a trébuché, n'est-ce pas ?

Jacques se mit à rougir fortement.

— Euh…

— Mais pourquoi ne l'ai-je pas vu ce matin et que je le vois maintenant ? poursuivit Jacob. Pourquoi *personne* ne pouvait le voir ? Et pourquoi a-t-il cette couleur bleue comme s'il était composé de lumière, alors que lorsqu'on le touche, on sent bien que c'est du bois ?

Jacques s'obstina dans le silence. Jacob réfléchit encore un instant, puis ses yeux s'illuminèrent soudainement.

— Je sais ! C'est une énorme baguette magique ! C'est un nouveau truc que ton père a fabriqué pour ses tours de magie !

Jacques soupira de soulagement.

— Oui, c'est ça. Tu as compris.

— Et comment ça marche ? On peut faire disparaître des choses avec ça ?

Jacob commença à faire des moulinets avec le bâton.

— Tu ne devrais pas faire n'importe quoi, intervint Jacques. C'est dangereux de…

Il n'eut pas le temps de terminer sa phrase. L'extrémité du bâton avait formé un cercle de lumière dans la chambre, une sorte de trouée dans l'espace. On ne voyait rien d'autre à l'intérieur du trou qu'une mystérieuse clarté dorée.

— Waouh ! s'exclama Jacob. C'est dingue, ce truc ! Et ça sert à quoi ?

Mais Jacques prit peur et arracha le bâton des mains de son ami. La brèche resta ouverte.

— Nom de nom ! s'exclama le jeune garçon. Mais qu'est-ce que tu as fait ?

— Rien du tout ! J'ai fait un cercle avec le bâton et…

Jacob fronça les sourcils en voyant les traits défaits de Jacques.

— Pourquoi t'as peur ? C'est juste de la magie.

Jacques secoua la tête et dit d'une voix apeurée :

— Il se trouve que…

— Que quoi ? Ce n'est pas de la magie ?

— Euh… Non ! C'est autre chose.

— Autre chose ? Mais c'est quoi, alors ?

Jacques murmura :

— J'en sais rien du tout, justement !

Les deux garçons regardèrent le cercle de lumière, bouche bée, pendant un certain temps.

— J'y comprends rien, grommela Jacob. Depuis que tu es rentré de la tournée de tes parents dans le Nord, tu n'arrêtes pas de me faire des cachotteries. Qu'est-ce qui se passe, Jacquot ? Explique-moi ce qui t'arrive !

Jacques se décida finalement à raconter comment le bâton était apparu pendant la leçon de morale. Il pouvait difficilement passer sous silence l'existence de ce bourdon que Jacob voyait aussi bien que lui. Mais il évita de relater l'épisode de la visite du chevalier Owen et ce qu'il lui avait dit.

— Ça alors ! s'exclama le jeune juif. Si je ne te connaissais pas aussi bien, j'aurais vraiment du mal à te croire ! Qu'est-ce que c'est que cette histoire ?

— J'en sais rien, avoua Jacques d'une voix morne.

Jacob se leva et attrapa une bille de terre sur son étagère.

— Qu'est-ce que tu fais ? alarma Jacques.

— Une expérience.

— Une expérience ? Quelle expérience ?

Jacob s'approcha du cercle de lumière et jeta la bille à l'intérieur.

La bille disparut immédiatement.

Il tourna la tête vers son ami, les yeux brillants d'excitation.

— C'est un passage, affirma-t-il joyeusement.

— Un passage ? Mais ça mène où ?

Jacob haussa les épaules en faisant une moue dubitative.

— J'en sais rien... Dans un autre monde, peut-être ?

Jacques commença franchement à s'inquiéter.

— Et comment on referme ce passage ? Et si on passait à travers ? Qu'est-ce qui arriverait ?

Jacob approcha son visage et scruta avec attention la douce lumière dorée.

— Ça n'a pas l'air très dangereux...

Il tendit son index vers le cercle en disant :

— J'aimerais bien voir ce que ça fait si je mets ma main dans ce trou...

— Ça va pas, non ? cria Jacques en tirant son ami en arrière. Tu es devenu fou ?

— Mais comment veux-tu qu'on sache ce que c'est, si on reste là à ne rien faire ?

Jacques était de plus en plus inquiet.

— Ne fais pas de bêtises. Il faut d'abord se renseigner.

— Auprès de qui ?

Le jeune garçon baissa la tête. Il ne pouvait pas lui parler du Miroir de Vérité, mais il était urgent de consulter Longin.

— Tu sais à quoi me fait penser ce bâton ? reprit Jacob en souriant.

— Aucune idée.

Jacob sortit de la chambre et revint un instant plus tard avec sa Bible tout écornée. Il se mit devant la lucarne pour avoir davantage de lumière et entreprit de la feuilleter fébrilement.

— Attends une seconde, susurra-t-il, un petit sourire aux lèvres. Ça y est : j'ai trouvé. As-tu entendu parler du bâton de Moïse ?

— Celui qui s'est transformé en serpent devant le Pharaon ?

— Oui, c'est bien ça. C'est le même bâton dont Moïse s'est servi pour faire un passage à travers la mer Rouge. Un passage, Jacquot... Ça ne te dit rien ?

— Tu ne crois quand même pas que c'est...

— Un bâton merveilleux, ça ne peut-être que celui de Moïse ou celui de son frère Aaron, qui s'est transformé aussi en serpent, puis qui a fleuri.

Jacques se mit à rire.

— Arrête de rêver ! Tu parles d'un bâton qui aurait...

— Trois mille cinq cents ans, je sais !

— Un morceau de bois ne pourrait jamais durer aussi longtemps !

— Mais ce n'est pas un simple morceau de bois ! s'offusqua Jacob. C'est un objet... divin ! Le bâton d'Aaron a été mis précieusement dans l'Arche de l'Alliance, avec de la manne et les Tables de la Loi. Depuis la destruction du Temple de Jérusalem, le bâton avait disparu. Il me semble qu'on vient juste de le retrouver...

Jacques secoua la tête.

— Tu crois que c'est normal que ce... ce bâton débarque comme ça, un jour, à Belleville, pour être donné à un simple enfant...

— À un goy, qui plus est, grimaça Jacob en dodelinant de la tête. C'est vrai que ça, c'est bizarre... Mais je te rappelle que c'est toi qui m'as raconté cette histoire de bourdon qui produit de la lumière bleue. Tu trouves ça moins étrange que mon explication ?

Jacques ne savait que penser. Il baissa la tête. Ce faisant, il sentit tout à coup quelque chose de froid passer sur sa nuque, comme si quelqu'un venait de lui souffler une haleine glacée dans le cou.

— Qu'est-ce que c'est ? cria-t-il en se retournant vivement, le poil hérissé et des frissons sur tout le corps.

— Quoi encore ? réagit Jacob en tirant vivement le bâton contre lui.

Jacques fouilla du regard un coin sombre de la chambre.

— J'ai cru sentir…

Une ombre passa devant ses yeux. L'enfant fit un bond en arrière.

— T'as vu ? demanda-t-il, le souffle court.

Jacob tendit le bâton vers l'angle que Jacques fixait fiévreusement.

— J'ai rien vu, mais je sens quelque chose, dit-il d'une voix étranglée. Comme s'il y avait une présence… mauvaise.

— C'est exactement ça ! approuva Jacques.

Jacob tenait fermement le bâton devant lui comme une arme de défense.

— Là, j'ai franchement la trouille, Jacquot.

— Moi aussi, figure-toi !

— Je sens que je vais faire une crise cardiaque, si ça continue ! Qu'est-ce qu'on fait ?

— Sais pas ! C'est toi qui a toujours de bonnes idées.

— Si on récitait le Kaddish ?

— Connais pas… C'est quoi ?

— La prière des morts.

— T'as pas mieux comme idée ?

— Non. Et toi, t'as quoi à proposer ? Après tout, ce bâton, c'est toi qui l'as pris. Tu devrais savoir ce qu'il faut faire.

Jacques hésita, puis murmura.

— J'ai peut-être un truc qui pourra nous aider. Il faut que je vérifie quelque chose !

Jacques attrapa sa valise coincée sous le lit, vida son contenu en jetant pêle-mêle les vêtements autour de lui et prit le miroir rangé au fond du bagage.

— Qu'est-ce que c'est ? demanda Jacob d'une voix étranglée. Qu'est-ce que tu fais avec cette glace dans tes affaires ?

Jacques se dispensa de répondre. Il savait parfaitement qu'il ne devait pas montrer le Veritatis Speculum à Jacob, mais il y avait urgence. « Tant pis, pensa-t-il. Je cours le risque. »

Le jeune garçon saisit le cadre, le mit à la hauteur des yeux et le tourna comme on le ferait avec un périscope de sous-marin. Soudain, il se figea. Pas très loin de Jacob, il aperçut un être velu, avec deux grandes ailes noires dans le dos. Il avait des yeux jaunes à la pupille fendue, comme la créature qui s'était tenue quelques heures auparavant à côté de Josette. Il levait les mains aux doigts griffus en direction du jeune juif comme s'il cherchait à s'emparer du Bâton des prodiges.

Son intuition était juste.

Malheureusement.

Jacques déglutit difficilement.

— Là ! dit-il en désignant du doigt le coin de la chambre où se tenait l'effrayante créature.

— Là, quoi ? demanda Jacob.

— Il y a un monstre !

— Un monstre ?

— Je te jure !

— Et tu le vois dans ton miroir ? Il est comment ?

— Heu… Horrible !

Jacob dirigea le bâton vers le lieu indiqué par Jacques. Il donna un coup comme s'il voulait frapper ou chasser la *chose* qui les menaçait. La pointe du bourdon provoqua une sorte de déchirure et une vive clarté rouge s'échappa de la fente qui venait de se former.

Les deux garçons entendirent alors très distinctement un puissant cri de rage qui fit se dresser leurs cheveux sur la tête. Jacques vit dans son miroir une langue de feu sortir de la trouée. Elle happa la ténébreuse créature et l'aspira violemment à l'intérieur de la fissure.

Jacob, qui tremblait de tous ses membres, donna de nouveau un coup de bâton sur l'épouvantable fissure rougeoyante comme une fournaise. La brèche se referma instantanément.

L'être démoniaque avait disparu.

10

Les quatre princes de l'enfer

Le cri de terreur poussé par le monstre ailé avait réveillé toute la famille Goetz.

Lorsque Esther ouvrit la porte de la chambre mansardée, Jacob eut juste le temps de s'interposer entre elle et le cercle lumineux qui flottait toujours dans l'air. Derrière la femme en bigoudis, quatre têtes de jeunes filles aux yeux bouffis tentaient de se frayer un chemin.

— Qu'est-ce qui se passe ? demanda-t-elle d'un air affolé.

Jacob esquissa un sourire.

— Rien du tout, maman. C'est Jacques qui a fait un cauchemar. Tu peux aller te recoucher. Tout va bien !

Esther regarda avec une mine renfrognée les habits de son jeune invité qui traînaient autour de lui, ainsi que la valise retournée cachant le miroir. Le Bâton des prodiges trônait bien en évidence sur le matelas de Jacob, mais elle ne pouvait pas le voir.

Esther secoua la tête d'un air désolé.

— Les garçons, vous êtes vraiment des cochons ! Tu viens à peine d'arriver, mon petit Jacquot, et toutes tes affaires sont déjà en désordre. Que dirait ta mère si elle voyait dans quel bazar tu dors ?

Jacques baissa la tête d'un air coupable. Heureusement, la maman de Jacob était bien trop fatiguée pour pousser plus loin son investigation. Elle bâilla à s'en décrocher la mâchoire et dit :

— Allez vous coucher ! Et ne faites plus de bruit, s'il vous plaît. Il y en a qui travaillent dans cette maison ! Et je vous demande de ranger cette chambre avant de partir en classe demain matin ! C'est bien compris ?

Les sœurs de Jacob, déçues que leur mère ne montre davantage de fermeté envers les deux « petits cochons », se mirent à ronchonner.

— Et vous, au lit tout de suite ! ajouta-t-elle avec un air féroce.

Lorsque la porte de la chambre se referma, Jacob soupira longuement.

— Ouf ! Je croyais qu'on était faits comme des rats !

Jacques hocha la tête et rangea le miroir au fond de la valise. Puis il commença à replier soigneusement ses vêtements et à les ranger.

— Qu'est-ce que tu fais ? réagit Jacob. Tu crois que c'est le moment de faire le ménage ? Alors que nous sommes face à une énigme passionnante !

La vérité, c'était que Jacques était vraiment épuisé et en avait assez de toute cette histoire. Il n'aspirait plus qu'à une chose : dormir. Mais Jacob ne l'entendait pas de cette oreille. Il prit le bâton et le regarda une fois de plus, les yeux brûlants de curiosité.

— T'as remarqué que ni ma maman, ni mes sœurs n'ont vu le bâton de Moïse ?

Jacques haussa les épaules et dit :

— Je t'ai expliqué qu'il était normalement invisible aux yeux de la plupart des humains. Mais pas aux créatures démoniaques qui veulent le détruire…

— Comment peux-tu le savoir avec autant de certitude ? Au fait, c'est une de ces créatures démoniaques que tu as vue dans ton miroir, n'est-ce pas ? Quelle frousse j'ai eu quand j'ai entendu le cri ! Atroce ! Je n'ai jamais eu aussi peur de ma vie !

Jacques continuait à ranger ses affaires. D'abord, parce qu'il avait horreur du désordre, mais aussi parce que ça le rassurait de faire ces gestes simples et machinaux, et que ça l'aidait à réfléchir.

— Qu'est-ce que c'est que ce miroir ? interrogea Jacob, tremblant d'excitation. D'abord, ce bâton de Moïse, puis maintenant un miroir… Tu as encore beaucoup de petits secrets de ce genre-là ?

— C'est toi qui dis que c'est le bâton de Moïse. C'est pas sûr du tout !

— Mais c'est évident, pauvre cloche ! s'offusqua Jacob en le regardant comme s'il avait affaire à un demeuré. Tu vois bien que c'est un bâton de berger et qu'il permet de faire des passages à travers la matière. C'est avec ça que Moïse a frappé le rocher pour en sortir de l'eau et qu'il a fendu la mer Rouge !

— Mais on n'en sait rien ! Rien du tout !

— Tu veux que je te le prouve ?

Jacob se mit à sourire d'un air triomphant. Il dirigea la pointe du bâton vers la trouée lumineuse et traça un cercle dans le sens inverse des aiguilles d'une montre. L'ouverture se boucha immédiatement.

— Et voilà ! proclama triomphalement le jeune juif. Pour fermer les passages, il suffit de faire le geste dans l'autre sens. C'est comme ça que Moïse a procédé pour faire passer les Israélites à pied sec à travers la mer Rouge et pour refluer ensuite les eaux sur Pharaon et les Égyptiens : Rabbi David me l'a expliqué à la synagogue.

— Quand as-tu compris comment ça marchait ?

— Tout à l'heure, en utilisant le bâton pour chasser le monstre brailleur. J'avais d'abord donné un coup de haut en bas, et ça avait créé une fente. Puis, après, j'ai fait un coup de bas en haut, et elle s'est refermée. Tu vois, c'est tout simple, en fin de compte !

— Heureusement que tu l'as fait une fois que l'esprit

mauvais est tombé dans la fente, soupira Jacques en bouclant sa valise.

Jacob fit une moue contrariée.

— Je ne l'ai pas vu, moi, le monstre. Je sentais bien qu'il y avait quelque chose d'effrayant dans le coin, je l'ai bien entendu pousser un cri, mais je n'ai rien vu du tout.

Jacques fronça les sourcils.

— Tu n'as pas vu l'horrible bête dans le reflet du miroir ?

Jacob secoua la tête en signe de dénégation.

— Je ne voyais que ton visage. Tu avais une de ces têtes ! Je crois que c'est ça qui m'a le plus terrorisé, en fin de compte.

Jacques ouvrit la bouche de surprise. Il se souvint que Longin lui avait dit que seuls ceux à qui le Veritatis Speculum était destiné pouvaient le voir et que, pour les autres personnes, il ne serait qu'un miroir ordinaire.

— Mais raconte comment elle était, ta créature démoniaque ! demanda Jacob avec un regain d'intérêt.

Le jeune garçon la décrivit le plus précisément possible, mais son ami lui décrocha un petit sourire narquois.

— Tu es sûr que tu n'as pas rêvé ?

— Tu n'es pas obligé de me croire, répliqua Jacques, froidement.

— Et si tu me parlais maintenant de ce miroir ?

— Et si on dormait ?

Pour toute réponse, Jacob lui envoya son oreiller à la figure.

Jacques entreprit alors de le convaincre qu'il ne pouvait rien dire pour l'instant, tout en le suppliant de lui faire confiance.

— Si je ne tiens pas ma promesse de ne rien dire, ça pourrait être très grave, tu comprends ?

Face aux yeux suppliants de Jacques, Jacob finit par capituler. Il posa sa main sur l'épaule de son ami et dit d'un ton conciliant :

— Une promesse est une promesse. Mais tu dois me jurer de me tenir au courant de tout ce qui t'arrive. D'accord ?

Jacques lui serra la main.

— N'oublie pas que je serai toujours là pour te protéger des monstres, ajouta Jacob en se glissant sous ses couvertures.

— Je sais.

Jacob était un chic type. Un merveilleux ami.

Jacques était rassuré de le savoir à ses côtés.

Il finit par s'endormir pour de bon.

Dans le salon de monsieur Miroslav, astrologue et cartomancien de son état, les esprits des ténèbres étaient en pleine effervescence. Le Prince Belzébuth agitait frénétiquement ses ailes de mouche, provoquant une rumeur assourdissante. Deux nouveaux dessins étaient apparus sur ses membranes huileuses : les visages de Jacques et de Jacob.

Belzébuth était entré dans une violente colère. Une colère meurtrière. Ses yeux tournaient dans tous les sens, comme s'ils cherchaient désespérément une victime sur laquelle passer sa rage. L'insecte semblait être devenu complètement fou.

Sa soudaine fureur avait été provoquée par l'humiliante nouvelle apportée par esprit de Suspicion 4632, un petit démon gris à l'allure renfrognée. Celui-ci était attaché depuis des années à l'une des filles Goetz qu'il encourageait sournoisement à se méfier de son entourage. Or, esprit de Suspicion 4632 avait assisté à une terrible scène dans la chambre du petit frère de sa « persécutée » : il avait vu l'humain Jacob – que la race humaine soit maudite ! – se servir du redoutable Bâton des prodiges pour ouvrir une brèche vers l'enfer où esprit de Malveillance 21289 avait été précipité pour l'éternité…

Belzébuth, devant la gravité des faits rapportés, avait alors convoqué d'urgence les autres princes de son rang, Bélial et Léviathan. Pour le moment, il avait évité de prévenir l'Adversaire, alias Satan, car il savait que leur Prince Suprême allait prendre le commandement des opérations et Belzébuth voulait garder le plus longtemps possible la maîtrise de la situation…

Lorsque l'un des princes appelait les autres à la rescousse, tous les esprits rebelles se mettaient à trembler. En général, l'assemblée des hauts dignitaires était provoquée par l'émergence d'un nouveau saint qui s'ingéniait à détourner ses frères humains de la damnation, ou par l'échec subit d'un plan de conquête. Il y avait aussi les âmes de prière et d'intercession qui faisaient beaucoup de tort au monde des ténèbres, ainsi que les exorcistes ou autres combattants angéliques. Les princes des milices infernales cherchaient alors par tous les moyens à faire tomber leurs ennemis ou à les mettre hors d'état de nuire, en utilisant toutes sortes de ruses et de tracasseries.

Les quatre princes se voyaient rarement. Du reste, ils n'aimaient guère se rencontrer, car ils entraient rapidement en conflit les uns avec les autres. Seul l'Adversaire, dont ils craignaient les réactions violentes, parvenait à maintenir un semblant d'équilibre entre eux en leur imposant son propre diktat.

Dans le cas présent, il s'agissait de trouver un moyen d'empêcher le Bâton des prodiges de faire des ravages dans les rangs des anges rebelles. La houlette sacrée avait l'épouvantable capacité d'ouvrir la géhenne de feu et de les y projeter.

Or, rien ne faisait plus peur à un démon que d'être plongé en enfer. Depuis leur rébellion contre le Très-Haut, à l'aube des temps, le Ciel leur était définitivement fermé et ils n'avaient pas d'autres choix que de parasiter le monde, de hanter les lieux désolés ou consacrés à leur pouvoir malfaisant. Certains d'entre eux parvenaient à infester des êtres humains ou, pour les moins chanceux d'entre eux, des corps d'animaux. Mais la perspective d'être envoyés en enfer avant l'heure du Jugement dernier, dans le cul-de-sac de toute raison d'être, leur était une épouvantable source de terreur…

Belzébuth tournait en rond dans le salon empestant l'encens indien de monsieur Miroslav. Il ne parvenait pas à comprendre pourquoi le chevalier Owen – que ce nom soit effacé pour l'éternité ! –, le chef de l'exécrable Guilde des Passeurs, avait eu l'idée saugrenue de confier le Bâton des prodiges à un jeune garçon qui n'avait aucune espèce d'idée du pouvoir qu'il détenait entre les mains.

Était-ce un terrible piège ou une formidable opportunité ?

Un moment, Belzébuth, ayant appris par esprit de Curiosité malsaine 987 que le bourdon était en possession d'un simple enfant, fut tenté de tirer parti de cette information et de faire un coup d'éclat en s'emparant tout seul du bâton. Mais lorsqu'il apprit que l'humain Jacob – que cette race ignoble soit détruite ! – avait trouvé, par un malheureux hasard, le moyen d'utiliser cette arme maudite et de précipiter un de ses plus fidèles serviteurs en enfer, il savait qu'il ne pouvait plus se permettre de cacher l'événement aux autres princes.

Sa colère en fut d'autant plus renforcée…

Belzébuth devait agir rapidement s'il voulait rester maître du jeu. Il imagina un plan astucieux qu'il exposa aux deux autres princes venus le rejoindre au petit matin dans son quartier général parisien. Bélial, un démon au corps d'homme et à la tête de bouc portant des cornes immenses, contesta sa proposition point par point. Léviathan, un serpent de mer à la peau de crocodile, prit son parti. Les démons finirent par entrer dans une grande dispute et par se battre comme des chiffonniers.

C'est à ce moment-là que l'Adversaire, l'empereur du monde des Ténèbres lui-même, le premier Prince des démons, arriva à Paris, encadré par ses vassaux à l'allure terrifiante : les redoutables Astaroth et Belphégor. Ils s'engouffrèrent dans le tuyau de cheminée de la vieille masure du médium et pénétrèrent dans son salon.

L'adepte des sciences occultes, qui recevait son premier client, fut subitement incapable de prononcer le moindre mot. Il était plongé dans une terrible confusion mentale.

— Ça va, monsieur Miroslav ? s'inquiéta Edmond Miraud, un homme maigrelet portant une paire de lorgnons posée sur un nez crochu. Vous n'avez pas l'air bien…

Le médium piqua subitement du nez sur sa boule de cristal. Le client commençait franchement à s'inquiéter :

— C'est si grave que ça, ce que vous avez à me dire ?

Miroslav ne répondit pas. Une terrible angoisse, dont il ne connaissait pas l'origine, lui nouait la gorge et l'empêchait presque de respirer. De plus, un mal de tête énorme lui broyait le crâne.

L'Adversaire, invisible aux yeux des deux hommes, était debout à côté du voyant. Il avait l'allure d'un séduisant adolescent aux cheveux blonds. Son visage était magnifique, mais ses yeux étaient rouges comme des braises. Il portait une cape noire et un chapeau haut-de-forme très seyant. Le chef des démons posa sa main aux longs doigts musclés sur la tête du voyant et glissa à son oreille :

— Mon cher ami ! Bon et loyal serviteur ! Je n'avais pas eu encore l'occasion de vous remercier personnellement de nous avoir donné votre superbe maison. Continuez votre beau métier. Et, surtout, profitez bien de l'argent de vos clients… Profitez-en bien, parce qu'à la fin de votre vie…

L'astrologue ouvrit la bouche, les yeux exorbités. Il poussa un cri de terreur qui venait du plus profond de ses entrailles.

Edmond Miraud, renversant sa chaise, s'enfuit du salon en courant...

L'Adversaire se mit à rire à gorge déployée, puis fendit l'assemblée des petits démons agglutinés autour de lui. Il se dirigea vers les trois princes en pleine altercation et tendit l'index vers eux. Il gronda d'une voix caverneuse :

— Ça suffit, maintenant ! Calmez-vous ! Je vais diriger moi-même les opérations. Je m'occupe de tout...

11
Le meilleur des amis

Il avait été convenu entre Gaston et Esther que Jacques serait accueilli pour le dîner et la nuit chez les Goetz, mais qu'il prendrait le repas de midi chez lui.

Lorsque le jeune garçon arriva pour le déjeuner, il crut que son cœur allait s'arrêter de battre. Babette et Oscar avaient fait de la peinture et il y en avait partout : sur les murs, sur le lino, les armoires et même sur les fauteuils du salon.

En entrant dans la cuisine, Jacques réalisa rapidement que l'ambiance était tendue. Les bonnes intentions de Josette de « tirer un trait sur la regrettable histoire des bijoux volés » avaient fait long feu. Les bambins, livrés à eux-mêmes, semblaient ne se rendre compte de rien et s'amusaient comme des petits fous...

Josette fumait dans la cuisine avec son grand porte-cigarettes, faisant des ronds de fumée d'un air concentré. Hélène cuisinait avec des gestes brusques, tandis que Gaston écoutait, l'œil morne, les propos décousus de sa sœur.

— Ah, Jacquot ! Te voilà ! s'exclama-t-il joyeusement. Viens donc t'asseoir à table !

Josette fit une grimace de dégoût en voyant la couleur jaunâtre qu'avaient prise les cicatrices sur le visage de Jacques.

— Tu devrais mieux l'éduquer, reprocha-t-elle à son frère. Il devient un vrai voyou, ton fils !

Puis tournant son regard froid vers Jacques, elle ajouta :

— D'ailleurs, quelle idée de vouloir se battre avec la racaille du quartier quand on n'est qu'un freluquet !

Jacques prit le parti d'en sourire. Il connaissait suffisamment sa tante pour savoir qu'elle disait tout ce qui lui passait par la tête, sans la moindre retenue, et l'oubliait aussitôt. Il était préférable de ne pas tenir compte de ses paroles si l'on voulait passer un repas tranquille. Le garçon s'installa devant son assiette, sans piper mot.

Josette avait entièrement changé de toilette depuis la veille ; elle était habillée tout en noir comme si elle avait pris le deuil. Et elle empestait un parfum musqué qui ne s'accordait pas avec l'odeur de cigarettes qui imprégnait ses vêtements. Josette, avachie sur sa chaise en formica, se mit alors à faire ce qu'elle préférait le plus au monde : parler d'elle. Elle commença à se plaindre d'une voix geignarde de la difficulté de vivre dans un manoir en Sologne, loin de la ville et des commerces, et de l'ennui profond qu'elle ressentait de se trouver seule, privée d'une réelle vie sociale.

Jacques, excédé, ferma les yeux. Il avait toujours de la peine de voir ses parents humiliés qui se taisaient.

Gaston mit brutalement fin à la logorrhée verbale de sa sœur en s'adressant à son fils :

— Au fait, je suis allé voir le père de ton copain René, ce matin. Je lui ai dit ma façon de penser.

Josette tira une bouffée sur son porte-cigarettes et envoya un jet de fumée vers le plafond déjà bien nuageux.

— Et qu'a-t-il dit, ce gros porc de poissonnier ?

Jacques n'ignorait pas que Josette avait eu un différend avec Émile Bardot pendant la guerre. Il n'avait jamais su exactement ce qui s'était passé entre eux, mais il avait entendu dire que sa tante ne pouvait pas le supporter.

— Tu aurais dû aller voir la police, poursuivit-elle d'un ton acerbe. Tu te laisses faire comme un chiot peureux !

— Je devais d'abord savoir ce qui s'est réellement passé, se défendit Gaston avec agacement.

— Et qu'est-ce qu'il t'a dit ?

— Que son fils avait été insulté par Jacques et qu'il a été violemment poussé à terre. René n'aurait fait que de se défendre.

Josette tourna ses yeux flamboyants vers le jeune garçon et gloussa :

— C'est vrai, ça ? Tu as fait ça ? Bravo, mon petit Georges !

— Il a traité Jacob de youpin, grommela le jeune garçon, et il s'est approché de moi en faisant des gestes... malpropres. Alors, oui, je l'ai repoussé. Ça, c'est vrai !

Josette serra les poings et gronda :

— Tu aurais dû lui écraser sa face de goret à ce morveux, et lui casser le nez. C'est tout ce qu'il méritait !

Hélène secoua la tête.

— La violence n'est jamais bonne conseillère.

— René est couvert de bleus, lui aussi, ajouta Gaston. En plus, il boite. Mais je le soupçonne d'en rajouter un peu.

— Largement ! grommela Jacques.

— Le problème, c'est qu'il y a plusieurs témoins de la scène qui sont prêts à défendre la version de René.

— Tu parles de témoins ! s'indigna Jacques en secouant la tête.

— En attendant, c'est toi qui es accusé de violence et qui dois présenter tes excuses.

— Mais c'est ridicule ! s'offusqua le garçon. En plus, il a essayé de voler mon billon…

— Il affirme que cette bille était à lui et qu'il ne voulait que reprendre son bien.

— Il ment ! Le concierge pourra le dire ! C'est lui qui m'a rendu la bille !

Gaston haussa les épaules.

— Bille ou pas, il est prêt à passer l'éponge sur votre bagarre, à condition que tu ailles à la poissonnerie t'excuser auprès de lui.

Jacques affecta de rire.

— Mais c'est le monde à l'envers ! C'est à lui de le faire ! C'est René qui a traité Jacob de youpin ! Le père de Jacob est mort à cause des nazis. On ne va pas le laisser se faire insulter, quand même !

Hélène posa un plat de spaghettis fumants sur la table et répliqua :

— Tu as probablement raison, Jacquot, mais nous ne pouvons pas nous permettre d'avoir des problèmes dans le quartier. Tu sais bien que tout se dit et tout se sait, à Belleville.

— Mais c'est injuste ! Pourquoi c'est moi qui dois aller m'excuser ?

La mère de Jacques hésita un instant avant de répondre, et finit par murmurer :

— Parce que monsieur Bardot est un commerçant riche et honorable, alors que nous, nous ne sommes qu'une famille d'artistes.

Josette saisit la perche que sa belle-sœur avait eu l'obligeance de tendre et se mit à railler :

— Qu'est-ce que je t'avais dit, Gaston ? Je t'avais prévenu qu'on dirait de toi que…

— Que je suis une bête de foire ! s'emporta son frère. Je sais ! Tu me l'as déjà dit ! Maintenant, ça suffit avec ça, Josette ! Je suis fier de mon métier et je me moque du regard des *honorables commerçants* du quartier. Jacques, il n'est pas question que tu ailles t'aplatir devant ce marchand de crevettes. C'est à son sale gosse de venir s'excuser ! Je suis d'accord avec toi : on ne va pas laisser Jacob se laisser traiter de youpin sans réagir ! Trop de gens se sont tus pendant la guerre ! Pas question d'être des lâches !

La tante de Jacques se mit à rougir fortement. Elle n'avait pas l'habitude d'être remise à sa place. Le garçon baissa instinctivement la tête s'attendant à une réaction violente, voire à une explosion nucléaire. Mais c'est un silence assourdissant qui suivit la réplique de son père.

À sa grande surprise, Josette finit par grommeler à contrecœur :

— Tu as raison, Gaston !

Calmée, la Josette !

Pour une fois, Jacques vit sa tante incapable de contredire son frère. Avec un plaisir non dissimulé, le garçon regarda l'élégante femme écraser son mégot dans le cendrier et appeler nerveusement ses enfants :

— À table, mes chéris ! Vite ! Qu'est-ce que vous faites encore ? Vous ne pouvez pas répondre quand je vous appelle ?

Jacques avait retrouvé le sourire. La petite altercation entre Josette et son frère lui avait fait du bien. Il était fier de son papa et, plus encore, content d'avoir reçu son soutien. Il n'était vraiment pas question de laisser René tirer les ficelles dans le quartier et réécrire l'histoire à sa manière.

En revanche, sa mère gardait un visage chiffonné. Car, même si, au fond d'elle-même, elle partageait l'avis de son mari, elle savait aussi que les rumeurs risquaient de courir bon train dans Belleville. Elle aurait préféré que son fils se contente d'un simple geste d'excuse plutôt que de laisser les choses s'envenimer. Si la plupart des gens du quartier avaient un bon rapport avec eux, l'histoire de la cassette de bijoux disparue à la Libération avait laissé dans les mémoires une trace qui ne demandait qu'à revenir à la surface. Jacques était trop petit à l'époque pour se souvenir de la méfiance que le couple avait suscitée après l'enquête de police, et ce, d'autant plus que leur profession les classait dans la catégorie mal considérée des forains et des gens du cirque.

Pendant le repas, Josette ravala sa fierté et parla d'autre chose.

— Tu as fait ce matin ce que tu avais à faire, à propos de mon diamant ? demanda-t-elle à Gaston d'un ton badin.

— On avait dit qu'on en parlerait cet après-midi, répliqua-t-il. Laissons Jacques en dehors de cette histoire qui ne le concerne pas et mangeons tranquillement !

Josette remit leurs bavoirs à ses enfants qui les jetaient par terre systématiquement en éclatant de rire.

— Je n'y pensais plus, dit-elle distraitement. Tout à l'heure, alors !

Babette et Oscar qui commençaient à s'ennuyer à table trouvèrent un nouveau jeu qui consistait à lancer des pâtes sur Jacques avec leurs fourchettes. À chaque fois qu'ils atteignaient leur cible, Josette battait des mains en disant :

— Comme vous êtes adroits, mes trésors ! Ils sont vraiment drôles, n'est-ce-pas, Jean ?

Quand Jacques en eut assez de servir de cible vivante, il attrapa une pomme et se leva en disant :

— Je dois aller à l'école ! Je vais être en retard...

Joignant le geste à la parole, il retira deux ou trois nouilles qui collaient encore à son pull et quitta rapidement l'appartement.

Lorsqu'il arriva à l'école, il aperçut René et sa bande qui jouaient aux billes sous un marronnier. Le gros garçon, qui ne semblait plus beaucoup souffrir de sa jambe, lui lança un regard noir.

Jacques s'éloigna d'eux le plus loin possible. Il retrouva Jacob à côté de la grille qui séparait la cour de l'école des filles de celle des garçons. Il bavardait tranquillement avec Alice, la dernière enfant de la mère Gertrude qui tenait le bar « Le Balto ». La fillette avait le même âge qu'eux et aimait bien se trouver en compagnie des double-Jacs.

— Salut, Alice ? Comment vas-tu ?

Alice Godart avait la bouille sympathique de son père Alfred et le nez aquilin de sa maman. Son visage était tout rond avec juste un menton qui saillait. Deux couettes maintenues par de gros élastiques roses tombaient sur ses oreilles. Ses yeux verts et ses fossettes aux joues achevaient de lui donner un charme fou.

— C'est vrai que tu t'es battu avec René ? lui demanda-t-elle avec excitation. Raconte !

Jacques fit une moue modeste.

— Oh, c'est qu'il a traité Jacob de youpin. Alors je…

Alice lui décrocha un sourire radieux.

— T'as bien fait, Jacquot ! Il faut lui apprendre à vivre, à cet idiot ! J'espère que tu lui as fait bien mal !

Le garçon lui désigna de la main les contusions à son visage.

— Je pense que j'ai plus dégusté que lui, malheureusement !

— Pas du tout ! intervint Jacob. Alice, tu aurais vu comment Jacquot s'est battu contre ce monstrueux tas de graisse ! On aurait dit David qui se lançait à l'assaut de Goliath !

— Je croyais que David avait renversé Goliath grâce à sa fronde…

— La fronde, c'était moi ! répliqua fièrement Jacob en montrant ses petit poings fermés. Bang, bang, bang ! C'était vite réglé !

Monsieur Pitois, raide comme un piquet sur son perron, secouait énergiquement la cloche.

— Dommage, il va falloir rentrer, dit Alice. On se voit à la récré de quatre heures ?

— D'accord, répondirent simultanément les double-Jacs.

— Je veux que vous me racontiez tous les détails, ajouta-t-elle avant de courir vers sa classe qui commençait à se mettre en rang.

La journée d'école se passa avec une lenteur exaspérante. Jacques ne pensait qu'au moment où il pourrait enfin consulter Longin tranquillement. En attendant, l'instituteur semblait avoir encore ralenti sa vitesse d'élocution. Pendant la dictée, alors qu'il articulait chaque syllabe avec emphase, Jacques faillit s'endormir plusieurs fois. Il devait continuellement lutter contre le sommeil et ne pas montrer qu'il piquait régulièrement du nez.

Quand la cloche de la récréation retentit enfin, l'instituteur attrapa Jacques par le bras et lui dit :

— Bidaud, veuillez rester ici un moment, s'il vous plaît.

— Qu'est-ce que j'ai fait de mal, maître ?

Monsieur Pitois ne répondit pas et attendit, le nez levé, que tous les élèves soient sortis. Puis il ferma la porte de la classe et alla s'asseoir à son bureau.

— Montez, Bidaud, dit-il en lui désignant du doigt l'estrade devant le tableau noir.

Le cœur de l'enfant battait fort.

— Vous rappelez-vous la leçon de morale d'hier matin ? demanda Pitois d'un ton acerbe.

— Euh... Oui. C'était : « Pourquoi vaut-il mieux subir l'injustice que de la commettre ? »

L'homme en blouse grise approuva de la tête.

— Je vois que votre mémoire est intacte, malgré les chocs que vous avez reçus. Je m'en réjouis. Alors, expliquez-moi !

Jacques écarquilla les yeux.

— Expliquer quoi ?

— Vous ne comprenez pas ?

L'enfant écarta les bras en signe de perplexité.

— Vous n'avez pas compris la leçon de morale ? C'est bien vous qui avez commencé la bagarre avec monsieur Bardot, n'est-ce pas ?

— Mais c'est lui qui avait traité...

— Taisez-vous ! le coupa l'instituteur. Je sais très bien qu'il vous avait traité, comme vous dites.

— Pas moi, se défendit Jacques. Ce n'est pas moi qu'il a traité.

— Peu importe ! Cela ne justifie pas que vous vous battiez comme un chiffonnier !

— Mais je n'ai fait que…

— Taisez-vous, Bidaud ! Lorsqu'on se permet de sécher deux semaines de cours avant Noël pour aller faire le saltimbanque sur les scènes de cirque, on la met en veilleuse le jour de la rentrée des classes. Et on ne s'amuse pas à se battre dans la rue avec un camarade de classe.

Les yeux de l'instituteur brillaient de colère. Jacques ravala difficilement sa salive.

— Compris, Bidaud ?

— Oui, maître, répondit le garçon d'une voix étranglée.

— Alors, craie blanche…

À la fin de la récréation, Jacob lança un regard plein de reproches à son ami assis à son pupitre.

— Alors, qu'est-ce que tu as fichu, Jacquot ? Alice et moi, on t'a attendu pendant toute la récré !

Jacques désigna d'un coup de menton le tableau rempli de lignes. Il était écrit plusieurs dizaines de fois : « Je ne me bats pas avec mon camarade » en blanc, et « il vaut mieux subir l'injustice que de la commettre » en vert.

Jacob se mit à blêmir.

— Pitois t'a puni ! Ah, le Philistin !

L'instituteur qui était assis à son bureau tendit l'oreille avec ostentation vers les double-Jacs.

— Vous avez quelque chose à dire, monsieur Goetz ? Non ? Alors, silence ! Ouvrez vos manuels d'histoire à la page 105. Monsieur Bardot, ayez donc l'obligeance d'effacer ce tableau.

René, qui était au fond de la classe, avança dans l'allée centrale en roulant des mécaniques et donna une petite claque sur la nuque de Jacques en passant. L'instituteur fit mine de ne rien voir et ajusta ses lunettes d'écaille en regardant le livre ouvert devant lui.

Le gros garçon prit l'éponge et effaça avec une lenteur affectée le tableau couvert de l'écriture de Jacques. Il se délectait du spectacle qu'il offrait à la classe qui gloussait méchamment.

— Je suis sûr que Pitois s'est fait payer par le père Bardot, susurra Jacob à l'oreille de son ami. Ou en moules-frites ou en merlans !

Sa peau était devenue rouge jusqu'à la racine de ses cheveux.

Jacques préféra ne rien dire et se tenir tranquille. De toute façon, il savait parfaitement qu'il n'aurait jamais le dessus sur un adulte, et encore moins sur un maître. Il avait retenu la leçon de morale, cette fois. Mais Jacob ne tenait pas en place, énervé par tant d'injustice dont il était la cause, au moins indirectement. Comme il fallait s'y attendre, il récolta cent lignes à copier pour le lendemain : « Je reste calme en classe ».

Enfin, la cloche libératrice finit par retentir.

Jacques eut un pincement au cœur en passant devant le 24 de la rue Vilin sans s'y arrêter. Il grimpa les escaliers en Y qui menaient à la rue Piat où habitaient les Goetz.

Avant de rentrer dans l'appartement, Jacob, les yeux brillants, mit son index sur les lèvres et chuchota :

— Surprise, Jacquot ! Enlève tes godillots et suis-moi ! Et surtout, ne fais pas de bruit !

Les deux garçons déchaussés montèrent alors à pas de loup les deux étages qui restaient.

— Mais où tu vas comme ça ?

Jacob entraîna Jacques vers le grenier. Ils se retrouvèrent devant une porte fermée.

— Je sais où la concierge cache la clé, affirma Jacob.

Il ouvrit une petite lucarne qui donnait sur la cour intérieure, souleva un vieux pot de fleurs dont il ne restait plus que la terre sèche, et saisit une clé passablement rouillée.

— Magie ! dit-il fièrement, la secouant sous son nez.

Déverrouillant la porte, il poussa son ami à l'intérieur d'une mansarde poussiéreuse. Il appuya sur un interrupteur et une ampoule nue à faible ampérage s'alluma, diffusant une lumière jaune.

La pièce était vide. Quelques fils à linge qui n'avaient plus servi depuis longtemps pendaient tristement. Dans un coin de la pièce, des grosses malles d'osier étaient entassées les unes sur les autres. La tapisserie se décollait du mur à plusieurs endroits.

— Pourquoi tu m'emmènes ici ? demanda Jacques. T'es sûr qu'on a le droit de venir ?

— Le droit, non ! répondit à voix basse le jeune juif. Mais, en revanche, je peux t'assurer que personne ne vient jamais ici.

Effectivement, le grenier sentait le renfermé et l'humidité.

— Ma famille s'est cachée ici plusieurs fois pendant la guerre. C'est ce que ma sœur aînée prétend, en tout cas...

— Alors, c'est quoi, ton idée ?

Jacob approcha son visage de celui de Jacques et expliqua avec un grand sourire :

— Eh bien, j'ai pensé que tu pourrais venir ici, cette nuit, avec ton miroir et faire... Je n'en sais rien, moi : faire ce que tu as à faire ! C'est quand même mieux que de s'enfermer dans les cabinets, non ? Ça évitera à maman et à mes délicieuses sœurs de se demander pourquoi les goys vont aux toilettes avec un miroir...

Jacques regarda son ami avec émotion.
Oui, Jacob était un chic type.
Le meilleur des amis.

12
Le talon d'Achille

Dix coups de cloche venaient de retentir à l'église Notre-Dame de Ménilmontant quand Jacques s'assit sur une des malles du grenier, le miroir posé sur ses genoux.

Le garçon tombait de fatigue après ces jours mouvementés. Il ne se souvenait pas d'avoir été aussi épuisé de sa vie. Mais, pour rien au monde, il n'aurait voulu manquer son rendez-vous avec Longin. Une multitude de questions se pressaient dans son esprit et il avait hâte d'obtenir des réponses.

Après qu'il eut prononcé les deux mots latins, le visage affable de l'âme du Ciel ne tarda pas à apparaître dans le cadre en bois.

— Bonjour, petit Jacques.

La vision de Longin procura à l'enfant une soudaine sensation de réconfort. Il poussa un long soupir qui venait du plus profond de son être.

— Bonjour, monsieur Longin ! Si vous saviez comme je suis content de vous revoir !

L'ancien centurion romain affirma qu'il en était de même pour lui, avant d'ajouter d'une voix amusée :

— Je crois que tu as beaucoup de choses à me raconter, n'est-ce pas ?

— Oh ça, oui ! Y'en a eu des choses depuis la dernière fois ! C'est pas croyable.

Longin fronça les sourcils en scrutant le visage tuméfié de l'enfant.

— Que s'est-il passé, mon petit Jacques ?

— Je me suis battu, avoua le garçon avec un air penaud.

Il raconta alors sa bagarre avec René, puis l'arrivée inattendue de Josette et de ses enfants à la maison et la raison pour laquelle il devait loger chez son ami Jacob. Il narra aussi la querelle entre sa tante et son père pour cette stupide histoire de diamant disparu à la Libération, ainsi que les humiliations que ses parents devaient subir à chacune des visites de la sœur de son père. Son récit était confus, heurté, mais Jacques déversait sur Longin son trop-plein de secrets et de tristesse refoulés. L'homme n'interrompit pas une seule fois son interlocuteur. Il écoutait avec attention.

Le garçon reprit un moment sa respiration. Tandis qu'il cherchait à rassembler ses idées pour aborder la question de la surprenante visite du chevalier Owen, Longin glissa d'une voix paisible :

— Eh bien, je pense que nous avons trouvé ta première mission, mon petit Jacques.

— Comment ça ?

— Si ta tante pouvait retrouver sa bague, les relations entre elle et son frère en seraient grandement apaisées, ne crois-tu pas ?

Jacques écarquilla les yeux de surprise.

— Vous pensez qu'on pourrait arriver à la retrouver ?

— Pourquoi pas ? Tu pourrais traverser le miroir et voir ce qui s'est passé pour le coffre à bijoux. Après, nous aviserons ce qu'il convient de faire pour régler cette sombre affaire qui empoisonne votre vie de famille.

Le garçon ouvrit la bouche pour répondre, puis se ravisa. Il souffla d'une voix étranglée :

— Et si je découvre que ce sont vraiment mes parents qui l'ont volé ? Je n'ai pas très envie de le savoir, pour être franc…

Longin le fixa de son regard doux et pénétrant.

— La vérité peut être parfois difficile à accepter, il faut bien le reconnaître. Mais, d'un autre côté, « la vérité nous rend libres », disait Jésus.

Jacques baissa la tête. Il était troublé.

— Qu'est-ce que ton cœur te dit ? reprit l'âme du Ciel. Crains-tu que ton père ait dérobé ce diamant ?

— Bien sûr que non ! répliqua vivement Jacques. Mon papa n'est pas capable de faire une chose pareille !

Longin sourit.

— Alors, fais confiance à ce que ce que tu ressens.

— Et si je me trompe ?

— Alors, ton père aura besoin qu'on lui donne un bon coup de pouce pour se libérer de ce péché. Il vaut mieux qu'il n'emporte pas ce remords au purgatoire.

Jacques réfléchit un court moment et affirma :

— Non, je suis sûr qu'il est incapable d'avoir fait une chose pareille ! Et encore moins de mentir à Josette pendant toutes ces années.

— Très bien ! approuva Longin. Que penses-tu de…

Jacques coupa l'âme du Ciel en secouant les mains avec empressement.

— Attendez, je n'ai pas fini de tout vous raconter. Je ne vous ai pas encore parlé de la visite du chevalier Owen !

— Du chevalier Owen ?

Longin ne manifesta pas vraiment de surprise. Plutôt de l'intérêt. Jacques n'aurait pu dire s'il avait déjà connaissance ou non de ce qui s'était passé.

Sans chercher à en savoir plus, Jacques entreprit de faire un rapport complet de tout ce qui était arrivé depuis l'apparition du chevalier pendant le cours de morale, jusqu'à l'épisode du monstre qu'il avait vu dans la chambre de Jacob à l'aide du miroir. À ce stade du récit, le garçon n'en menait pas large. Il ne pouvait passer sous silence la présence de son ami tandis qu'il se servait du Veritatis Speculum. Jacques s'arrêta un instant, s'attendant à se faire gronder. Mais Longin ne sortit pas de ses gonds et l'encouragea à poursuivre :

— Continue, petit Jacques !

Rasséréné, l'enfant s'enhardit et raconta comment Jacob avait ouvert un passage avec le Bâton des prodiges, et la manière dont le monstre était tombé dedans.

— Voilà ce qui m'est arrivé, conclut-il enfin en soupirant longuement.

Longin baissa la tête et murmura :

— L'histoire s'accélère…

Les yeux de Jacques s'arrondirent de surprise.

— C'est exactement ce qu'a dit le chevalier Owen avant de partir. Qu'est-ce que ça veut dire ?

— Cela signifie que nous sommes entrés dans une période sombre et redoutable. Le combat entre la lumière et les ténèbres va s'intensifier ces prochains temps et tu sembles être bien engagé dans cette guerre.

Jacques déglutit difficilement.

— Comment ça, « une guerre » ? On vient à peine d'en sortir, de la guerre ! Ça ne va pas recommencer, quand même !

— Il y a toutes sortes de guerre, mon enfant. Certaines sont moins visibles que d'autres, mais elles n'en font pas moins de dégâts pour autant.

Le garçon et l'âme du Ciel restèrent un long moment silencieux. L'angoisse de Jacques venait brusquement de ressurgir.

— Que faut-il que je fasse ? finit-il par demander.

— Tu vas faire exactement ce que le chevalier Owen t'a dit : tu dois cacher le Bâton des prodiges en attendant qu'il vienne le rechercher un jour.

— C'est tout ? Juste le cacher ?

— C'est une lourde responsabilité, Jacques !

Cette fois, on lisait sur le visage habituellement paisible de Longin une réelle inquiétude. Il ajouta :

— Il est fort probable que l'Adversaire sait déjà que tu possèdes le bourdon. Il a des espions partout. Il fera tout pour le détruire.

— Qu'est-ce qui se passera s'il y arrive ?

— Ce sera une grande victoire pour le monde des Ténèbres. La Guilde des Passeurs disparaîtra et beaucoup de personnes en souffriront.

— La Guilde des Passeurs ?

— C'est un ordre de chevalerie très ancien qui aide les âmes en difficulté et qui chasse les démons. Ce sont les Passeurs qui possèdent le Bâton des prodiges depuis des siècles.

Jacques se gratta la tempe avec l'index et demanda :

— Jacob dit que ce bâton est celui que Moïse a utilisé pour ouvrir la mer Rouge en deux. C'est vrai ?

Longin secoua la tête.

— Non. À l'origine, il appartenait à saint Patrick. C'était le bâton de marche qu'il utilisait pour traverser l'Irlande et évangéliser ses habitants. Il l'avait reçu d'un ermite qui prétendait l'avoir trouvé sur une île de la mer Tyrrhénienne.

Jacques manifesta son étonnement.

— Et pourquoi ce bâton est-il devenu si important ?

— Un jour, Patrick a tracé un grand cercle avec son bourdon, sur une petite île d'un lac au nord-ouest de l'Irlande, appelée Lough Derg, dans le comté de Donegal. La terre s'est ouverte et un puits très profond s'est formé. Patrick a dit que quiconque irait dans cette grotte n'aurait plus à souffrir pour ses péchés dans un autre purgatoire. Mais ceux qui y descendraient devraient y séjourner d'un matin au matin suivant.

Le garçon se mit à trembler. Il se souvint de son rêve étrange où il était sur une île, et du sentier qui menait à une sinistre fosse d'où sortaient une multitude de mains cherchant à l'agripper.

Jacques ! Viens nous rejoindre. Viens, Jacques ! Viens ! Nous t'attendons !

— J'ai vu ce trou dans un songe, murmura l'enfant, les yeux perdus dans le vague. C'était effrayant…

— De quoi as-tu rêvé exactement ? lui demanda Longin.

— Je voyais… Je voyais des centaines de bras qui sortaient de la grotte et des gens qui gémissaient. Ils m'appelaient par mon nom. Ils voulaient que je descende pour les rejoindre…

L'homme le regardait fixement, les lèvres serrées.

— Qu'est-ce que ce rêve veut dire ? demanda l'enfant.

— Je ne sais pas précisément.

— Mais qu'est-ce que c'est que ce trou ?

— C'est un passage entre le monde des vivants et le purgatoire.

Jacques roula des yeux affolés.

— Le purgatoire est sous la terre ?

Longin se mit à rire.

— Non, mon enfant. Le purgatoire n'est pas un lieu, mais un état.

— Mais alors, cette grotte ? Elle existe vraiment ?

— C'est un lieu symbolique, Jacques. Sur cette île du Lough Derg, il y a toujours des milliers de pèlerins qui viennent faire chaque année ce que l'on appelle le « Purgatoire de saint Patrick ». C'est une tradition qui remonte au XIIe siècle.

Jacques déglutit difficilement.

— Et ils descendent dans la… grotte ?

— Non, bien sûr. Elle a été bouchée en 1790 et remplacée par une chapelle. Les pèlerins, qu'on nomme « stationnaires », viennent en bateau au sanctuaire y passer trois jours de retraite. Pendant tout ce temps, ils restent pieds nus, ils jeûnent et demeurent une nuit entière à prier dans la basilique.

— Mais alors, le chevalier Owen, et la Guilde des Passeurs : qu'est-ce que ça signifie ?

— Il faut remonter en 1153 pour comprendre. C'est l'année où le chevalier Owen est venu en pèlerinage à la grotte de saint Patrick.

Les yeux de Jacques brillaient d'intérêt.

— Mais je crois que le plus simple est que tu ailles voir directement ce qui s'est passé, proposa Longin. Ce sera un bon exercice pour toi ! Peut-être comprendras-tu ainsi pourquoi Owen t'a confié le bâton de saint Patrick et le sens de ton songe…

— En traversant le miroir ?

— Oui, mon enfant.

Jacques était ravi.

— D'accord ! J'avais justement envie de me promener un peu pour me changer les idées. C'est tellement mieux que le cinéma !

— Je comprends, mais fais bien attention, Jacques ! Les voyages dans le Veritatis Speculum ne sont pas un jeu. Tu n'es pas un simple spectateur extérieur à la scène : tu es vraiment au cœur de l'événement en prenant la place d'une personne réelle. Tu peux non seulement voir et entendre ce qui se passe, mais tu peux aussi parler, agir, prendre des initiatives. Aussi, tu dois rester prudent pour ne pas faire les choses à tort et à travers.

— Mais vous m'avez promis qu'il n'y avait aucun risque !

— Pour toi, en principe, il n'y a pas de danger. Le Guide, qui est toujours à tes côtés, peut te ramener à ton point de départ à tout moment. En revanche, toi, si tu agis mal ou si tu te fais remarquer, tu peux créer bien des problèmes et des situations embarrassantes pour les gens que tu vas rencontrer au cours de tes voyages.

— Alors, que faut-il faire ?

— Pour l'instant, ton rôle consiste uniquement à écouter et à observer. Tu dois encore apprendre à évoluer dans un contexte nouveau pour toi. Nous venons juste de commencer ta formation.

Jacques approuva de la tête.

— Pour traverser le miroir, je dois appeler l'ange Kaphiel, n'est-ce pas ?

Longin sourit.

— À la bonne heure, petit Jacques ! Tu connais la marche à suivre, maintenant. Je te souhaite un bon voyage. Et sois prudent ! Écoute et observe bien…

L'Adversaire, encadré de ses lieutenants Astaroth et Belphégor, les sous-princes préférés de Lucifer pour leur docilité et leur cruauté, tendait son index à l'ongle coupant comme un rasoir vers les trois princes des Milices infernales.

— Ça suffit, maintenant ! Calmez-vous ! Je vais diriger moi-même les opérations. Je m'occupe de tout…

Les démons se calmèrent aussitôt. Ils n'avaient pas vu entrer l'empereur du monde des Ténèbres, tant ils étaient occupés à se chamailler entre eux.

— Prince Satan ? maugréa la grosse mouche. Je ne m'attendais pas à ta visite…

L'Adversaire éclata d'un rire sinistre.

— Une fois de plus, Belzébuth, tu as essayé de me tenir à l'écart. Je connais fort bien la raison pour laquelle vous vous êtes rassemblés !

La monstrueuse mouche cessa de battre des ailes. Elle changea de couleur et tenta de se défendre :

— Pas du tout, Satan ! Bélial, Léviathan et moi-même souhaitions d'abord trouver un plan à te soumettre. Ta charge est tellement grande que nous voulions t'éviter ce fastidieux travail.

L'Adversaire poussa de nouveau son rire forcé.

— Je vois que votre initiative est couronnée de succès…

Bélial ouvrit sa grande gueule de bouc et cracha par terre en signe de mépris pour Belzébuth. La flaque de bave, épaisse et visqueuse, se déchira brutalement et un mille-pattes gluant en sortit, filant directement sous le buffet.

— Jamais je ne serais venu si j'avais su que Belzébuth ne t'avait pas appelé…

— Tais-toi, sale vermine ! répliqua l'Adversaire. Tu es le premier à agir derrière mon dos quand tu en as l'occasion et à désobéir à mes ordres !

Léviathan, le monstre marin au cou démesurément long et à la peau de crocodile oscilla la tête comme un serpent et l'approcha de celle de l'Adversaire. Chaque mot qui sortait de sa bouche faisait penser à une bulle d'air qui éclaterait à la surface de l'eau.

— Prince Satan, je te demande de mettre de côté un moment ton courroux. Il n'y a pas de temps à perdre ! La Guilde des Passeurs a abandonné le Bâton des prodiges. Il est actuellement aux mains d'un jeune humain – que cette race soit maudite ! Un garçon de son entourage a trouvé le moyen d'ouvrir l'enfer et de précipiter un démon dans le feu éternel. L'heure est grave !

— Je sais, répondit tranquillement l'Adversaire. Je sais…

Un grand silence – très inhabituel ! – régna subitement dans le salon de monsieur Miroslav. Les démons étaient sidérés par l'affirmation de leur empereur.

— Vous semblez étonnés ? Ne savez-vous pas que rien ne peut m'échapper ?

Les créatures démoniaques baissèrent la tête sans oser répliquer. Au cours de l'histoire, leur empereur avait perdu de nombreuses batailles et n'était jamais parvenu à unifier durablement les forces des anges rebelles. Il était à la tête d'un royaume divisé où chacune des créatures œuvrait dans son propre intérêt, un royaume où la seule loi était le mensonge et la dissimulation. Mais l'Adversaire était bien trop orgueilleux pour l'admettre et il ne craignait pas de proférer des mensonges avec un aplomb imperturbable.

— J'avais presque réussi à mettre la main sur le Bâton des prodiges, ajouta-t-il, faisant faire un tour complet à sa tête pour voir l'effet que ses paroles allaient produire sur son entourage.

Mais aucun démon ne sembla prêter foi à la surprenante affirmation du prince Satan. L'annonce fictive de la destruction du maudit bourdon de saint Patrick avait été annoncée tant de fois au cours des siècles passés que les anges rebelles mettaient systématiquement en doute ce genre de nouvelles. L'Adversaire savait parfaitement qu'il devrait justifier ses paroles avant de susciter leur adhésion. Il prit à témoin l'un de ses lieutenants en disant :

— Astaroth ici présent avait repéré une faille chez l'un des chevaliers de la Guilde des Passeurs. J'ai personnellement veillé à soumettre le Passeur à une pression constante et notre homme a fini par craquer. Il était prêt à nous livrer le Bâton des prodiges.

— C'est vrai ! confirma sèchement Astharoth.

L'affirmation du sous-prince provoqua une vive réaction parmi les auditeurs. Le démon à la tête d'aigle n'aurait jamais osé proférer une telle affirmation si elle n'était pas fondée. Il craignait trop de perdre la face devant ses coreligionnaires – sa pire crainte, après celle d'être plongé en enfer avant l'heure – pour approuver, en sa présence, un propos de son Maître qui ne soit pas véridique.

Cette fois, l'Adversaire avait acquis toute l'attention des démons. Les yeux du prince Lucifer brillèrent d'un éclat encore plus farouche qu'à l'accoutumée. Il reprit la parole :

— Ce Passeur devait me remettre le Bâton des prodiges, mais le chevalier Owen a rapidement découvert que le bourdon avait été retiré du sarcophage de verre dans lequel il était habituellement enfermé. Owen – que ce nom soit maudit pour l'éternité ! – n'a pas mis beaucoup de temps à retrouver le Passeur félon et à lui reprendre le bâton.

— Mais pourquoi ne pas l'avoir remis à sa place ? gronda Belzébuth. Pourquoi avoir pris le risque de le confier à un gamin ?

L'Adversaire lui adressa un large sourire, mais un sourire froid et méprisant.

— Parce que la trahison de l'un des Passeurs a considérablement fragilisé l'unité de la Guilde. Owen n'a pas eu d'autre choix que de cacher le bourdon dans un lieu sûr, car aucun Passeur n'était plus en mesure de le protéger efficacement. La Guilde est en péril tant qu'elle n'aura pas retrouvé son unité.

Une multitude de petits démons poussèrent des cris de joie, mais les trois Princes restèrent plus circonspects.

— Un lieu sûr, dis-tu ? maugréa avec scepticisme Bélial. Alors, pourquoi confier le bâton à un simple enfant, et non pas à une personnalité puissante, comme un moine, un ordre de chevalerie, ou que sais-je encore ?

L'Adversaire le foudroya du regard.

— Ce n'est pas un simple gosse – que ces maudits enfants soient massacrés dans le sein de leurs mères ! – : je te rappelle qu'il est le nouveau Protecteur du Veritatis Speculum !

Bélial insista :

— Mais ce vermisseau sait à peine se servir de son miroir ! Longin ne lui a pas encore tout révélé et il n'a pas fait la moindre chose pour l'instant !

— Peut-être ! Cependant, jamais dans l'histoire un Protecteur n'a été en même temps en possession du bâton de Patrick – que les évangélisateurs soient maudits ! C'est un cas totalement inédit !

Un silence pesant s'abattit sur l'assemblée des anges rebelles qui avaient soudainement perdu de leur superbe.

L'Adversaire s'assit lourdement sur un des fauteuils de monsieur Miroslav et regarda méchamment les créatures démoniaques qui lui faisaient face. Astaroth et Belphégor vinrent se placer de part et d'autre du siège, comme deux gardes du corps.

La peau de crocodile du prince Léviathan était luisante comme s'il venait sortir des flots. Il ouvrit sa gueule pleine de dents pointues, laissant couler de la bave à terre.

— Que crains-tu précisément, Satan ?

L'Adversaire darda son regard de feu sur les yeux globuleux du monstre marin.

— Ce fourbe d'Owen n'a pas pris sa décision sur un coup de tête, tu peux en être certain. Il poursuit un dessein bien précis.

— Lequel ?

Le chef des démons ne répondit pas. Il ne pouvait deviner ce que le cerveau fertile du Passeur avait conçu…

Le Prince des Ténèbres touchait là son humiliante limite. Car, comme tous les anges rebelles qui s'étaient détournés du Très-Haut, l'Adversaire avait perdu une faculté essentielle : celle de la créativité.

Certes, les esprits démoniaques excellaient dans l'art de tenter les humains dans le domaine du pouvoir, de l'argent et du sexe ; ils étaient capables de pervertir habilement la vérité en y glissant des éléments de mensonge ; ils savaient parfaitement amplifier les faiblesses des hommes en agissant sur leur sensibilité ; ils étaient les rois de l'humiliation, de la calomnie, du sadisme et de la violence ; l'orgueil et le mépris n'avaient pas de secret pour eux. Mais le mal était répétitif et limité, incapable d'explorer des terrains nouveaux. Les pièges des démons étaient stéréotypés et prévisibles, sans imagination. Aucun démon ne pouvait comprendre pourquoi un chevalier aussi puissant qu'Owen avait confié le Bâton des prodiges à un innocent. Ce choix était totalement incompréhensible pour des créatures aux yeux desquelles seuls la force et le pouvoir avaient du sens. Nul ange rebelle n'était capable de se mettre à la place d'Owen, parce qu'incapable de la moindre empathie…

— Nous devons prendre de vitesse ce jeune garçon et l'empêcher de trop en savoir, proclama l'Adversaire avec conviction.

— Comment comptes-tu t'y prendre ? ricana Belzébuth.

— En l'attaquant sur son point faible.

— Et quel est son faible ?

Le Prince Lucifer se mit à sourire.

— Son point faible, c'est son amitié avec le ridicule petit juif. C'est sur Jacob qu'il faut s'acharner ! Voilà son point faible !

13
Le lac Rouge

À peine Jacques eut-il prononcé le nom du Guide, l'ange Kaphiel, qu'il se sentit fortement poussé par les épaules. Cette fois, il ne résista pas à la pression et se laissa choir tête la première dans le miroir…

Le garçon se retrouva soudainement sur un puissant destrier à la robe blanche. Il était à l'arrière d'un petit équipage de cavaliers qui filait bon train vers un village tapi au bord d'un grand lac aux eaux grises. Les sabots des chevaux frappaient en cadence le chemin terreux, soulevant un gros nuage de poussière sur leur passage.

Un simple coup d'œil permit à Jacques de découvrir qu'il avait pris l'aspect d'un écuyer. Il escortait trois hommes aux larges épaules. Un chevalier vêtu d'un surcot armorié sans manches caracolait fièrement en tête du groupe, le dos bien droit. Il ne portait pas de casque, contrairement à ses compagnons, ni d'épée à la ceinture. Jacques regarda craintivement la nuque épaisse de l'homme rougie par le soleil, ses cheveux poivre et sel taillés courts, ainsi qu'une vilaine cicatrice qui zébrait le haut de son crâne. Tout indiquait que ce chevalier avait passé plus de temps sur les champs de bataille que dans son château…

Les cavaliers entrèrent dans le village au moment où le soleil commençait à tomber. Ils ne ralentirent pas l'allure pour autant, semant la panique autour d'eux. Un troupeau d'oies qui se dandinaient nonchalamment durent s'enfuir en battant des ailes avec affolement pour ne pas se faire renverser, tandis qu'un cochon au pelage blond se réfugia peureusement sous l'établi du maréchal-ferrant. Plus loin, une matrone avec un enfant emmailloté sur la hanche sortit vivement de sa hutte de torchis et leva un poing rageur vers les cavaliers. Ses insultes se perdirent dans le fracas des sabots.

Les hommes finirent leur course devant l'unique auberge du village. Une enseigne de bois représentant une sorte de moine ou d'ermite en bure noire, tenant en main un bâton de marche, était suspendue au-dessus de la porte. Le nom de l'établissement y était écrit en lettres blanches tarabiscotées dans une langue que Jacques ne connaissait pas.

« Oh ! Mais c'est le Bâton des prodiges, pensa le garçon, celui de saint Patrick. »

Les cavaliers descendirent de leur monture et accrochèrent les longes à un râtelier. Des palefreniers sortirent d'une étable qui jouxtait l'établissement, jetant un regard soupçonneux sur les nouveaux arrivants.

— Donnez à boire à nos chevaux, commanda le chevalier aux cheveux gris. Et apportez-leur une bonne brassée de fourrage.

— Allez-vous passer la nuit ici, messires ? s'enquit un des employés qui se frottait nerveusement les mains sur le tablier de cuir usé noué autour de ses reins.

Le chevalier approuva d'un brusque geste de la tête et entraîna ses compagnons à l'intérieur de l'auberge.

— Entrons, mes amis ! La nuit tombe !

L'intérieur de la taverne était une vaste salle aux poutres apparentes, basse de plafond et très sombre. Le sol dallé de pierres était jonché de paille. Une vaste cheminée refoulait désagréablement la fumée qui piquait les yeux. On voyait pendre des jambons à l'intérieur de l'âtre immense. Une odeur rance de bière et de lard flottait dans la pièce presque déserte. Des chandelles disposées dans un joyeux désordre coulaient dans des plats d'argile.

Une jeune femme au visage disgracieux s'approcha des cavaliers et les invita à prendre place autour d'une table de bois luisante de graisse. Des mèches de cheveux tentaient de s'échapper du fichu blanc qu'elle portait noué autour de la tête.

— Apportez-nous de la bière et de quoi nous restaurer, lui demanda le chevalier d'une voix bourrue.

La serveuse sourit. Ses dents de devant étaient jaunes et se chevauchaient.

— Avez-vous l'intention de rester plusieurs jours chez nous, messires ? demanda-t-elle d'une voix aimable.

— Non, mademoiselle. Nous voudrions nous rendre sur l'île du Purgatoire de saint Patrick le plus tôt possible.

Peut-être était-ce l'effet des flammes qui se reflétaient sur son visage parsemé de taches de rousseur, mais Jacques crut voir la jeune femme rougir brutalement.

— Ah ?! dit-elle simplement, avant de se retourner brusquement, se dirigeant vers une porte obstruée par un rideau de laine.

Les hommes étaient exténués par leur voyage et demeuraient silencieux, la tête baissée. On entendait les bûches craquer dans la cheminée. Les rares autres clients présents dans l'auberge ne les quittaient pas du regard. Le silence était pesant et vaguement menaçant.

Jacques avait mal partout. Son corps était complètement courbaturé. Il massait fermement ses jambes douloureuses. Comme la première fois qu'il avait traversé le miroir, l'enfant fut étonné – et même un peu effrayé – par le réalisme de ces expériences qui l'immergeaient complètement dans le personnage qu'il incarnait. Il se demandait avec angoisse si Longin ne lui avait pas menti en disant que ces voyages étaient sans danger pour lui. Il commençait vraiment à en douter.

— Jocelin, retire-moi mes bottes ! demanda le chevalier en se tournant vers lui.

— Bien, messire Owen ! répondit Jacques d'une voix d'adolescent en train de muer.

Le garçon fut surpris par ce qu'il venait de dire. Il n'avait pas réfléchi et avait spontanément répondu. Il ne connaissait pas ce dialecte aux accents gutturaux qu'il venait d'employer, mais, en revanche, il en comprenait parfaitement le sens. L'impression était étrange et, pour tout dire, franchement perturbante. C'était comme si deux personnages occupaient simultanément un même corps : un certain Jocelin, écuyer du chevalier Owen, et Jacques, le poulbot parisien du quartier de Belleville.

Pour le moment, il laissa Jocelin prendre le dessus et bloqua la jambe tendue du chevalier pour le déchausser.

Un aubergiste ventru sortit de la pièce cachée par la tenture. Son visage rougeaud ne pouvait dissimuler le fait qu'il ne réservait pas à ses seuls clients la boisson qu'il vendait. Jacques trouvait que l'hôtelier ressemblait comme deux gouttes de vin au vieux Jules qui passait sa vie au bar « Le Balto », ce qui le rendit immédiatement sympathique à ses yeux.

L'homme portait une planche sur laquelle étaient disposés des brocs en étain, ainsi qu'une miche de pain et un morceau de fromage. Il salua poliment les cavaliers et disposa les chopes sur la table.

Jacques regarda avec inquiétude le liquide sombre et mousseux. Il n'avait jamais bu de bière de sa vie. Il renifla le breuvage et se demanda ce qu'il devait faire. Il était évident que s'il ressentait de la douleur, il pouvait tout aussi bien devenir rapidement saoul en buvant une pinte de bière rousse…

L'hôtelier posa encore le pain et le fromage, ainsi que des morceaux de viande bouillie, puis chassa de la main quelques mouches qui tournaient au-dessus. Il resta planté devant les cavaliers en fourrageant nerveusement sa barbe grise comme si elle le démangeait atrocement.

— Vous êtes des étrangers, n'est-ce pas ? Quel bon vent vous amène ici ?

L'aubergiste se voulait chaleureux, mais il ne pouvait dissimuler une curiosité mêlée d'un zeste de méfiance.

— Nous venons du Pays de Galles. Je vous présente mes compagnons John Richardson, Giraud de Cambrie et Gilbert de Saltrey. Et voici mon écuyer Jocelin.

L'hôtelier s'inclina servilement et se mit à sourire.

— Soyez les bienvenus, messires ! Je suppose que vous avez combattu auprès du roi Étienne, n'est-ce pas ?

Le chevalier Owen serra les dents comme s'il était offusqué par la supposition de l'aubergiste. On voyait les muscles de son visage saillir brusquement.

— Oui, en effet. Mais, à présent, j'ai renoncé au métier des armes.

L'hôtelier haussa ses sourcils broussailleux.

— Ah bon ? Et vous faites quoi, maintenant ?

— Je vais m'occuper de mon âme.

L'homme ouvrit des yeux grands comme des soucoupes.

— De votre âme ? Par saint Patrick !

— Précisément, par saint Patrick. Nous nous rendons, mes compagnons et moi, sur l'île du Purgatoire.

Leur hôte ouvrit la bouche et laissa échapper, comme sa fille un moment auparavant, un « ah ?! » difficile à interpréter.

Le chevalier Owen reprit :

— Savez-vous où nous pourrions trouver quelqu'un qui possède une embarcation et qui pourrait nous amener sur l'île demain matin, au lever du jour ?

— C'est que… Voyez-vous…, bafouilla l'aubergiste, cette île, ce n'est pas un lieu très hospitalier. Il n'y a que quelques moines, là-bas.

— Je le sais. Ils m'attendent, ainsi que monseigneur l'évêque.

— Monseigneur l'évêque est sur l'île ?

La mâchoire de l'homme s'ouvrit tellement grand que l'on aurait pu compter sans difficultés toutes ses dents cariées.

— Vous ne comptez quand même pas…

— Si ! affirma le chevalier d'une voix tranchante.

L'hôtelier se signa nerveusement et grommela :

— Oh mon Dieu ! Par saint Patrick !

Le chevalier Owen fut agacé par la réaction de son hôte et réitéra sa demande d'une voix ferme :

— Alors, vous connaissez quelqu'un qui pourrait nous conduire ?

L'aubergiste fit mine de réfléchir, puis désigna avec son pouce un homme attablé près de l'âtre qui n'avait pas perdu une miette de la conversation.

— Demandez à William O'Connor. C'est lui qui apporte chaque semaine le ravitaillement aux moines.

Sans qu'il y soit invité, le nommé William se leva avec empressement, prit sa chope de bière, et s'installa à la table du chevalier Owen. Il salua les cavaliers d'un signe de tête, puis demanda :

— Alors, comme ça, vous voulez aller sur l'île de « la Sorcière au doigt » ?

— Que voulez-vous dire ? s'étonna Giraud de Cambrie, le plus jeune, qui portait un bandeau de cuir sur son œil gauche.

— C'est comme ça qu'elle s'appelait autrefois, du temps où le lac n'était pas encore le Lough Derg, mais le Lough Fin.

— Qu'est-ce que c'est que cette histoire de « Sorcière au doigt » ?

William O'Connor ne répondit pas tout de suite et avala une rasade de bière. On voyait à ses yeux brillants qu'il était ravi de l'attention qu'il avait suscitée chez ses auditeurs étrangers. Comme un habile conteur, il ménagea ses effets. Il essuya lentement sa bouche moussue d'un revers de la manche, baissa la tête et dévisagea chacun de ses interlocuteurs. Enfin, il murmura :

— C'est une sacrée histoire, messires.

— Nous serions ravis de l'entendre, affirma Gilbert de Saltrey.

William hocha la tête. Il semblait chercher ses mots.

— C'était avant l'arrivée de notre vénéré saint Patrick. Il y avait une sorcière, très méchante et très vieille, qui vivait en Irlande, tout près d'ici. On l'appelait la « Sorcière au doigt » parce qu'elle avait seulement un long doigt à chaque main. Elle préparait, avec des herbes, une liqueur empoisonnée dans laquelle son fils, un géant, trempait les pointes de ses flèches. Un jour, le roi Niul a décidé de débarrasser son pays de ces deux êtres malfaisants. Finn MacCool, le meilleur soldat du pays, a réussi à tuer la sorcière pendant que son fils s'enfuyait en la portant sur son dos. Puis, le géant a abandonné les restes de sa mère dans les montagnes de Donegal. C'est là que Finn et ses compagnons les ont retrouvés quelques années plus tard. Mais l'un des guerriers a eu l'imprudence de briser un os de la vieille. Or, il en est sorti un petit ver qui, une fois jeté dans l'eau, s'est transformé en un monstre effrayant…

O'Connor avala de nouveau une gorgée de bière. On voyait sa glotte monter et descendre comme s'il avait avalé un yoyo.

— Alors ? s'impatienta Owen.

— Le ver s'est transformé en un dragon, encore plus terrifiant et plus agressif que la sorcière. Et le monstre passait son temps à terroriser et à massacrer la population de la région. Heureusement, Finn MacCool a fini par deviner quelle était la partie du corps où le dragon était vulnérable. Avec sa courte épée, il lui a fait une terrible blessure et l'a abandonné au bord du Lough Finn. Le sang de l'animal a coulé dans le lac qui a pris une affreuse couleur rouge. C'est depuis ce temps-là qu'on l'appelle le Lough Derg, le « lac Rouge ». La bête blessée est restée là jusqu'au jour où notre saint Patrick qui passait dans la région l'a frappée avec son bâton et lui a ordonné d'aller se cacher au fond du lac. Depuis lors, nous n'avons plus jamais vu le dragon.

O'Connor leva la tête et fixa du regard les cavaliers. Il ajouta encore :

— Certains jours, les eaux du Lough Derg prennent une couleur rouge, très étrange. Nous savons alors que le monstre n'est pas loin.

Le chevalier Owen haussa les épaules.

— Balivernes, que tout cela ! Cette histoire n'est qu'un conte pour enfants ! C'est le dragon du paganisme que notre bon saint Patrick a envoyé au fond du Lough Derg. Et il ne sortira pas tant que nous demeurerons fidèles à Notre Seigneur Jésus Christ et à l'enseignement de notre saint.

O'Connor fit une moue dubitative, mais ne répondit rien.

— Je veux me rendre sur l'île où saint Patrick méditait, ajouta le chevalier, là ou se trouve la grotte du purgatoire.

O'Connor secoua vivement la tête.

— Ce n'est pas un lieu recommandable, messire. Savez-vous comment ce gouffre s'est formé ?

— Je le sais parfaitement : saint Patrick a ouvert ce passage vers le purgatoire en traçant un cercle avec son bâton.

Jacques dressa l'oreille. Il était captivé par le récit du vieil alcoolique. William O'Connor agita vivement sa main devant lui.

— Il n'a pas fait ça avec un bâton ordinaire, messire. Ce bâton lui a été donné par le Seigneur Jésus Christ lui-même !

— Qu'importe ! répliqua le chevalier. Le saint a dit que quiconque entrerait dans ce puits pendant une journée et une nuit entières serait délivré des tourments du purgatoire et pourrait aller directement au paradis au moment de sa mort.

L'Irlandais protesta :

— Mais savez-vous qu'aucun de ceux qui ont tenté l'aventure n'est remonté de la grotte ? On n'a jamais retrouvé la moindre trace de leurs corps. On prétend que les cris qui sortaient de ce gouffre étaient abominables, totalement inhumains. C'est pourquoi monseigneur l'évêque interdit formellement d'entrer dans ce gouffre infernal. Il est fermé par une trappe dont lui seul possède la clé.

Jocelin – ou peut-être Jacques – se mit à frissonner.

— Je le sais, affirma paisiblement Owen.

— Et pourtant, vous voulez, vous aussi, descendre dans la fosse ? Par saint Davog, c'est de la folie !

— Pour moi, la folie serait de ne pas tenter l'aventure !

— Votre âme est-elle donc si noire que ça ?

Le regard sombre que lui jeta le chevalier sembla tenir lieu de réponse.

— Monseigneur l'évêque et le prieur m'ont autorisé à descendre au purgatoire, expliqua pourtant Owen. Et mes compagnons que voici me soutiennent aussi dans mon choix.

Les cavaliers approuvèrent en hochant la tête avec conviction.

— Alors, mon brave, conclut le chevalier en lui tendant la main : allez-vous enfin vous décider à nous conduire sur l'île au lever du jour ? Topez-là et buvons ensemble pour conclure notre affaire.

L'homme fit la moue et grogna :

— C'est vous qui voyez !

Et il topa sans grande conviction avant d'avaler une rasade de bière.

La scène s'effaça soudainement et Jacques se retrouva debout, au fond d'une petite église en pierres grises. Des volutes d'encens planaient sous les voûtes romanes de la nef. Sur les côtés du chœur, des moines aux crânes rasés faisaient une haie d'honneur à un évêque crossé et mitré qui descendait lentement les marches du maître-autel sur lequel il venait de célébrer la Messe. L'ecclésiastique s'approcha du chevalier Owen qui était habillé d'une simple tunique de lin blanc et se tenait à genoux directement sur les dalles. L'évêque posa ses mains gantées sur la tête du chevalier et se mit à prier en silence. Le regard de Jacques-Jocelin fut attiré par l'anneau orné d'un rubis que l'homme de Dieu portait au doigt. La pierre ressemblait à une grosse goutte de sang.

Pendant ce temps, les religieux entonnèrent un chant grégorien. Puis l'évêque aida Owen à se relever et planta son regard dans celui de l'ancien soldat. Les moines partirent alors en procession vers la porte de l'église, les mains jointes, suivis de l'évêque et du chevalier, côte-à-côte. Les trois cavaliers et Jacques-Jocelin qui avaient assisté à l'office fermaient la marche.

Ils sortirent de la bâtisse et suivirent un chemin bordé de constructions rondes qui devaient servir de cellules pour les moines.

L'île du Purgatoire ne ressemblait pas vraiment à celle du rêve de Jacques. Elle était beaucoup plus petite. Le lac avait une teinte d'encre. Il était parsemé de quelques îlots isolés couverts d'arbres aux branches torturées. Le soleil semblait peiner à se lever et l'obscurité s'accrochait encore aux gros rochers.

La procession ne mit pas beaucoup de temps à parvenir à un monticule au sommet duquel se trouvait une sorte de margelle de pierres maçonnées. L'ouverture ronde était recouverte par un épais revêtement en bois. Une porte fermée par une solide serrure et couverte de chaînes était l'unique accès possible pour entrer dans le gouffre.

Les moines entourèrent le muret et cessèrent de chanter. L'un d'entre eux s'approcha de l'évêque avec un bénitier en main. L'homme de Dieu bénit une dernière fois le chevalier et s'adressa à lui d'une voix puissante :

— Owen, êtes-vous bien sûr de vouloir descendre dans le puits que notre père saint Patrick a ouvert et d'entrer, avec votre âme et votre corps, dans ce lieu de tourments du purgatoire ? Il est encore temps pour vous de renoncer à cette périlleuse entreprise !

— Je le veux ! affirma le chevalier d'une voix grave.

— Savez-vous que personne n'est jamais revenu vivant de ce voyage ?

— Je le sais. Mais les péchés que j'ai commis dans ma vie de soldat sont bien trop grands pour que je renonce à ce projet, dussé-je en perdre la vie.

L'évêque soupira et ajouta :

— Entrez maintenant, au nom de Jésus Christ, et marchez jusqu'à ce que vous arriviez à un grand champ, au bout duquel vous verrez une salle merveilleuse. Là, vous rencontrerez des messagers de Dieu qui vous diront ce que vous devez faire. Conformément à la tradition, nous reviendrons ici vous chercher demain matin, au lever du soleil. Puissent notre Seigneur et les saints Anges veiller sur vous et vous garder en vie.

Un moine approcha de la trappe, sortit une grosse clé cachée sous sa coule et déverrouilla la serrure. Il retira ensuite les lourdes chaînes et ouvrit le battant.

Jacques-Jocelin pencha la tête et regarda le gouffre sombre et lugubre. Comme dans son rêve, il avait l'impression que la lumière ne pouvait pas entrer dans ce trou effrayant. Il pensa aux bras qu'il avait vus sortir de la grotte et il recula instinctivement de quelques pas, le cœur battant à tout rompre.

John Richardson s'approcha d'Owen et lui tendit son épée.

— Prends-la, mon ami : tu devras te battre jusqu'au sang !

— Il n'aura nul besoin de cela, murmura l'évêque en haussant les épaules. Seuls la cuirasse de la justice, le casque de l'espérance et le bouclier de la foi lui seront utiles dans ce bas monde…

Le chevalier repoussa le glaive et s'avança vers le muret. L'enjambant, il commença à descendre dans la fosse avec précaution.

— À demain, dit-il encore au moment où sa tête allait disparaître. Priez pour moi !

Le religieux qui avait ouvert le passage le referma soigneusement, tandis que les moines et l'assistance récitaient un *Pater Noster* à pleins poumons.

La scène s'effaça une nouvelle fois. Jacques-Jocelin leva la tête vers le ciel chargé de gros nuages noirs. Il pleuvait. Le garçon était assis par terre, le dos appuyé contre un rocher. Il lui semblait sortir du sommeil.

La procession conduite par l'évêque venait à peine d'arriver sur le monticule. C'était de nouveau le matin. Comme la veille, un moine retira les chaînes et ouvrit la trappe.

Un long silence régnait sur les lieux. Tout le monde retenait sa respiration, les yeux rivés sur la bouche sombre de la grotte, attendant l'hypothétique retour du chevalier Owen.

Mais personne ne sortit du gouffre. Après de longues minutes d'une cruelle attente, l'évêque ordonna avec un air désolé que l'on ferme la porte.

C'est à ce moment précis que la tête du chevalier Owen fit son apparition.

L'homme sortit de la grotte. Sa tunique était déchirée et couverte de boue. Le visage du chevalier était hâve, comme s'il était resté enfermé pendant plusieurs semaines. Ses cheveux étaient devenus tout blancs. Des traces de sang séché couvraient ses bras et ses jambes.

Jacques-Jocelin ne put s'empêcher de pousser un cri de surprise en reconnaissant le Bâton des prodiges qu'il tenait à la main.

Quant aux moines et à l'évêque, ils ne purent garder plus longtemps leur contenance. Ils poussèrent des hourras en levant les mains comme des gamins acclamant un héros. Les cavaliers tombèrent dans les bras du chevalier Owen et l'embrassèrent chaleureusement.

Celui-ci semblait exténué. Ses yeux hagards se posèrent un instant sur Jacques-Jocelin. Il lui adressa un sourire furtif et le jeune garçon frappa à son tour dans ses mains.

— Félicitations, messire !

L'évêque écarta les amis empressés du chevalier, saisit avec grand respect le précieux bourdon, et se mit à genoux.

— Le bâton de saint Patrick ! Quelle merveille !

Puis il demanda nerveusement :

— Owen, qu'avez-vous vu ? Le purgatoire, comment est-ce ? Racontez-nous !

L'ancien soldat leva les yeux vers l'ecclésiastique et claironna :

— J'ai vu... J'ai vu... Miséricorde ! MISÉRICORDE ! Monseigneur, il faut prévenir les gens... MISÉRICORDE POUR LES ÂMES !!!

La scène se brouilla une fois de plus et Jacques se retrouva dans une caverne très sombre, éclairée par quelques flambeaux accrochés aux parois.

Jocelin était désormais très âgé. Il était assis à une vaste table ronde, en présence d'une dizaine d'autres chevaliers, mais aussi de quelques femmes. Tous avaient le visage grave et paisible, et écoutaient avec attention les paroles de l'un d'entre eux.

— Merci à toi, mon cher ami Jocelin, toi mon ancien écuyer, toi, brave parmi les braves. Merci d'avoir accepté de nous rejoindre dans ce lieu sacré pour devenir un nouveau Passeur...

Il aurait été très difficile de donner un âge au chevalier Owen qui s'exprimait d'une voix étrange, et pourtant pleine de douceur. Sa peau était parcheminée, presque translucide. Ses yeux étaient d'un bleu intense et sa barbe blanche ressemblait à de la laine. Il baissa la tête un instant, et reprit son discours :

— En devenant membre de notre Guilde, tu as voulu que ta vie soit désormais totalement vouée au service des âmes du purgatoire, en particulier des plus éloignées, des plus délaissées, des plus souffrantes. Te souviens-tu, mon cher Jocelin, lorsque je suis entré pour la première fois au purgatoire, en juillet 1153 ? Mon cœur s'était brisé en voyant la souffrance de ces âmes torturées par le mal qu'elles avaient commis de leur vivant. Pendant ce voyage, j'avais terriblement souffert de mes propres péchés, de mes terribles péchés, bien plus profondément qu'aucune des souffrances physiques ou morales ne m'avaient atteint jusque-là.

Et le chevalier Owen se mit à décrire l'effrayant voyage qu'il avait fait dans les entrailles de la terre. Il décrivit par le menu toutes les tortures et les supplices, plus horribles les uns que les autres, que les démons faisaient subir aux pauvres âmes du purgatoire. Jacques ferma les yeux tant ces descriptions étaient insoutenables. Puis, avec un enthousiasme renouvelé, le chevalier Owen raconta le terme de son périple, ce moment où il avait été autorisé à contempler la beauté du Ciel et à ressentir la joie des élus au Paradis.

Les auditeurs, qui connaissaient l'histoire par cœur, se mirent à rendre grâce et à louer le Seigneur bruyamment.

Puis le chevalier Owen termina son récit :

— En sortant de la grotte de saint Patrick, le lendemain matin, j'avais promis au Seigneur de consacrer mon existence à aider mes frères humains au moment du grand passage dans l'Au-delà, de les conduire vers la patrie du Ciel. C'est ainsi que je suis devenu le premier Passeur…

Les membres de la Guilde hochèrent la tête avec reconnaissance. Owen posa au milieu de la table le Bâton des prodiges et le caressa délicatement du bout des doigts.

— Saint Patrick nous a fait un grand don, avec la permission du Très-Haut : son bâton. C'est avec ce bourdon que le grand évangélisateur a chassé le dragon ancestral de l'Irlande tout entière. En me faisant cadeau de ce bâton dans la grotte de l'île du Purgatoire, saint Patrick nous a confié un merveilleux instrument pour défendre l'humanité contre l'Adversaire et ses légions démoniaques. Avec cet instrument, nous pouvons chasser les démons qui poussent nos frères humains à la damnation, et les envoyer dans leur patrie infernale pour l'éternité.

Puis, levant son regard vers Jacques-Jocelin, le chevalier Owen demanda :

— Maintenant, Jocelin, veux-tu toi aussi te joindre à nous et te montrer digne de ce grand honneur qui nous est fait ? Veux-tu combattre de toutes tes forces les hordes du mal et protéger nos frères humains contre l'oppresseur ? Veux-tu aider les pauvres âmes perdues dans les ténèbres à rejoindre la lumière du Ciel ?

— Oui, chevalier Owen ! Je le veux !

Le vieux Passeur prit le Bâton des prodiges et adouba le nouveau membre de la Guilde en posant le bout du bourdon sur la tête et les épaules de Jocelin.

— Ainsi soit-il !

Jacques se sentit alors fermement tiré en arrière par les épaules. Il eut un mouvement réflexe des bras pour se rattraper, tandis qu'une brutale poussée d'adrénaline lui fit fermer les yeux un court instant.

Mais il ne tomba pas sur le dos.

Lorsqu'il rouvrit les paupières, il était de nouveau dans le grenier poussiéreux de l'immeuble de Jacob, assis sur la malle, le miroir posé sur les genoux.

14
La Guilde des Passeurs

Le visage de Longin occupait de nouveau le Veritatis Speculum.

Jacques se sentait un peu déphasé après ce voyage dans le miroir. Il lui fallut quelques secondes pour retrouver ses esprits et réaliser qu'il était de retour chez lui, à Belleville.

L'âme du Ciel souriait avec indulgence en regardant l'enfant qui tremblait un peu. Il lui demanda :

— Comment te sens-tu, mon petit Jacques ?

Le garçon frotta son visage et répondit :

— Ça va. Enfin, à peu près... C'était vraiment bizarre !

— Ce fut une bonne expérience pour toi. As-tu maintenant compris ce qu'a fait le chevalier Owen ?

Le jeune garçon haussa les épaules.

— Je crois que oui : il est allé en Irlande sur l'île du lac Rouge et il est entré dans une grotte. J'ai compris que le purgatoire se trouve dans ce pays, sous la terre.

Longin se mit à rire.

— Non, pas vraiment. Je te l'ai déjà dit. Le purgatoire n'est pas un lieu, mais un état.

— Ça veut dire quoi ?

— Cela signifie que l'expérience qu'a faite le chevalier Owen dans la grotte était identique à celle d'une âme séparée de son corps après la mort. Avant d'aller au Ciel, elle doit d'abord se purifier. Dans ce cas exceptionnel, le chevalier l'a expérimenté de son vivant. C'est pour cela que l'histoire raconte qu'il est descendu dans le purgatoire avec son âme et son corps. Il est le premier homme à avoir fait l'expérience du purgatoire de cette manière.

— Alors, il n'est pas descendu sous terre, comme il l'a raconté un jour, avec tous les détails, à son ancien écuyer Jocelin ?

— Non, pas exactement. Puisque tu veux tout savoir, sache que le chevalier Owen est effectivement descendu dans une grotte, celle où méditait saint Patrick lorsqu'il vivait dans la région. À cet endroit, il y a une pierre plate où l'on peut s'étendre. Il s'est couché et s'est brusquement endormi. Même si l'on ne peut pas vraiment parler de sommeil, dans ce cas précis.

— Il était hypnotisé ? Mon papa fait ça sur scène, avec des spectateurs, de temps en temps…

Longin dodelina de la tête.

— Non plus. Disons que c'était quelque chose comme un songe. Toujours est-il que pendant toute cette journée, Owen a enduré, dans sa chair et dans son âme, ce qu'éprouvent les âmes du purgatoire. Comme il avait commis beaucoup de péchés dans sa vie de soldat, le chevalier a subi de grands tourments. Et il a également vu de nombreuses âmes qui, comme lui, avaient besoin d'une purification avant de rejoindre le Ciel. Et il a eu beaucoup de compassion pour elles.

Jacques fit une grimace.

— Mais toutes ces tortures que les démons font subir au purgatoire : le lac de feu, les pinces et les fers rouges que les démons utilisent pour faire mal aux gens. C'est… c'est horrible !

L'enfant sentit un frisson d'horreur courir le long de son échine.

— Oh, non, petit Jacques ! corrigea Longin en secouant vigoureusement les mains. Il ne faut pas entendre ce récit au pied de la lettre. Ce sont des images qu'Owen a utilisées pour tenter d'expliquer ce qu'il avait vu et ressenti.

— Ce n'est pas vrai, alors ?

— Je n'ai pas dit que ce n'était pas vrai. Je veux simplement t'expliquer que son récit était symbolique et qu'il utilisait les mots, les représentations que les gens de son époque pouvaient comprendre, parce qu'elles correspondaient aux horreurs qu'ils voyaient pendant les nombreuses guerres qui ravageaient ces contrées. Le chevalier voulait marquer les esprits et pousser ses contemporains à ne plus faire le mal, à pardonner avant que ce ne soit trop tard, à reprendre le droit chemin.

— Alors, c'est quoi, en vrai, le purgatoire ?, insista Jacques.

Longin prit un instant de réflexion avant de répondre.

— Quand nous mourons, notre âme se sépare de notre corps. Alors survient le jugement particulier…

— Le jugement particulier ?

— Le jugement, ce n'est pas un tribunal, comme si nous étions coupables de quelque chose et que nous allions être punis. Le jugement, c'est ce qui fait la vérité sur notre vie, sur les autres, sur Dieu. C'est-à-dire qu'au moment de notre mort, nous voyons tous les détails de notre existence. Nous prenons conscience de tout ce que nous aurions dû faire et que nous n'avons pas fait, du bien que nous avons fait, mais aussi du mal que nous avons causé. Nous voyons aussi l'amour immense de Dieu pour nous, et combien nous l'avons ignoré, repoussé, oublié…

Jacques pensa soudainement qu'il omettait souvent de faire sa prière avant de se mettre au lit comme sa maman le lui avait enseigné, et il ressentit une vague de remords le submerger.

— Heureusement, poursuivit Longin avec un sourire éclatant, un certain nombre de personnes qui ont fait de leur mieux de leur vivant, avec le plus possible d'amour et de générosité, vont directement au Ciel rejoindre la Sainte Trinité, les Anges et les saints.

Puis son visage se rembrunit brusquement. Il semblait à la fois peiné et effrayé.

— Pour d'autres, malheureusement, leur haine est tellement grande au moment de leur décès, le poids du mal qu'ils ont commis est si écrasant, qu'elles se damnent pour l'éternité...

Un long silence ponctua la déclaration de l'âme du Ciel.

Jacques toussota.

— Hum ! Mais, ces âmes ne peuvent pas changer après leur mort ?

Longin secoua la tête.

— Non, hélas ! Il est trop tard. Plus personne ne peut se convertir après la mort. Même le Très-Haut ne peut plus rien pour ces malheureux. C'est le prix de la liberté qu'Il a donnée à ses enfants. Tout homme peut s'obstiner jusqu'à l'absurde dans son refus d'aimer et de pardonner. C'est la raison pour laquelle notre existence terrestre est si importante. Jusqu'à notre dernier souffle, nous avons la possibilité de changer, mais après, nous demeurons dans l'état dans lequel nous mourons.

— Alors, le purgatoire, dans tout ça ?

— Le purgatoire, c'est l'état dans lequel l'âme qui est sauvée se retrouve après le jugement particulier, mais n'ose pas encore se présenter devant Dieu parce qu'elle se sent sale et repoussante. Elle est heureuse parce qu'elle voit déjà le Ciel, mais elle souffre également de ses péchés. Alors, le Très-Haut, dans sa miséricorde, lui laisse la possibilité de se laver dans un petit coin discret et de mettre des vêtements propres avant de le rejoindre. C'est une image, bien sûr.

— J'avais compris. Et ça dure longtemps ?

— Ça dépend des personnes. Mais ce n'est pas une question de durée, puisqu'après la mort, il n'y a plus vraiment de temps. C'est une question d'intensité. Pour certaines âmes, le purgatoire est plus joyeux que douloureux, parce que leur purification est presque accomplie sur terre, mais d'autres sont très enfoncées dans les tourments intérieurs et peinent à avancer vers la lumière.

— Je ne comprends pas vraiment ce que vous dites, monsieur Longin.

L'âme du Ciel lui adressa un sourire plein de compréhension.

— Imagine que tu es soigné dans un hôpital, petit Jacques…

— Ça m'est arrivé y'a pas longtemps, le coupa-t-il en désignant les cicatrices sur son visage.

— Combien de temps es-tu resté dans la salle de soins ?

— Une après-midi entière !

— Ces heures t'ont semblé longues ou courtes ?

— Plus longues que lorsque je joue avec mes copains, en tout cas !

— C'est bien ce que je veux dire. Le purgatoire, c'est comme un hôpital. On sait que l'on doit y rester pour être soigné, mais ça nous semble d'autant plus long et pénible qu'on voit le soleil par la fenêtre et qu'on entend ses amis s'amuser et rire dehors. Malheureusement, plus notre maladie est grave, et plus la convalescence risque d'être longue. On est à la fois heureux parce qu'on sait qu'on va sortir et profiter bientôt du soleil, mais on est aussi malheureux de n'avoir pas fait ce qu'il fallait pour éviter d'entrer à l'hôpital.

— Alors, votre rôle à vous, c'est d'être un gentil infirmier du purgatoire ? s'exclama le jeune garçon.

Longin éclata de rire.

— Tu es drôle, mon petit Jacques ! Non, cela, ce serait plutôt celui de la Guilde des Passeurs qui aide les âmes à sortir le plus vite possible de la salle de soins. Moi, j'essaie d'éviter aux personnes de se blesser tant qu'elles sont vivantes, pour qu'elles n'aillent pas à l'hôpital, justement. Ou le moins de temps possible.

— Mais que font exactement les Passeurs ?

Longin sourit.

— Les Passeurs sont des personnes qui viennent consoler les âmes les plus oubliées et les plus souffrantes, pour qui personne ne prie, ou ne fait dire des messes qui leur font tant de bien. L'âme privée de son corps ne peut plus rien faire pour elle-même. Elle a besoin de ses frères vivants pour l'aider à avancer.

— Un peu comme si elle était dans une chaise roulante qu'il faudrait pousser ?

Longin approuva de la tête.

— Je vois que tu as été marqué par ton passage à l'hôpital, toi ! On pourrait dire les choses comme ça, pourquoi pas. Il y a des âmes qui sortent vite de la maison de santé, d'autres qui y restent très longtemps. C'est de celles-là que les Passeurs s'occupent en priorité.

— Et que se passe-t-il après ? Il y a des âmes au Paradis, et d'autres en enfer ? C'est ça ?

— Toutes ces âmes, les damnées comme les sauvées, attendent la résurrection des corps à la fin des temps. Alors surviendra le retour du Christ et le jugement dernier : les âmes des sauvés retrouveront leur corps glorieux dans la Patrie du Ciel, pour une éternité de joie et d'amour. Les âmes des damnés, quant à elles, subiront la seconde mort.

— La seconde mort ?

— L'enfer.

Longin ne semblait pas vouloir en dire plus sur le sujet. Jacques demanda :

— Et, qu'est-ce que le Bâton des prodiges vient faire là-dedans ?

— Pour continuer l'image de l'hôpital, disons qu'il y a toujours un Passeur qui défend l'entrée du bâtiment. Comme une sorte de vigile. Les démons ne cessent de vouloir pousser les hommes à se damner, par toutes sortes de ruses, de tentations et de séductions mensongères. Les Passeurs ont la possibilité, grâce au bâton de saint Patrick, de pousser des anges rebelles en enfer pour qu'ils ne puissent plus faire de mal à quiconque.

Jacques se gratta la tempe nerveusement.

— Mais pourquoi le chevalier Owen m'a donné ce bâton ? Pourquoi à moi ?

Longin le regarda intensément. Il avait perdu sa bonhomie. L'âme du Ciel semblait perplexe.

— Parce que la Guilde est fort menacée depuis quelque temps. L'un de leurs membres a été surpris avec le bourdon, dans l'intention de le donner à l'Adversaire.

Jacques ouvrit la bouche de surprise.

— QUOI ? Il y a un traître parmi eux ? Comment c'est possible ?

Longin prit un air désolé avant d'expliquer :

— Les Passeurs sont des êtres humains, avec leurs forces et leurs faiblesses. Certes, ce sont des personnes très solides et bien préparées, mais le combat contre l'Adversaire est tellement violent que l'un des Passeurs a fini par craquer et qu'il a trahi son serment de fidélité.

Le garçon posa la main sur sa bouche.

— Ça alors ! Et moi qui croyais que les Passeurs étaient des âmes du Ciel, comme vous…

— Non, petit Jacques. Lorsque le chevalier Owen est sorti de la grotte de l'île du Lough Derg, il a demandé la grâce au Tout-Puissant de pouvoir rester en vie le plus longtemps possible pour retourner dans le purgatoire et pouvoir ainsi aider les âmes souffrantes et délaissées. Mais, cette fois, des amis, touchés par son témoignage, ont souhaité se joindre à lui. C'est ainsi qu'est née la Guilde. Chaque Passeur qui la rejoignait voyait sa vie terrestre prolongée jusqu'à ce qu'il demande de mourir lorsqu'il estimait que le temps était venu.

— Les Passeurs vont toujours au Lough Derg ?

— Oh, non. C'est inutile puisque Owen a récupéré le bâton que saint Patrick avait laissé dans la fameuse grotte. Il suffit de l'utiliser en traçant un cercle pour ouvrir un passage vers le purgatoire.

— La lumière dorée, murmura l'enfant en pensant à la brèche que Jacob avait ouverte dans sa chambre.

Longin approuva d'un mouvement de la tête.

— Oui. Ton ami a trouvé le moyen de s'en servir.

— Mais où vivent-ils, ces Passeurs ?, voulut encore savoir Jacques.

— Dans un endroit secret que je ne peux te révéler. Ils passent le plus clair de leur temps dans cet état particulier qui leur permet d'aller au purgatoire pour aider les âmes.

— Ils doivent être tous très, très vieux ! s'étonna le garçon.

— Le chevalier Owen est le plus âgé d'entre eux, bien sûr. Mais, chaque siècle, l'un d'entre eux demande à mourir et un autre membre est coopté pour rejoindre la Guilde.

Jacques fronça les sourcils.

— Ils pensent me demander d'entrer dans la Guilde, vous croyez ?

Longin fit non de l'index.

— Non, mon cher petit Jacques. Pour l'instant, tu es le Gardien du Veritatis Speculum. Le Très-Haut a d'autres projets pour toi. Mais chaque chose en son temps...

Le garçon soupira avec soulagement. Il n'avait aucun désir de devenir une sorte de mort-vivant qui parle avec une voix caillouteuse et le récit du chevalier Owen ne l'avait pas rassuré du tout...

— C'est maintenant l'heure d'aller dormir, décréta Longin.

Jacques se sentait effectivement complètement vidé. Il avait mal dormi la nuit précédente et la journée avait été bien remplie.

— D'accord, monsieur Longin.

— Lorsque nous nous reverrons, nous nous occuperons de l'histoire du diamant perdu de ta tante, ajouta l'âme du Ciel.

— Oui, monsieur Longin.

— Et n'oublie pas de faire ta prière avant de te mettre au lit.

L'enfant sourit. Il souhaita une bonne nuit à l'âme du Ciel – mais, au fait : y a-t-il encore des jours et des nuits au Paradis ? – et le visage de Longin s'effaça de la surface réfléchissante du miroir.

Jacques descendit du grenier de l'immeuble de Jacob, à pas de loup. Malgré tous ses efforts, les marches de bois craquaient sinistrement, comme si elles se plaignaient d'être réveillées par un garçon qui n'avait rien à faire là.

Il faut dire qu'il était presque minuit…

Lorsqu'il fut devant la porte d'entrée des Goetz, Jacques frappa quelques coups discrets avec son index. Il était convenu que Jacob lui ouvre l'appartement dès qu'il aurait fini de « faire ce qu'il avait à faire » avec son miroir.

Mais Jacob n'ouvrit pas la porte.

« Quel scrogneugneu ! grogna Jacques avec mauvaise humeur. Mais qu'est-ce qu'il fait ? Il ne s'est pas endormi, quand même ? »

Il cogna un peu plus fort.

En vain.

Le cœur de l'enfant se mit à battre plus vite.

— C'est pas vrai ! geignit-il, au bord des larmes.

Il tenta de l'appeler, au risque de réveiller tout l'immeuble :

— Jacob ! Jacob ! Tu m'entends ? Jacob !!!

Jacques était désespéré. Il ne pouvait pas se permettre de sonner et de réveiller Esther : que dirait-elle en le voyant tout habillé, à minuit passé, avec un miroir sous le bras ? Impossible d'expliquer ce qu'il faisait dans le grenier de l'immeuble… Elle croirait naturellement que Jacques était sorti dehors, à son insu, pour faire Dieu sait quoi, comme un vulgaire voyou.

Et que penserait-elle de son fils ? L'accuserait-elle de couvrir son ami dans ses mauvaises actions ? Le punirait-elle sévèrement ? Très probablement, Jacob et lui seraient-ils obligés de se séparer, parce qu'Esther aurait trop peur que Jacques ait une mauvaise influence sur son garçon ?

Et que dirait-elle à ses parents ?

Jacques se mit à pleurer en imaginant leur honte.

Jacquot, nous ne pouvons pas nous permettre d'avoir des problèmes dans le quartier, avait dit sa maman. *Tu sais bien que tout se dit et tout se sait, à Belleville…*

Bêtes de foire…

Famille d'artistes…

— Jacob, ouvre-moi ! supplia-t-il, à genoux, les mains serrées. Jacob ! S'il te plaît ! Réveille-toi !

Mais Jacob n'entendit pas la supplication de son ami et la porte resta obstinément close.

15
La disparition

Jacques ne se résolut pas à réveiller Esther Goetz. Il avait bien trop peur de sa réaction. Sa première préoccupation fut de mettre le miroir à l'abri. Il commença donc par remonter dans le grenier et cacher le miroir dans la malle d'osier sur laquelle il s'était assis. Puis il descendit les marches quatre à quatre jusqu'au rez-de-chaussée pour voir si, par miracle, madame Martin, une brave femme toujours prête à rendre service, était encore éveillée. La concierge possédait tous les doubles des clés des appartements, et Jacques était sûr qu'elle accepterait de lui sauver la mise.

Mais, comme il fallait s'y attendre, la loge était fermée et il n'y avait pas la moindre trace de lumière derrière le rideau raide de crasse qui occultait la porte vitrée.

Le garçon entra alors dans le local à poubelles. Il avait remarqué la veille au soir, tandis qu'il vidait un ramasse-poussière dans une benne, qu'une porte donnant sur l'extérieur avait une clé enfoncée dans la serrure. Il la déverrouilla et sortit de l'immeuble.

La rue Piat était déserte. Il pleuvait à verse. Une pluie froide comme la mort engorgeait les caniveaux. Personne n'avait l'idée saugrenue de se promener par un temps pareil, à une heure aussi tardive. Jacques, qui n'avait ni sa pèlerine ni son béret, fut rapidement trempé jusqu'aux os.

L'enfant courut vers l'escalier de la rue Vilin qu'il dévala aussi vite qu'il put. Ses godillots ferrés faisaient un bruit d'enfer, mais il s'en moquait bien.

Complètement essoufflé, il arriva devant le numéro 24 et leva les yeux. L'appartement était plongé dans l'obscurité. Tout le monde semblait dormir paisiblement.

Bien entendu, il n'avait pas les clés de chez lui, puisqu'elles étaient dans la poche de son manteau. Comment allait-il pouvoir rentrer ?

Jacques décida de jouer le tout pour le tout et de crier pour réveiller ses parents. Mais un visage s'imposa à son esprit.

Celui de Josette.

La terrifiante Josette.

À tous les coups, avec la chance qui était la sienne ces derniers temps, sa tante allait se réveiller et faire tout un plat de la « fugue » de Jacques. Surtout après l'histoire de la bagarre avec René…

Pas plus qu'il n'avait eu le courage de supporter les cris et les reproches d'Esther, Jacques ne se sentit la force d'affronter Josette.

Tu devrais mieux l'éduquer, avait-elle dit à son frère. *Il devient un vrai voyou,* ton fils !

Quelle belle confirmation Jacques allait-il lui apporter sur un plateau d'argent !

Le garçon tapa rageusement du pied en poussant un cri de colère.

Que faire ?

Soudain, une idée germa dans son cerveau en ébullition : « Le Balto » !

À cette heure-là, le bar-tabac devait certainement être encore ouvert. Et la mère Gertrude était toujours de bon conseil quand on avait besoin d'elle. Sans doute trouverait-elle une solution à son problème.

Jacques dévala la pente zigzagante de la rue Vilin et déboucha dans la rue Julien Lacroix.

Son cœur faillit éclater de joie dans sa poitrine quand il vit la devanture illuminée.

Il entra en trombe dans le bar et trouva sa propriétaire à quatre pattes frottant le carrelage, une serpillère à la main.

Gertrude laissa tomber sa Gitane-Maïs...

— Ben ça alors, mon Jacquot ! grommela-t-elle de sa voix grasseyante. Qu'est-ce que tu fais là, à c't'heure ?

Elle avait le visage rouge, couvert de sueur. Ses cheveux gris étaient tirés en arrière et maintenus par un bandeau. Elle s'essuya les mains sur son tablier, se releva péniblement et s'approcha du garçonnet.

— J'ai des problèmes, répondit Jacques dans un filet de voix.

La femme serra fermement l'enfant dans ses bras en demandant :

— Mais qu'est-ce qui se passe, mon Jacquot ?

Le garçon laissa échapper un sanglot.

— Il faut commencer par te réchauffer ! recommanda Gertrude. T'es mouillé comme une poule. Tu vas attraper la mort, avec tout ça ! On parlera après !

Elle apporta un torchon, essuya vigoureusement la tête de l'enfant, puis l'obligea à s'asseoir à une table.

— J'vais te préparer un bon chocolat chaud !

Jacques profita de ce temps pour chercher une bonne raison à lui donner. Ce n'était pas si simple.

Quand la femme s'installa devant lui après avoir déposé une tasse fumante, elle lui demanda de sa voix rauque :

— Raconte-moi tout, mon minet.

Il expliqua alors la raison pour laquelle il avait dû laisser sa chambre à Josette et s'installer provisoirement chez les Goetz.

— Hum ! Elle n'a pas bonne réputation dans le quartier, la Josette ! déclara sèchement Gertrude en fronçant le nez.

Les yeux du garçon s'arrondirent.

— Vous la connaissez ?

— Oh, oui, j'la connais ! Elle a passé l'Occupation à Belleville, chez tes parents. Elle avait tout perdu à cause des bombardements. Elle habitait en Normandie au début de la guerre, si je me souviens bien.

— C'est ça !

La mère Gertrude dodelina de la tête.

— Elle se prenait pour une grande dame et nous regardait de haut parce qu'elle s'était mariée avec quelqu'un de la haute et qu'elle avait du flouze, poursuivit-elle. Elle avait oublié d'où elle venait, la petite : du ruisseau, comme nous autres ! Ah, ça !!!

Jacques se mit à sourire. Il savait que ce n'était pas charitable de prendre plaisir à entendre dire du mal de quelqu'un, mais là, pour le coup, ça lui faisait du bien.

— Ma tante venait au Balto pendant la guerre ? interrogea-t-il.

La grosse femme écarta les mains comme pour souligner l'évidence de la chose.

— Mais bien sûr qu'elle venait au Balto ! Tout le monde venait ici ! Pour se réchauffer ou pour avoir des informations sur les Boches. D'autres, pour faire leurs petites affaires…

Elle avait dit les derniers mots avec un clin d'œil bien appuyé.

— C'est quoi, les petites affaires ?

La mère Gertrude sourit avec un air entendu.

— Un peu de marché noir, quoi ! Les tickets de rationnement, ça ne suffisait pas à nourrir une famille. Alors, les gens se débrouillaient entre eux. Tu comprends ?

— Oui. Papa et maman m'ont raconté. Mais ils ne m'ont pas dit que ma tante faisait du marché noir…

Gertrude leva le nez en riant :

— Ah, ah ! La Josette n'était pas la dernière, tu peux

me croire ! Derrière ses grands airs, elle savait bien traficoter comme tout le monde !

Jacques se gratta le menton.

— Ça alors !

Gertrude était toujours ravie de parler de la guerre. À l'écouter, « Le Balto » avait été le centre névralgique de tout ce qui s'était passé d'important à Paris pendant ces terribles années.

Gertrude avança sa tête près de celle de l'enfant et ajouta à voix basse :

— Pendant l'Occupation, Josette sortait avec le frère du poissonnier, tu sais, le Bardot de la rue des Couronnes…

— René ? s'étonna Jacques.

— Mais non, idiot ! Pas le fils d'Émile, son frère ! Albert, qu'il s'appelait. Il travaillait avec son frangin au magasin.

Le garçon haussa les sourcils.

— Je ne savais pas que René avait un oncle…

— Ben si. En 44, il avait vingt-quatre ou vingt-cinq ans, j'sais plus, et il fréquentait Josette. Ce pauvre garçon n'avait pas inventé la poudre, si tu vois ce que je veux dire. Mais c'était un brave gars, ça oui !

La tenancière de bar ricana de nouveau, les yeux perdus dans le vague.

— Fallait voir ça ! Il était complètement gaga de ta tante, l'Albert. Fou amoureux ! Mais, tu vois, le problème…

Gertrude s'interrompit un instant, fixa Jacques du regard et reprit avec son air pincé :

— Le problème, c'est que la Josette, elle, elle ne l'aimait pas ! Elle était gentille avec lui, simplement parce qu'il travaillait dans une poissonnerie et que, quand il allait aux Halles, il mettait des petits trucs à manger de côté pour les lui donner.

— Ah bon ?

La femme alluma une nouvelle Gitane-Maïs.

— Ben, oui, c'est moche, j'sais. Tes parents ne voulaient pas toucher à la nourriture qu'elle ramenait à la maison. Faut dire, comme gens honnêtes, y'a pas mieux ! Ça, tout le monde le sait, à Belleville !

Jacques soupira d'aise. Les paroles de la mère Gertrude lui allaient droit au cœur. Il était sûr que ses parents se faisaient des idées sur leur réputation dans le quartier et qu'elle était bien meilleure qu'ils ne l'imaginaient.

— Après la guerre, poursuivit la femme, ce qui devait arriver est arrivé. Josette a largué ce sot d'Albert et elle a quitté Belleville pour chercher un nouveau mari. Évidemment, en voyant son frère effondré, l'Émile a piqué une rogne monumentale contre Josette et les noms d'oiseaux ont volé entre eux, j'te prie de croire !

Gertrude éclata d'un rire gras qui se termina en une affreuse quinte de toux.

Pendant que la femme cherchait à reprendre son souffle, Jacques repensa à ce qu'avait dit sa tante pendant le déjeuner : « Et qu'a-t-il dit, ce gros porc de poissonnier ? » Tout devenait clair, à présent.

La toux se calma, et après s'être essuyé les yeux pleins de larmes, la tenancière du Balto, lui donna son conseil préféré :

— Fume jamais, mon Jacquot ! Jamais ! Ou alors des américaines ! Paraît qu'elles sont moins toxiques !

— Oui, madame, répondit l'enfant mécaniquement.

— On cause, on cause, mais le temps passe ! Il est tard et t'as toujours pas dit ce qui t'arrive, mon poussin !

Jacques baissa la tête et dit :

— Je suis sorti de l'appartement des Goetz.

— Sans autorisation ? gronda la femme en roulant des yeux furibonds.

— Euh... Oui.

Jacques rentra la tête dans les épaules. Mais Gertrude ne se mit pas à crier.

— Mais pourquoi, nom de nom ? Pourquoi t'es sorti tout seul ?

— Je voulais aller voir mes parents. Ils me manquent.

C'était un demi-mensonge. Mais il n'avait trouvé rien d'autre.

— Comme ça ?, insista la femme. À minuit passé ! Et sans prendre ton béret et ton manteau ?

Jacques fit une grimace ambigüe. Il ne savait pas quoi dire.

— Un coup de tête, c'est ça ?

Jacques approuva d'un air penaud.

La femme se redressa et laissa échapper un long soupir. Après avoir réfléchi quelques instants, elle déclara :

— Bon, écoute ! Pour le moment, on ne peut rien faire. C'est trop tard pour réveiller les gens. Tu vas dormir ici, cette nuit. Demain matin, à la première heure, je vais t'accompagner chez Esther. Je vais parler avec elle et je vais essayer d'arranger les choses. D'accord, mon petit chat ?

— Oui, madame.

— Allez, tranquillise-toi. Je vais te faire chauffer de l'eau dans la bassine et tu vas te laver. Tu en as bien besoin.

— Oui, madame.

— Et tu feras bien attention de pas réveiller mon mari Alfred : c'est lui qui prend l'ouverture de cinq heures. Et puis ma petite Alice, elle va demain à l'école. Comme toi, d'ailleurs !

Alice. La bonne amie de Jacob, avec ses couettes et ses nœuds roses…

Pour l'instant, Jacques éprouva un profond soulagement. Il se sentait tellement épuisé, tellement démuni…

Il s'écroula sur le lit que Gertrude avait préparé pendant sa toilette. Il avait enfilé un des pyjamas roses d'Alice qui sentait la lavande et s'était endormi.

Il était sept heures du matin quand la mère Gertrude et Jacques sonnèrent à la porte de l'appartement des Goetz.

Esther, le visage ravagé d'inquiétude et les cheveux en bataille, ouvrit la porte à la volée.

— Jacques ! Qu'Adonaï soit loué ! Tu es là !

L'enfant baissa les yeux avec embarras. La tenancière du Balto passa la porte en disant d'une voix ferme :

— Bonjour Esther ! Avant que tu hurles sur cet enfant et que tu fasses profiter tes voisins de ton vocabulaire yiddish le plus fleuri, je voudrais que tu m'écoutes deux minutes sans t'énerver. Le petit Jacquot est venu me voir…

Mais Esther ne l'écoutait pas. Elle regardait fiévreusement le palier.

— Où est Jacob ? la coupa-t-elle, les yeux brillants.

— Quoi, Jacob ?

— OÙ-EST-JA-COB ? martela-t-elle rageusement de nouveau.

Gertrude ouvrit la bouche stupidement.

— Quoi ? Il n'est pas là ?

Esther se tourna vers Jacques, l'attrapa par le col et le secoua comme un prunier en hurlant :

— OÙ EST MON FILS ?

Jacques était terrifié.

— Mais je ne sais pas !

Les sœurs de son ami, toutes réunies dans le hall d'entrée, se tordirent les mains en sanglotant. Salomé, l'aînée des filles, cracha :

— Les lits ne sont même pas défaits. Où vous étiez cette nuit, les garçons ?

— Jacques était chez moi, intervint Gertrude. Mais pas Jacob.

Un vent de panique souffla dans l'appartement.

— Je suis sorti hier soir vers dix heures, expliqua piteusement Jacques. Quand je suis revenu à minuit, Jacob ne m'a pas ouvert la porte. Je croyais qu'il dormait…

— AHHH !!!, s'emporta Esther en levant les mains au ciel. AHHH ! Mais c'est pas vrai, c'est pas vrai !!! Où est-il passé, cet énergumène ?

Et Esther s'effondra en pleurs sur une chaise.

Jacques fut sommé de répéter plusieurs fois son récit, mais comme il n'avait pas grand-chose à dire, on finit par le laisser tranquille.

Le garçon ne savait plus où se mettre. Il se réfugia dans un coin de la cuisine, cherchant à éviter les regards assassins que lui jetaient les membres de la famille Goetz.

Gertrude prit les choses en mains et aida Esther à se préparer pour aller faire une déclaration au commissariat.

Les enfants furent envoyés à l'école, malgré les protestations des sœurs de Jacob prêtes à organiser une battue dans tout Belleville pour retrouver leur petit frère. Mais Esther ne céda pas et les obligea *manu militari* à rejoindre leur collège.

Jacques partit également en classe en traînant les pieds. Il avait le cœur lourd et se sentait responsable du drame qui touchait la famille de son ami. Il n'était pas fier de lui…

Quand il arriva à l'école, la première question que lui posa monsieur Pitois fut :

— Il n'est pas là, votre « double-Jac » ?

— Non, maître.

— Il est malade ?

Jacques hésita un instant.

— Non. Il a disparu cette nuit.

L'instituteur haussa les sourcils.

— Disparu ? Comment ça, disparu ?

— Je ne sais pas, maître.

Monsieur Pitois toisa le garçon avec un air effaré, puis fit une horrible grimace, comme si Jacques venait de se moquer de lui.

— C'est ridicule d'affirmer de telles sornettes, monsieur Bidaud ! Vous me ferez cent lignes pour la peine : « Je ne mens pas à mon maître. » Compris ?

Jacques fit un petit signe d'assentiment du menton.

Ce n'était pas bien grave. De toute façon, Pitois oubliait la moitié des punitions qu'il distribuait avec largesse.

L'instituteur fit entrer ses élèves en classe – les premiers, comme d'habitude –, puis il se mit debout devant l'estrade, bien droit, les mains croisées dans le dos. Il attendit que le calme s'installe et sortit sa phrase rituelle de début de journée :

— Sortez vos cahiers du jour et écrivez la date.

Jacques souleva la planche de son pupitre et aperçut un papier plié en quatre posé sur ses affaires.

Discrètement, il ouvrit le message. Il y avait quelques lignes. Il lut :

« Si tu veux savoir où est Jacob, viens me retrouver devant les escaliers de l'église Notre-Dame de Ménilmontant, ce midi, après la classe. Si tu parles à qui que ce soit de ce rendez-vous, tu auras la mort de ton copain sur la conscience. »

Le mot n'était pas signé.

À peine eut-il terminé de lire que les lettres se mirent à danser toutes seules et à se mélanger dans un joyeux désordre.

Au bout de quelques secondes, le texte se stabilisa mais il n'avait désormais plus aucun sens.

Le garçon n'avait de toute façon pas besoin de le relire.

Il avait bien compris que quelqu'un avait enlevé Jacob.

Et que ce quelqu'un n'était probablement pas un ravisseur ordinaire.

Loin de là…

16

L'homme au chapeau

Lorsque Jacques approcha des escaliers monumentaux qui mènent à la grande église en pierres blanches de Notre-Dame de Ménilmontant, il aperçut immédiatement un monsieur d'une quarantaine d'années qu'il ne connaissait pas, assis sur un banc public.

Son visage anguleux était agité de nombreux tics nerveux. Le chapeau de feutre luxueux qu'il portait enfoncé jusqu'aux sourcils détonnait dans l'ensemble de son habillement. Il avait relevé le col de son pardessus râpé et dissimulé son menton sous une grosse écharpe de laine.

Jacques s'arrêta à quelques mètres du banc et lui jeta un regard interrogatif.

L'homme se frottait vigoureusement les paumes l'une contre l'autre en soufflant sur ses doigts. Quand il aperçut enfin le garçon, il ne put s'empêcher de sursauter, comme si la présence de l'enfant lui avait fait peur.

Il fit un geste de la main pour l'inviter à s'asseoir à ses côtés.

Le garçonnet avança avec précaution et s'assit à l'extrémité du banc sans quitter l'homme du regard.

— Tu t'appelles Jacques, n'est-ce pas ?

— Oui, monsieur, répondit-il d'une voix étranglée.

Son interlocuteur hocha la tête plusieurs fois en disant :

— C'est bien, c'est bien…

Il souffla de nouveau sur ses mains.

— Fait froid, hein ?

Jacques préféra ne pas répondre. Il savait que ses parents l'attendaient pour déjeuner, mais l'individu ne semblait pas pressé de délivrer son message. Le jeune garçon n'avait aucune envie de parler de la pluie et du beau temps avec ce type bizarre. S'il avait quelque chose à dire sur la disparition de Jacob, il avait intérêt à le faire vite.

— T'as reçu mon message ? demanda-t-il encore sans lui jeter le moindre regard.

Le garçon approuva gravement de la tête. Il trouvait la question stupide. S'il était au rendez-vous fixé, c'est qu'il l'avait bien reçu, non ?

— Et qu'est-ce qui s'est passé quand tu as lu mon papier ?

C'est la première fois que Jacques le vit sourire. Un sourire de loup. L'écharpe tomba de son menton et l'enfant découvrit que l'homme portait une barbe noire soigneusement taillée en pointe.

— Toutes les lettres se sont mélangées, grogna Jacques.

— Ah oui ? Formidable, ça ! Vraiment formidable !

Il semblait content de lui, comme un gamin dont la farce aurait parfaitement réussi. Jacques se demanda s'il avait toute sa santé mentale…

Il poursuivit d'une voix saccadée :

— Il me… l'avait dit, bien sûr, mais… mais je n'étais pas sûr… Pas sûr du tout, même !

Le garçon fit une grimace.

De qui parlait-il ?

Le type semblait perdu dans ses pensées. C'est comme s'il avait oublié la présence de Jacques.

Une bonne minute passa, dans un pesant silence.

— Bon, c'est pas tout ça, mais on doit t'attendre, je suppose, finit par dire brusquement l'homme comme s'il reprenait contact avec la réalité.

— Oui, mes parents m'attendent pour manger.

— Alors, je ne vais pas te retenir trop longtemps. Voilà ! Hum ! C'est moi qui ai enlevé Jacob, ton copain, la nuit dernière.

Il avait débité cette phrase sans manifester le moindre état d'âme, comme s'il parlait de ce qu'il avait avalé à son petit-déjeuner.

— Tu sais de qui je parle, au moins ? reprit-il devant le silence médusé de l'enfant.

— Oui, monsieur.

— Tant mieux ! Mais, rassure-toi : Jacob va bien. Du moins, pour l'instant…

Il avait prononcé les derniers mots d'un air sinistre.

— Pourquoi vous avez fait ça ? demanda plaintivement Jacques. Pour une rançon ? Parce que, vous savez, sa maman n'est pas riche et son papa est mort…

— Mais non, voyons ! Ce n'est pas pour de l'argent. Pour qui me prends-tu ?

Le type avait redressé fièrement la tête, offusqué par l'intention ridicule que le garçonnet lui prêtait.

— Pourquoi, alors ?

L'homme souffla de nouveau sur ses doigts.

— Vraiment, il fait froid aujourd'hui. J'aurais mieux fait de prendre une paire de gants. Et puis, j'ai les pieds gelés. C'est quelqu'un d'autre qui m'a obligé à le faire. Si ça continue, je vais attraper un rhume de cerveau. C'est tout ce qui va m'arriver ! Et avec lui, on ne rigole pas, on a intérêt à faire ce qu'il dit, parce que…

Puis, tournant brusquement la tête vers l'enfant, il cracha :

— Ce n'est pas ma faute ! Je n'avais pas le choix, tu comprends ?

Jacques avait affaire à un fou. Il se leva pour fuir en courant, mais l'homme attrapa son bras pour l'empêcher de partir.

— Attends, Jacques : je ne t'ai pas encore dit ce qu'il veut !

— Lâchez-moi !

— Il veut que tu lui donnes un bâton et un miroir. Après, je te dirai où j'ai caché Jacob.

Jacques en eut le souffle coupé. Il tomba assis sur le banc.

— Le bâton et le miroir ?, chuchota l'enfant, le cœur battant à tout rompre.

— Oui, c'est ce qu'il m'a dit.

— Mais c'est qui, ce « il » ?

L'homme au chapeau tapota sa tempe avec son index.

— La voix dans ma tête. L'esprit qui me parle.

L'impression de Jacques d'avoir une conversation avec un dingue s'accentua encore davantage.

— Écoute, je vais tout t'expliquer, concéda le type dont les tics faciaux avaient redoublé d'intensité. Je suis un astrologue-cartomancien, un expert en sciences occultes.

Jacques se frotta nerveusement la joue.

— C'est quoi un... cartomachin ?

— Je suis un voyant, quoi ! expliqua l'homme avec agacement. Tu n'as jamais entendu parler de ça ?

— Vous dites la bonne aventure ?

Le médium réajusta son chapeau avec une mine contrariée.

— Non. Je suis un vrai professionnel, moi ! Je ne travaille pas dans la rue, comme une vulgaire bohémienne ! J'ai mon propre cabinet, dans le Quartier latin. Il ne faut pas juger sur les fripes dont je me suis affublé pour passer inaperçu dans ce quartier. Je suis un homme riche et courtisé. Ma clientèle est très... haut de gamme ! Elle est composée d'hommes politiques, d'acteurs, de chefs d'entreprise qui me consultent régulièrement et apprécient mon don de clairvoyance.

Il jeta un coup d'œil au garçonnet qui ne semblait pas du tout impressionné.

— Enfin, bref. Je communique avec les esprits. Et, dernièrement, il y a une entité très puissante qui m'a contacté. Elle m'a demandé de faire des choses importantes pour elle.

Le voyant bomba le torse comme s'il était honoré de l'insigne honneur qui lui était fait.

— Une entité ?

— Un entité du haut-astral. Un S.I. !

— Un S.I. ?

L'homme se pencha vers Jacques et souffla à son oreille :

— Un Supérieur Inconnu !

Jacques haussa les sourcils en faisant une moue sceptique.

— Enfin, tu es trop petit pour comprendre, décréta le médium d'une voix méprisante. Je ne sais pas pourquoi je perds mon temps à te parler de ça !

— Comment vous savez que c'est un S.I. qui vous parle, et pas un démon ?

L'astrologue fit un geste brusque de la main pour faire taire le garçon.

— Plus bas, voyons ! Pas un mot !

Il regarda avec suspicion autour de lui, mais il n'y avait personne dans les parages. Alors, l'homme approcha son visage de celui de l'enfant et murmura :

— Je ne communique qu'avec les entités supérieures, pas avec de vulgaires esprits du bas-astral. Mais celle qui vient de prendre contact avec moi est tellement puissante, que lui désobéir pourrait avoir des conséquences… terribles !

— Et c'est cet esprit qui vous a dit d'enlever Jacob ?

— En effet. Il m'a dit qu'un enfant avait volé des objets magiques très précieux, aux pouvoirs exceptionnels et qu'il fallait le forcer à les rendre. Il m'a assuré qu'enlever Jacob était le meilleur moyen pour que tu acceptes de me donner ces objets. Car si je prenais le bâton et le miroir de force, leur puissance magique allait se retourner contre moi.

Jacques tiqua de la langue.

— Et vous dites encore que c'est un bon esprit qui vous parle ?

L'astrologue-cartomancien poussa un grognement.

— Ce n'est pas de gaîté de cœur que j'ai enlevé ton copain, tu sais ! Mais le bien, le mal... Tout ça, ce sont des notions bien relatives quand des intérêts supérieurs sont en jeu. Et puis, c'est pour ton bien qu'on te sépare de ces objets. Ce ne sont pas des jouets !

Jacques haussa les épaules.

— Et si je disais à la police que c'est vous qui avez enlevé Jacob ?

L'homme ricana.

— Ah, ah ! Essaie de le faire : on va bien rire ! Tu ne connais même pas mon nom, et encore moins mon adresse ! Et puis, tu imagines peut-être que je retiens Jacob prisonnier dans mon domicile ? Ah, ah ! Bien sûr que non ! Je l'ai caché quelque part, dans un endroit impossible à trouver. Tu n'as aucune preuve contre moi. Si la police venait m'interroger – ce qui m'étonnerait fort, parce que j'ai de solides relations –, je nierais tout en bloc. Et puis, franchement, quelle raison trouveras-tu pour convaincre quelqu'un que j'avais intérêt à enlever un gamin du XXe arrondissement ? Un gosse sans la moindre valeur marchande ? C'est toi-même qui me l'as dit, d'ailleurs !

Une larme silencieuse coula sur la joue du jeune garçon.

— Alors, on est bien d'accord ? conclut-il d'une voix mielleuse. Tu veux bien me donner le bâton et le miroir ? Si tu es un bon garçon, bien gentil et coopératif, je rends Jacob à sa famille. C'est un bon marché, tu ne trouves pas ?

Jacques ne répondit pas.

— Je te donne jusqu'à ce soir. Je te ferai savoir où apporter les objets. Ne t'inquiète pas : cette histoire sera vite réglée. Et maintenant, file ! Il est temps que tu ailles prendre ton déjeuner. Tes parents doivent s'inquiéter et je m'en voudrais que tu manges froid à cause de moi.

Le médium se leva, enveloppa le bas de son visage dans son écharpe de laine, baissa sa tête à la hauteur de celle de Jacques et ajouta d'une voix sourde :

— Bien entendu, pas un mot à quiconque de notre conversation. Il faut que tu sois bien raisonnable. Pense à Jacob !

L'homme remonta la rue Julien Lacroix à grandes enjambées, laissant le garçon anéanti.

Jacques n'avait pas encore ouvert la porte de son appartement que les hurlements de Josette lui parvenaient déjà aux oreilles.

Le spectacle qui l'attendait en entrant chez lui était dantesque : sa tante, le visage rouge comme une pivoine, tournait en rond dans le salon en agitant frénétiquement un papier au-dessus de sa tête ; sa mère, debout dans un coin, tamponnait ses yeux gonflés de larmes avec un mouchoir ; son père, enfoncé dans un fauteuil, avait vieilli de dix ans. Même Oscar et Babette, qui jouaient bien trop sagement sur le tapis, semblaient chercher à se faire oublier.

Quand Josette aperçut Jacques pétrifié à l'entrée du salon, elle se mit à glapir :

— Qu'est-ce que tu fais là, Arthur, planté comme un piquet ? Va manger dans la cuisine ! Tu vois bien que je discute avec tes parents.

— *Discuter ?* ne put s'empêcher de répliquer ironiquement le garçon.

Josette fronça le nez.

— C'est une affaire de grandes personnes ! Ça ne te regarde pas !

Gaston tapa rageusement du poing l'accoudoir du coussin en tonnant :

— Ça suffit, Josette ! Tu n'as rien à dire à notre fils ! Je te rappelle que tu es chez nous ! Tu te calmes, maintenant !

Et tendant ses mains vers Jacques, il dit d'une voix la plus douce et la plus rassurante possible :

— Viens m'embrasser, mon Jacquot !

Le garçon étreignit son père et alla se réfugier dans les bras de sa mère.

— Qu'est-ce qui se passe, maman ?

Hélène lui adressa un pauvre sourire et expliqua :

— Ta tante prétend avoir trouvé la preuve que ton papa et moi avons volé son coffre à bijoux.

Jacques se retourna vers Josette, tendit un index accusateur vers elle et l'invectiva avec véhémence :

— Menteuse ! T'es rien qu'une menteuse ! Va-t'en d'ici ! T'es trop méchante !

Josette leva le menton et toisa l'enfant comme s'il était de la vermine.

— Sois poli avec les adultes, Louis ! Euh... Pierre ! Ce n'est pas parce que tu vis dans un quartier sordide que tu peux tout te permettre !

Puis jetant un regard plein de morgue sur son frère, elle éructa :

— Je vais aller porter plainte contre toi. Rendez-vous devant les tribunaux, Gaston !

Elle rejoignit sa chambre avec l'allure d'une princesse outragée. Une fois la porte fermée, le pauvre homme soupira :

— Et voilà que le cauchemar recommence !

Jacques alla s'asseoir à côté de son père et posa la main sur son bras.

— Elle n'a pas de preuve, hein, papa ?

Gaston lui adressa un sourire qui se voulait apaisant, mais ses propos ne l'étaient pas :

— Je ne sais pas, mon Jacquot. Elle aurait trouvé un bijoutier du boulevard Montparnasse qui m'a formellement identifié comme la personne qui lui aurait vendu un diamant en 1944. Il aurait même un bordereau qui porte ma signature. Il a mis par écrit sa déclaration et il assure qu'il est prêt à témoigner en justice s'il le faut !

— Mais ce n'est pas possible ! insista Jacques.

— Il faut croire que si !

— Mais tu n'as pas fait ça, papa ?

Gaston le regarda droit dans les yeux :

— Je te jure que non, mon Jacquot !

Hélène prit place sur le canapé à son tour et, entourant tendrement les épaules de Jacques avec son bras, chercha à le rassurer.

— Tout va bien, mon minet ! Ne te tracasse pas pour ça !

Mais elle éclata en sanglots.

Gaston saisit délicatement alors le visage éploré de sa femme entre ses mains et murmura :

— Hélène ! Arrête de pleurer, tu fais peur à notre fils. Tu sais bien que je suis un magicien : je peux faire disparaître tous les problèmes ! Abracadabra !

— Pas cette fois, Gaston, hoqueta-t-elle.

— Qu'en sais-tu ?

Puis caressant la joue de Jacques avec le dos de sa main, il ajouta :

— Tu seras fort, hein, Jacquot ? Ce n'est pas le moment de flancher !

— Oui, papa. Mais Josette va appeler la police. Elle va venir ici pour t'arrêter…

Gaston poussa un petit rire sans joie.

— En tout cas, pas cet après-midi.

— Pourquoi ?

— Parce que ma chère sœur doit aller chez le coiffeur. C'est évident que, pour rien au monde, elle ne voudra déplacer son rendez-vous. Josette de Villeneuve ne peut pas faire son grand retour sur la scène judiciaire avec des cheveux qui ne seraient pas impeccablement coiffés ! Nous gagnons un peu de temps. Et, en attendant, je vais aller voir cet étrange bijoutier et essayer de tirer cette affaire au clair.

Jacques poussa un soupir de soulagement.

— Parlons de toi, maintenant, proposa son père. J'ai appris que Jacob a disparu cette nuit. On a des nouvelles ?

— Non.

— Tu ne sais pas ce qui s'est passé ?

Jacques déglutit avec difficulté.

— Non. Je ne sais rien.

Ses parents le regardèrent d'un air soupçonneux. Le garçon ne savait pas mentir. Il aurait tant voulu leur crier la vérité, tout leur raconter : le Miroir de vérité, Longin, le passage du chevalier Owen à l'école, le Bâton des prodiges, les monstres qui apparaissent dans les chambres, l'enlèvement de Jacob…

Mais il ne pouvait pas.

Il n'en avait pas le droit, sous peine de mettre la vie de son ami en danger.

— C'est à peine croyable ! poursuivit son père. Je n'aurais jamais imaginé que Jacob puisse faire une fugue ! À quoi pense-t-il ?

Jacques haussa les épaules en signe d'ignorance. Hélène prit la parole à son tour :

— Je suis passé chez les Goetz tout à l'heure pour réconforter Esther, mais la police était en train de l'interroger. En revanche, j'ai vu la mère Gertrude qui m'a raconté que tu avais passé la nuit chez elle. Mais qu'est-ce qui se passe, Jacques ? Pourquoi es-tu sorti ? Où es-tu allé ?

Jacques ne répondit pas. Il regardait ses parents avec un air suppliant. Gaston lut une telle détresse dans les yeux embués de son fils qu'il s'empressa de l'apaiser :

— Ne t'en fais pas, Jacquot, nous n'allons pas t'embêter avec ça pour l'instant. On verra plus tard. Pour l'instant, il faut que tu manges. Et puis, ne t'inquiète pas : on va retrouver Jacob très vite. C'est certain.

Jacques approuva de la tête, sans grande conviction.

Hélène serra son fils contre elle, l'embrassa avec beaucoup de tendresse.

— Promets-nous seulement de ne plus sortir la nuit.

— Promis, maman !

— La pauvre Esther ! Elle est tellement affolée de la disparition de son fils...

— Je sais, maman.

— Jacquot, sois bien gentil avec elle. C'est une famille qui a déjà tellement souffert pendant la guerre.

— D'accord, maman.

— Sois sans crainte : tu vas bientôt revenir à la maison. Il faut que tu sois encore un peu patient.

— Oui, maman.

— Et, surtout, si tu sais quelque chose sur Jacob, je t'en prie : fais ton possible pour qu'il revienne vite chez lui.

— Oui, maman…

Si le Miroir de Vérité avait été accroché sur le mur du salon à cet instant, il aurait reflété une bien étrange scène : non loin du canapé se tenait un personnage tapi dans un coin de la pièce, une créature hideuse, avec des ailes noires dans le dos et la mâchoire d'une taille démesurée, pleine de dents longues et pointues prêtes à déchirer ses proies.

Esprit de discorde 36548 était satisfait. Il se frottait les mains de contentement. Il avait bien travaillé. Il pourrait rendre compte de sa mission : il avait parfaitement attisé le feu de la dispute entre le frère et la sœur, et le petit Jacques – que l'innocence des enfants soit corrompue ! – était au bord de l'épuisement moral, prêt à tomber comme un fruit mûr dans le piège de l'Adversaire.

Sans aucun doute, le garçon allait donner le Bâton des prodiges et le Miroir de vérité à monsieur Miroslav sans faire de difficultés.

Le plan du Prince Lucifer était remarquable.

Vraiment remarquable…

17
Le chat de la concierge

Monsieur Miroslav n'avait plus de clients.

Depuis qu'Edmond Miraud avait fui le salon de voyance en courant, plus personne ne venait le consulter. La nouvelle du coup de folie de l'astrologue-cartomancien et de la terreur du maigrelet à lorgnons s'était répandue à la vitesse d'un feu de poudre dans la capitale. Tous les habitués du célèbre mage avaient décommandé leurs rendez-vous et changé de prestataire de service astral.

Monsieur Miroslav, le teint hâve, était assis devant sa boule de cristal recouverte d'un linge noir, la tête entre les mains. Il tentait vainement de se boucher les oreilles, mais rien n'y faisait. Il y avait un terrible tohu-bohu dans sa tête et, malgré tous ses efforts, il ne parvenait pas à calmer ces voix qui l'assaillaient continuellement, plus fortes et plus agressives que jamais.

— Ça suffit ! hurla-t-il. Laissez-moi tranquille ! J'ai fait ce que vous vouliez, non ?

Son coude bouscula inopinément un jeu de tarot et les cartes tombèrent sur le tapis. Mais le médium était bien trop épuisé pour les ramasser. Sur le tas de cartes éparpillées à ses pieds, une seule d'entre elles s'était retournée : la lame n° XIII, celle qui représentait un squelette tenant un sablier en main.

La Mort…

Le cri de monsieur Miroslav n'avait attiré l'attention d'aucun des démons qui l'entouraient. Et pourtant, le salon pullulait de nouvelles créatures hideuses, plus excitées les unes que les autres. Le cabinet de voyance était devenu depuis quelque temps le dernier lieu à la mode démoniaque où il fallait se montrer si l'on voulait espérer se faire remarquer et monter dans la hiérarchie infernale. Des centaines d'anges déchus s'agglutinaient dans la pièce, cherchant à s'approcher le plus près possible des quatre princes exceptionnellement réunis pour cette importante affaire.

Il faut dire que l'enjeu était de taille : pouvoir mettre la main à la fois sur le Bâton des prodiges et sur le Veritatis Speculum n'était jamais arrivé. Et la victoire était toute proche : l'Adversaire s'était servi de ce médium naïf qui gobait toutes les fadaises sur les esprits supérieurs et les grands initiés, pour le pousser à agir selon son plan machiavélique.

Pauvre idiot de Miroslav ! L'astrologue n'avait pas été difficile à convaincre. Esprit de Confusion 28642 et esprit de Mensonge 698154 l'avaient bien travaillé au corps, et l'adepte des sciences occultes avait même fini par croire qu'il faisait une bonne action en enlevant Jacob. Ou, pour le moins, une action utile et importante.

Dans quelques heures, monsieur Miroslav irait chercher les funestes objets pour les rapporter chez lui. Le méprisable garçon Jacques Bidaud – que son nom soit effacé pour l'éternité ! – allait gentiment les lui remettre. Et, dans cette habitation sous influence des esprits des Ténèbres, plus personne, ni les anges, ni les Passeurs, ni les âmes pures, ne pourraient empêcher le Prince des Ténèbres de détruire ces satanés instruments voués à leur perte. Les démons attendaient dans l'effervescence le grand rituel sacrificiel qui allait se dérouler dans l'appartement parisien !

Ce n'était plus qu'une question de temps.

Une simple formalité.

Esprit de mauvais Conseil 36587 avait été dépêché auprès de l'enfant pour maintenir la pression. Il ne fallait pas qu'il change d'avis en dernière minute...

Mais, non ! Tout allait bien pour les princes de l'enfer...

Juste à côté de la table où s'était avachi le médium, une petite créature au nez tordu et à la langue pendante se battait avec un démon aux doigts crochus.

— Qu'est-ce que j'en ai à faire de ta priorité ? hurlait esprit de Jalousie 69865. J'étais ici bien avant toi ! Laisse-moi passer !

— J'ai des droits, moi, espèce de minable sac à vomi ! répondit esprit de Jalousie 69870. Je te suis supérieur de cinq places !

Le démon au nez tordu reçu un violent coup de griffe au visage.

— Ce n'est pas le rang qui compte, c'est le mérite ! Je suis capable de faire plus de mal que toi ! Tout le monde le sait !

Son confrère se mit à rire grassement.

— Toi, capable de faire du mal ? Ah, ah, ah ! Tu n'arriverais même pas à pousser un enfant de maternelle à arracher les ailes d'une mouche vivante !

Esprit de Jalousie 69865 devint rouge comme une braise.

— Ah oui ? Et qui a réussi à convaincre madame Cétamoy que son mari lui préférait sa secrétaire et l'a poussée à le quitter après trente ans de mariage ?

Esprit de Jalousie 69870 haussa les épaules avec dédain.

— Pffuit ! C'est à la portée du premier démon venu ! renchérit-il. Ce n'est pas toi qui es parvenu à ce que toutes les coiffeuses de « La Reine de beauté » se crêpent le chignon pour prendre la place de leur patronne !

— Et ce n'est pas toi qui as poussé un employé de banque à mettre du somnifère dans le café de son collègue pour faire croire à son responsable d'agence qu'il faisait la sieste au bureau ?

— C'est petit, sans aucune envergure ! cracha dédaigneusement l'ange déchu en secouant la tête. Moi, j'ai brisé la vie d'un homme politique en poussant un chef de parti à envoyer secrètement des photos compromettantes de son rival à un journaliste ! Alors ?

Un démon ressemblant à une araignée accrochée à l'estomac de monsieur Miroslav intervint dans leur querelle :

— Tout ça, c'est rien, espèces de rats d'égouts végétariens ! Moi, un jour, j'ai poussé mon « persécuté » à avaler toute une boîte de clous !

Les démons cessèrent de se battre.

— Des clous ? Pourquoi des clous ?

À cet instant, monsieur Miroslav poussa un cri en levant les bras au ciel.

— Ça suffit ! Je n'en peux plus ! Je n'en peux plus !

Le médium se leva brusquement, se dirigea vers la fenêtre, l'ouvrit toute grande et se jeta dans le vide.

Esprit de Jalousie 69870 tourna son regard vers le démon-araignée et lui demanda :

— C'est toi qui l'as poussé à faire ça ?

L'ange déchu ne répondit pas tout de suite. Il jeta un coup d'œil inquiet à l'Adversaire en pleine discussion avec Léviathan et grommela :

— Glups ! Ça va être ma fête ! Il est temps que je déguerpisse d'ici !

— Mais qui es-tu ? insista esprit de Jalousie 69865. C'est quoi, ton nom ?

— Je suis esprit de Suicide 36589.

Et le démon se sauva en s'envolant par la fenêtre.

Toute l'après-midi, Jacques fut incapable de se concentrer sur les leçons du maître qui le rappela plusieurs fois à l'ordre.

Heureusement, monsieur Pitois ne lui donna aucune punition. Au contraire, alors que les élèves allaient entrer en classe, l'instituteur avait fait preuve d'une touchante compassion. Il s'était approché du garçon et lui avait dit gentiment :

— J'ai appris que Goetz avait disparu cette nuit. C'est bien triste. Mais il ne faut pas vous faire trop de souci, Bidaud. La police aura tôt fait de retrouver votre camarade. Vous pouvez rester tranquille.

Et Pitois avait même posé une main paternelle sur l'épaule de l'enfant avant de tourner les talons.

Jacques n'arrêtait pas de penser à l'entretien qu'il avait eu avec l'homme au chapeau et il se sentait perdu. Plus il réfléchissait, et plus il pensait que la priorité était de sauver Jacob. Il n'avait pas d'autre choix que de donner le bâton et le miroir au *cartomachin*. C'était ce qu'il avait de mieux à faire, il en était convaincu.

Mais sa certitude fléchit lorsqu'il rentra chez les Goetz après la classe.

Il régnait une ambiance électrique dans l'appartement d'Esther. Le salon avait été transformé en un véritable Q.G. La communauté juive de Belleville était sur le pied de guerre et menait sa propre enquête, en parallèle de celle de la police. La mère Gertrude avait également activé son propre réseau et menait les recherches tambour battant. L'abbé Berthier avait ronéotypé des affichettes portant la photo de Jacob et les dames-patronnesses avaient été chargées de placarder l'avis de recherche dans tout le quartier, et même au-delà. L'optimisme était de rigueur et le sourire ne devait jamais faire défaut.

Mais Jacques savait que tous ces efforts étaient vains.

Jamais tous ces gens ne pourraient faire le lien entre l'enfant et un obscur médium du Quartier latin…

Esther lui servit un goûter dans la cuisine, au milieu de l'agitation des apprentis enquêteurs qui s'interpelaient bruyamment.

— Va faire tes devoirs dans la chambre de Jacob ! lui dit la femme d'une voix morne une fois qu'il eut terminé d'avaler sa dernière tartine de confiture. Si tu as besoin de bouchons d'oreilles pour te concentrer, je peux t'en donner.

— Ça va aller, Madame. Est-ce que je pourrai sortir un peu après mon travail ? Il faut que je prenne un peu l'air et il y a beaucoup de bruit ici…

La mère de famille approuva de la tête.

— D'accord ! Mais tu ne t'éloignes pas et tu rentres pour le dîner à vingt heures, dernier délai. C'est bien compris ?

— Oui, Madame.

En réalité, Jacques n'avait pas l'intention « de prendre l'air ». Une idée lui était venue en mangeant.

Il expédia en deux temps, trois mouvements son travail scolaire et fila directement au grenier. Là, il sortit le miroir de sa cachette et prononça les deux mots latins qui invoquaient l'âme du Ciel.

Longin apparut aussitôt.

— Bonjour, petit Jacques !

La voix de l'ancien légionnaire romain était ce qu'il avait entendu de plus rassurant depuis longtemps.

— Comment vas-tu, mon enfant ?

— Pas très bien !

Jacques lui expliqua alors tout ce qui était arrivé depuis la nuit dernière et conclut son récit en disant :

— Je sais ce qu'il faut que je fasse pour savoir où se trouve Jacob : je dois aller dans le miroir voir ce qui s'est passé quand il a été enlevé et où il a été amené.

Longin acquiesça.

— C'est une bonne idée. Mais avant de faire ce voyage, je voudrais te rappeler qu'il ne faut surtout pas donner au ravisseur le Miroir et le Bâton des prodiges ! Ce serait une grande catastrophe !

— Mais si on ne retrouve pas Jacob ?

Longin secoua son index pour souligner la portée de ses propos.

— Tu le retrouveras, petit Jacques. Tu ne dois pas perdre l'espoir. C'est très important que tu gardes confiance.

Le garçon haussa les épaules.

— De toute manière, le monsieur n'a pas encore repris contact avec moi. Je ne saurais même pas comment faire pour les lui donner.

— C'est mieux ainsi.

— Alors, je peux faire un voyage dans le miroir ? Je n'ai pas beaucoup de temps : je dois être rentré pour le repas !

— D'accord. Tu connais la marche à suivre, maintenant

— J'appelle le Guide, l'ange Kaphiel.

— Exactement.

Jacques allait faire son appel quand une question le tarauda soudainement :

— Monsieur Longin, s'il n'y avait personne au moment de l'enlèvement de Jacob, comment pourrai-je voir la scène ?

L'âme du Ciel esquissa un sourire mystérieux.

— Fais confiance au Guide : il a plus d'un tour dans son sac !

Jacques exprima un léger doute, mais il appela l'ange.

Le miroir prit cette étrange couleur laiteuse qui précédait le sentiment de vertige. Le garçon se laissa alors tomber dans le brouillard sans essayer de freiner sa chute.

Jacques se retrouva couché en rond dans un panier d'osier, sous un escalier.

Il ronronnait.

Le garçon mit un certain temps à comprendre ce qui lui arrivait : il avait pris l'apparence d'un gros chat roux et blanc. Le chat de la concierge, madame Martin, qui répondait – ou pas, selon son humeur – au doux nom de Patapon !

« Il ne manquait plus que ça ! pensa Jacques. Longin ne m'a pas dit que je pouvais endosser la peau d'un animal ! Et si j'attrapais des puces, maintenant ? »

Jacques-Patapon se leva, étira ses pattes, puis sortit de sa couche.

Il était vraiment étrange pour Jacques de marcher à quatre pattes, à une hauteur aussi basse.

L'avantage, c'est qu'il voyait parfaitement clair, malgré l'obscurité du lieu.

Le chat monta avec aisance les escaliers et s'arrêta au deuxième étage. Il se réfugia derrière le porte-parapluies des voisins de la famille Goetz et entreprit se de lécher consciencieusement.

« Berk ! » pensa Jacques.

Son dégoût se traduisit par un étrange miaulement disgracieux.

C'est alors qu'il entendit quelqu'un monter les escaliers.

L'homme qui arriva sur le palier portait un chapeau enfoncé sur la tête et tenait un sac de toile à la main. Sa barbe noire taillée en pointe lui donnait un air inquiétant de Méphistophélès.

Jacques-Patapon reconnut immédiatement le voyant qui lui avait donné rendez-vous devant les escaliers de l'église !

Le médium semblait en transe. Il avait les yeux exorbités et ses mains gantées tremblaient comme celles d'un vieillard.

Il s'arrêta devant l'appartement des Goetz et sortit de son sac un gros morceau de coton hydrophile qu'il imbiba d'un produit contenu dans une petite fiole de verre. Puis il frappa à la porte avec son index.

Jacob ouvrit en chuchotant :

— Jacques, tu es déjà revenu du…

Mais sa voix mourut en découvrant l'homme qui lui faisait face et laissa place à un regard stupéfait.

Le voyant attrapa le jeune juif et posa fermement le tampon d'ouate sur sa bouche. L'enfant n'eut pas le temps de réagir et tomba inanimé dans ses bras.

« Il l'a chloroformé », pensa Jacques.

Le médium referma la porte de l'appartement, chargea l'enfant sur son épaule et descendit.

Il ne fit pas attention au chat qui le suivait à quelques pas.

Lorsqu'il parvint au rez-de-chaussée, la porte d'entrée qui donnait sur la rue s'ouvrit toute seule pour le laisser passer. Jacques-Patapon en profita pour se glisser entre ses jambes et sortir dans la rue.

L'averse qui tombait drue était glaciale. C'était une pluie d'hiver particulièrement désagréable.

L'homme ouvrit le coffre arrière d'une Simca blanche garée devant l'immeuble, y déposa le corps évanoui de Jacob et le referma. Il prit encore le temps d'allumer une cigarette avant de se mettre au volant.

Tout était allé très vite, sans que personne, à part un chat de gouttière, n'assiste à cette scène hallucinante.

La voiture démarra et remonta la rue Piat à une allure modérée comme si elle avait tout son temps.

Ou qu'elle cherchait à ne pas attirer l'attention.

Jacques-Patapon se mit à courir derrière le véhicule. Il n'était pas sûr d'arriver à le suivre très longtemps, mais il n'avait pas trop le choix, de toute manière.

La Simca s'arrêta au feu rouge au bout de la rue Piat, ce qui permit au félin de rattraper son retard. Puis, une fois le feu passé au vert, la voiture tourna à gauche et s'engagea dans la rue de Belleville.

Le trafic y était beaucoup plus dense et le chat eut plus de difficultés à se frayer un chemin au milieu des véhicules, des charrettes et des passants. Il commençait sérieusement à perdre haleine. L'odeur des pots d'échappement qui crachaient leur détestable fumée bleue au niveau de sa gueule était vraiment insupportable.

Mais Jacques-Patapon ne voulait pas abandonner. Il sentait les muscles de ses pattes devenir douloureux et le garçon maudit ce chat grassouillet qui passait plus de temps à se faire dorloter par sa maîtresse qu'à faire de l'exercice.

Un nouveau feu rouge au niveau de la rue du Faubourg du Temple permit à Jacques-Patapon de reprendre un instant sa respiration.

Il reprit sa course folle et découvrit qu'il approchait de la place de la République.

Jacques n'était jamais allé plus loin. Après, c'était l'inconnu.

Le garçon se souvint que l'homme avait précisé que son cabinet de voyance se trouvait au Quartier latin, dans le centre de Paris. Il était fort probable que l'endroit où il pensait cacher Jacob n'était pas très loin de son lieu d'habitation.

Cependant, Jacques ne savait pas du tout si la place de la République était loin du centre ou non. Il ignorait combien de temps il lui faudrait encore courir...

Malheureusement, il n'eut pas le loisir de se poser plus longtemps la question : au niveau du métro Goncourt, le chat s'écrasa contre une paroi invisible et rebondit comme une balle contre un mur. L'animal tomba lourdement sur le flanc.

Jacques-Patapon se releva avec peine et se remit en route en boitillant.

Mais une barrière invisible lui barra de nouveau la route.

Le chat posa sa patte contre l'étrange obstacle infranchissable. Il ressentit une curieuse sensation de froid. On aurait dit qu'un mur de verre avait été placé au milieu de la rue. Cependant, tout le monde traversait la vitre sans problème, alors que le chat se cognait sans cesse contre elle…

Le cœur de Jacques chavira lorsqu'il vit la Simca blanche s'éloigner de lui dans le flot des voitures.

Il poussa un long et inutile miaulement de contrariété.

18
Rivalités

Le jeune Juif releva péniblement la tête.

La première chose qu'il vit, c'étaient les traces de vomi qui avaient séché sur sa veste de pyjama.

« Salomé va encore me dire que je suis un cochon et qu'elle en a assez de laver mes affaires », pensa-t-il.

Il essaya de regarder autour de lui, mais sa vue était trouble.

— Qu'est-ce que je fais ici ? Où suis-je ?

Il commençait à mieux distinguer les formes, mais son esprit fonctionnait encore trop au ralenti pour qu'il puisse trouver une réponse logique à sa question.

— Je ne suis pas à la maison ! fut la seule chose qu'il pouvait affirmer avec certitude.

Il leva la main, mais elle pesait une tonne.

Normal, elle portait des chaînes.

Des chaînes ?

Non, ce n'était si normal que ça.

Cette fois, il commença à émerger de sa torpeur.

Il découvrit alors qu'il était assis par terre, les poignets et les chevilles entravés par des colliers de fer rouillé. Une couverture kaki était posée sur ses épaules, bien trop fine pour le protéger efficacement contre le froid.

Jacob claquait des dents.

Quelques grosses bougies étaient disposées autour de

lui. Il y avait aussi un broc d'eau et un paquet de biscuits à portée de main.

— Qu'est-ce que je fais ici ? répéta-t-il une fois encore.

Il regarda avec stupéfaction ce que la modeste lueur des bougies éclairait tant bien que mal. Il eut l'étrange impression d'être dans une cave, ou dans un espace plus vaste encore.

— Y'a quelqu'un ?

Le son de sa voix résonna curieusement. Il y avait de l'écho.

Jacob se mit à réfléchir.

Il n'était pas dans une cave, mais dans une grotte ! On entendait même le bruit des gouttes d'eau tomber.

« Mais pourquoi suis-je prisonnier ici, accroché comme une bête sauvage avec des chaînes ? »

Il fouilla fébrilement sa mémoire. Il se souvenait d'avoir été derrière la porte de son appartement à attendre le retour de Jacques qui « faisait ce qu'il avait à faire » avec son miroir, au grenier. Son ami avait frappé comme convenu, mais, en ouvrant, ce n'était pas Jacques qu'il avait trouvé !

C'était un homme avec un chapeau enfoncé sur la tête.

Avec une tête de fou !

Le type s'était jeté sur lui et lui avait mis un morceau de coton sur la bouche et sur le nez.

Jacob se souvenait d'avoir aspiré une horrible odeur piquante et...

Et puis, plus rien !

Jacob cria rageusement :

— Ah, le Philistin !

Il saisit le broc d'eau et avala une rasade du liquide insipide. Sa gorge était en feu.

Puis Jacob fut secoué par un énorme éternuement. Il sortit péniblement de sa culotte un mouchoir et se moucha bruyamment.

« Mais c'est qui, ce type ?, pensa-t-il. Un nazi ? Pourquoi s'attaquer à moi ? Ça n'a pas de sens ! Depuis combien de temps je suis ici ? Qu'est-ce que j'ai bien pu faire pour qu'on veuille m'enlever ? »

Soudain, il se raidit à la pensée qui s'imposait à son esprit.

« Et si ce qui m'arrive avait un rapport avec le bâton de Moïse ? Est-ce qu'on m'en veut parce que j'ai trouvé le moyen d'ouvrir un passage vers l'Au-delà ? Ou parce que quelqu'un a peur que je m'en serve contre lui ? »

Jacob se blottit sous la couverture.

« Et si personne n'arrivait à me retrouver ? »

Le garçon chassa ses idées noires.

Jacques saurait quoi faire.

Il avait un miroir magique pour y arriver.

Ce n'était qu'une question de temps. Il fallait être patient…

Jacques avait rejoint sa place au grenier, le miroir entre les mains.

Le visage de l'âme du Ciel exprimait un air désolé.

— Qu'est-ce qui s'est passé ? demanda le garçon en frottant son nez douloureux.

— L'Adversaire a dressé une barrière mentale de protection, expliqua Longin. Il avait envisagé la possibilité que tu utilises le Veritatis Speculum pour espionner le ravisseur de Jacob.

Le garçon grogna.

— Il peut faire ça, celui-là ?

— Malheureusement, oui. Je te l'ai déjà dit : il ne faut pas sous-estimer son pouvoir de nuisance. Il est malin, dans tous les sens du terme. Regarde ce qu'il est parvenu à obtenir de l'astrologue : cet homme est une véritable marionnette entre ses mains.

— Mais c'est parce qu'il le veut bien, quand même ! répliqua Jacques avec mauvaise humeur. Il n'est pas obligé de se laisser faire !

L'âme du Ciel prit un instant de réflexion avant de répondre.

— À ce stade, il est difficile de faire le tri entre ce qui vient de sa volonté et ce qui vient de la possession démoniaque. À force de vivre en contact avec les forces obscures, on finit par perdre la raison et faire des choses insensées. C'est un pauvre homme, en fin de compte !

Jacques fit une moue. Il ne ressentait pas beaucoup de compassion pour ce sale type. Il se sentait surtout très énervé et très en colère.

— En attendant, on ne sait pas où il a caché le pauvre Jacob ! Ça fait déjà presqu'une journée qu'il a été enlevé. Qu'est-ce qu'on fait, maintenant, monsieur Longin ?

— Rien, pour l'instant. Il faut attendre. Mais nous pouvons toujours prier pour Jacob et demander l'aide du Très-Haut. Je crois que c'est la meilleure chose à faire.

Comme Jacques ne voyait rien d'autre à proposer, il accepta la suggestion de l'âme du Ciel. Après tout, le Bon Dieu pouvait peut-être leur souffler une bonne idée…

— D'accord !

Longin dirigea alors la prière, avec des mots simples et doux. Lorsqu'ils eurent terminé, Jacques se sentait plus calme, plus confiant.

Le garçon se gratta nerveusement l'oreille comme s'il avait fait quelque chose de travers. Il avoua d'un air penaud :

— Pendant la prière, j'ai pensé aussi à mes parents. Je sais bien que c'est pour Jacob qu'on a prié, mais je n'ai pas pu m'en empêcher.

Longin se mit à rire.

— Mais tu as très bien fait, mon petit Jacques ! Il n'y a pas de limites dans la prière ! Toutes les intentions sont importantes et le Tout-Puissant est toujours prêt à accueillir nos demandes.

Le garçon profita de l'occasion qui lui était offerte pour se confier et vider son sac :

— Parce que vous savez, chez moi, c'est de pire en pire. Josette est sûre d'avoir trouvé une preuve contre mon père. Elle est convaincue que c'est lui le coupable du vol de diamant !

L'âme du Ciel fronça les sourcils.

— Et que compte-t-elle faire ?

— Elle veut voir la police demain matin. Avec le papier qu'a écrit un bijoutier qui dit avoir reconnu papa.

— Oh !

Il murmura :

— Je pense que l'Adversaire resserre son étau. Ce n'est pas un hasard ce qui arrive en ce moment. Le démon veut t'affaiblir en s'attaquant non seulement à ton meilleur ami, mais aussi à ta famille. Il espère ainsi que tu paniqueras et que tu donneras à l'astrologue le Veritatis Speculum et le Bâton des prodiges, croyant que ça ira mieux après. Mais ce n'est pas vrai, bien entendu, au contraire !

Jacques soupira en baissant la tête.

— C'est ce que je pensais faire. Si le monsieur m'avait demandé de lui donner les objets, je l'aurais sûrement fait…

L'âme du Ciel le regarda avec beaucoup de compréhension.

— C'est normal. Les anges déchus sont capables d'user notre résistance morale jusqu'à ce que nous finissions par craquer. Mais, dans ce combat, il faut tenir coûte que coûte, petit Jacques !

— Alors, qu'est-ce qu'on peut faire pour aider mes parents ? Si j'avais ce souci-là en moins, ça serait déjà bien !

Longin sourit.

— Je crois qu'il est temps que tu fasses un petit voyage en 1944 afin de connaître la vérité. S'il y a quelque chose à faire, tu le sauras.

Jacques opina du chef.

— Le problème c'est que je dois rentrer chez la maman de Jacob, maintenant. J'ai promis de ne pas être en retard pour le repas !

Longin sourit.

— J'ai une idée à te proposer…

L'Adversaire était dans une rage noire.

Ce crétin d'astrologue s'était jeté par la fenêtre. Il était mort sur le coup en s'écrasant sur le trottoir et le plan du Prince Satan tombait à l'eau !

Esprit de Jalousie 69865 et esprit de Jalousie 69870, convoqués devant les chefs des démons, tremblaient comme des feuilles par grand vent. La grosse mouche Belzébuth ne cessait pas de les piquer cruellement avec son dard venimeux, tandis que Léviathan, plein de ressentiment, enroulait son long cou autour d'eux avec la force d'un boa constrictor.

— Je vous en supplie, Maître, ce n'est pas nous qui avons poussé Miroslav à se supprimer ! C'est esprit de Suicide 36589 ! J'vous le jure, sur la tête de mon premier furoncle !

Le Prince Bélial secoua sa tête de bouc en hurlant :

— C'est faux ! Esprit de Suicide 36589 est actuellement au Japon pour s'occuper d'un banquier qui vient de faire perdre une grosse somme d'argent à son établissement. Ce démon de 5e rang est un spécialiste du hara-kiri ! Il n'aurait rien à faire ici !

— Il a menti !, se défendit esprit de Jalousie 69870 en évitant de justesse un nouveau coup de dard. Il nous a menti ! Ce n'était pas son nom !

L'Adversaire approcha son visage d'adolescent aux yeux de braise des anges déchus et cracha :

— Vous mentez tous autant que vous êtes ! Voilà l'unique vérité qui prévaut dans notre empire !

Un démon vert à la peau gluante et au nez démesurément long s'approcha de l'Adversaire en susurrant :

— Non, Maître ! Je ne vous ai jamais menti, moi ! Je sssuis toujours à votre ssservice !

Le Prince Lucifer tendit les mains dans sa direction et lui envoya une puissante décharge électrique qui le projeta de l'autre côté de la pièce.

— Tais-toi, esprit de Fourberie 736891 ! Loin de moi, vermine !

Astaroth, le fidèle lieutenant de l'Adversaire à tête d'aigle, saisit les deux petits démons avec férocité et demanda servilement :

— Que fait-on de ces traîtres, Maître ?

Le jeune homme blond eut un sourire sadique et lança à la cantonade :

— Que voulez-vous que nous donnions comme punition à ces suppôts de Michel ? – que soit honnie la race des Archanges ! – Que proposez-vous ?

Esprit de Jalousie 69865 et esprit de Jalousie 69870 se regardèrent l'un l'autre avec effarement.

— Mais, on n'a rien fait, nous, geignit l'un d'entre eux.

Les démons présents entrèrent avec délice dans le jeu du Prince Lucifer et se mirent à faire des propositions dans un joyeux désordre :

— Qu'on les rétrograde au 9e ordre, comme démons d'égouts pour infester des rats malades ! proposa l'un d'eux.

— Non ! Qu'on les oblige plutôt à dire le chapelet tous les jours !

— Qu'on les enferme dans une église pendant une Messe !

— Qu'on les prive de faire du mal à quelqu'un pendant dix siècles ! Non, douze siècles !

— Crucifie-les ! Crucifie-les !

— Qu'on les enroule dans un rouleau de la Thora !

— Qu'on les plonge tout nus dans de l'eau bénite !

— Qu'ils soient privés de gros mots et de musique métal !

— Qu'on leur interdise de jouer à faire tourner les tables !

L'Adversaire leva les mains en signe d'apaisement.

— Du calme, du calme ! C'est moi qui décide de leur sort, de toute façon !

Esprit de jalousie 69865 et esprit de jalousie 69870 se serraient l'un contre l'autre en marmonnant :

— C'est quoi le mot qu'il faut dire dans ce cas-là ?

— Je ne sais pas…

— Les humains l'emploient tout le temps quand on veut leur faire du mal. Ça commence par pi !

— Piment ? suggéra esprit de Jalousie 69865.

— Mais non ! Ah, ça y-est, je me souviens, maintenant !

Puis tombant à genoux, esprit de Jalousie 69870 supplia les mains jointes :

— Pitoyable, Maître ! Pitoyable !

L'Adversaire ricana grassement :

— C'est vous qui êtes pitoyables ! Quand j'aurai en ma possession le bâton de l'infâme Patrick – que tous les évangélisateurs soient maudits ! –, je m'amuserai un peu avant de le détruire. J'en profiterai pour régler quelques comptes. Et toi, esprit de Jalousie 69865, tu seras le premier crétin que je précipiterai en enfer !

Le nez en tire-bouchon du démon fit un tour supplémentaire, tandis que l'autre créature attendait la sentence, les doigts crochus dans la bouche.

Comme l'Adversaire restait silencieux, il demanda :

— Et moi, Maître ? Vous me jetterez aussi en enfer ?

Le Prince Lucifer lui jeta un regard plein de dédain.

— Toi ? Je verrai plus tard.

Et il leur tourna le dos.

Esprit de Jalousie 69870 devint rouge comme un coquelicot et se jeta sur son comparse pour le frapper rageusement.

— C'est pas juste ! Pourquoi t'as le droit d'être puni et pas moi ? T'es pas mieux que moi ! Je te suis supérieur de cinq rangs !

Laissant les démons se déchirer comme des bêtes fauves, Belzébuth s'adressa à l'Adversaire d'une voix sans aménité :

— Ton plan a échoué, Lucifer. Que comptes-tu faire maintenant pour que le garçon nous donne le Bâton des prodiges et le Miroir de Vérité ?

L'Adversaire lui jeta un regard flamboyant de haine.

— Pourquoi m'appelles-tu comme ça ?

La grosse mouche battit des ailes comme pour exprimer une profonde confusion. Mais le petit sourire narquois qu'il affichait ne laissait pas de doute sur l'intention perverse qui était la sienne en rappelant le nom que l'Adversaire portait avant sa chute du monde angélique : Lucifer, le « porteur de lumière », le nom que le Très-Haut avait donné au Séraphin le plus proche de lui.

Belzébuth cherchait à humilier son chef déjà passablement mis à mal par le suicide imprévu du médium. Sa jubilation était à peine masquée.

— Ne m'appelle plus jamais comme ça ! gronda-t-il comme un chien prêt à mordre.

— Désolé, Satan. Ça m'a échappé ! Alors, que proposes-tu ?

L'Adversaire leva le menton et dit crânement :

— Tu devrais savoir que j'ai toujours un plan de rechange, Belzébuth.

— Et nous pouvons le connaître ? demanda Bélial avec agressivité.

Le chef des démons le regarda droit dans les yeux :

— Ne compte pas sur moi pour te laisser saloper le travail !

Au moment où Bélial allait donner un vigoureux coup de corne à Satan, Léviathan s'enroula autour du démon à tête de bouc et couina :

— Ça va ! Inutile de s'énerver !

Pendant que Bélial essayait retrouver son calme, Belzébuth s'approcha de l'Adversaire en bourdonnant :

— Et le petit Jacob ? Que fait-on de lui ? Il ne nous sert plus à rien, maintenant !

— Tue-le !

— Très bien !

Mais la grosse mouche n'avait aucunement l'intention de lui obéir.

Il détestait qu'on lui donne des ordres, comme tous les anges déchus !

Si le Prince des Ténèbres voulait se débarrasser du garçon, il n'avait qu'à le faire lui-même, après tout.

De toute façon, le sale petit juif n'allait pas tarder à mourir de froid ou de soif : inutile de se donner de la peine inutilement.

Et puis, une longue agonie est tellement plus jouissive qu'une mort rapide.

Et à l'endroit où Miroslav l'avait caché, personne ne risquait de le trouver avant un bon bout de temps !

19

Albert

L'idée de Longin était simple : il suffisait d'apporter le Miroir de Vérité dans la chambre de Jacob. Jacques étant désormais seul à l'occuper, il n'avait plus besoin de se cacher au grenier pour consulter l'âme du Ciel.

Longin désigna du doigt un coin du grenier où était entreposée une vieille valise jaune posée près d'une malle.

— Je suis sûr que ce bagage est vide. Tu peux l'emprunter et le mettre dedans.

Le garçon mit à exécution la proposition de l'âme du Ciel et le miroir se retrouva très vite sous son lit de camp.

Les volontaires étaient retournés chez eux. L'obscurité et la fatigue avaient eu raison de leur enthousiasme. L'appartement était maintenant plongé dans un silence sépulcral. La nuit s'annonçait difficile pour la famille Goetz, avec son chapelet d'heures d'angoisse et de solitude.

Déjà, le dîner se déroula dans une ambiance morose. On n'entendait que les reniflements d'Esther et le bruit de la vaisselle déposée dans l'évier par les filles étonnamment silencieuses.

Il faut dire que ni la police ni les enquêteurs bénévoles n'avaient trouvé le moindre début de piste. Tous les voisins avaient été interrogés les uns après les autres, ainsi que les habitants des rues adjacentes, mais personne n'avait aperçu Jacob, de près ou de loin.

Jacques aussi était inquiet, mais pour une autre raison : il n'avait pas de nouvelles du médium et il commençait vraiment à se poser des questions. Qu'attendait-il pour le contacter ? N'avait-il pas dit qu'il le laissait réfléchir jusqu'au soir ?

Or, la nuit était tombée depuis longtemps.

Bien sûr, Jacques n'avait plus l'intention de donner les objets à l'astrologue, mais il avait envie de lui parler de nouveau. Car, au fond de lui, subsistait un petit espoir, espoir de le voir revenir à la raison, espoir de le voir libérer Jacob…

À l'heure du coucher, le garçon se réfugia sous ses couvertures pour invoquer l'âme du Ciel une nouvelle fois.

Quand le visage du Romain apparut, il y avait beaucoup de compassion dans son regard.

Jacques lui demanda :

— Vous savez, vous, où se trouve Jacob ? De là-haut, vous devez tout voir, non ? Pourquoi vous ne me dites rien ?

Longin joignit les mains et hocha la tête.

— Les âmes qui sont au Ciel ne sont pas comme le Tout-Puissant qui, lui seul, connaît parfaitement toutes choses. Nous avons la connaissance de ce qui est en rapport avec notre mission. Pour ma part, je me dois d'aider les personnes vivantes à éviter de passer trop de temps au purgatoire, ou, pire encore, d'aller en enfer. Non, petit Jacques, je suis désolé de te décevoir : je ne sais pas ce qu'il est advenu à Jacob.

— Mais alors, comment faire pour le libérer ?

— Continue à prier, et la lumière finira par se faire. En attendant, nous allons essayer d'aider tes parents. Là aussi, il y a une urgence. Es-tu prêt à découvrir la vérité sur le vol des bijoux ?

Jacques hésita un instant. Au fond de son cœur, il y avait toujours cette crainte d'apprendre quelque chose qui lui fasse mal ou dont il ne saurait que faire. Il se sentait tellement jeune pour régler des affaires d'adultes aussi graves et compliquées.

Mais pouvait-il laisser la police arrêter son père, alors qu'il avait le moyen d'éviter cette terrible humiliation ?

Jacques fit oui de la tête et se prépara pour le grand plongeon.

Jacob but la dernière goutte d'eau qui restait au fond du broc et jeta rageusement le récipient par terre. Le pichet de terre éclata en mille morceaux.

Puis il saisit le paquet de biscuits qui était vide depuis longtemps, tapota le fond du carton pour récupérer les derniers fragments de gâteaux et les avala goulûment.

Le jeune garçon mourait de soif et de faim.

Mais le plus difficile à supporter était le froid. La couverture ne parvenait pas à réchauffer son corps transi. Elle semblait avoir aspiré toute l'humidité ambiante, comme un papier buvard absorbe l'encre.

Le garçon tira sur ses chaînes pour attraper une bougie, mais ses forces l'abandonnaient…

Toutefois, malgré sa déplorable condition de prisonnier, Jacob refusait de perdre espoir. Son tempérament joyeux et volontaire lui permettait de tenir bon dans cette terrible épreuve. Il chantait à tue-tête et se racontait toutes les histoires drôles de son répertoire. Et Dieu sait que son répertoire était vaste…

De plus, il pensait sans cesse à son père qui avait été enfermé dans un camp de concentration nazi, et il avait fini par l'imaginer à ses côtés, enchaîné comme lui dans cette prison insalubre, l'encourageant de ses paroles de réconfort.

La fièvre aidant, Jacob avait fini par ne plus savoir très bien où il était et il s'était mis à dialoguer tout haut avec le père qu'il avait enfin retrouvé et dont il tirait la force.

« Ça va papa ! Je vais bien, ne t'inquiète pas ! Pense aussi à toi... Est-ce que tu veux que je te passe ma couverture ? »

Tout se mélangeait dans le cerveau embrumé de l'enfant, le présent et le passé. Il était à Dachau, à Auschwitz, ou à Belleville, il ne savait plus très bien. L'essentiel était de rester digne, de ne pas offrir aux nazis le spectacle de leur désespoir ou de leurs larmes...

« Tiens le coup, Jacob, disait Aaron Goetz à son fils. Souviens-toi de nos pères qui ont traversé le désert pendant quarante ans pour atteindre la Terre Promise ! Adonaï est notre force et notre salut, devant qui tremblerais-je ? »

« Je ne tremble pas, papa, c'est le froid qui me fait claquer des dents. »

« N'y pense pas, fils ! »

« Tu es sûr que les Américains vont bientôt arriver ? demanda le garçon en passant ses doigts au-dessus de la flamme de la bougie pour les réchauffer. Je trouve que ça commence à faire long ! »

Jacob remua un peu. Il souffrait de crampes douloureuses. Il alluma le dernier cierge avant que celui qui brûlait ne s'éteigne. Il était presque entièrement consumé.

« Tu as eu une bonne idée de me faire économiser les bougies en n'en laissant qu'une seule allumée. Si on ne l'avait pas fait, on serait déjà dans le noir ! »

L'enfant regarda la fragile petite flamme qui dansait.

« Joyeux *Hanoukka*, papa ! Tu verras : ce sera comme pour le miracle de la fiole d'huile dans le second Temple de Jérusalem : la lampe qui devait s'éteindre au bout d'une journée a finalement tenu huit jours. Nous serons libérés quand la dernière bougie sera allumée. »

Il se mit à rire. Puis il reprit :

« Au fait, je t'ai déjà raconté la blague de Jacques ? Oui ? Plusieurs fois, déjà ? C'est bizarre, je ne m'en souvenais plus. »

« Qui est Jacques ? »

« Mais je te l'ai déjà dit, papa : c'est mon meilleur copain. Il va venir nous délivrer avec les Américains. »

« En attendant, Jacob, tu devrais dormir un peu. »

Le garçon somnola un moment. Quand il se réveilla, il trouva son père en train de prier.

« Tu fais quoi, papa ? Oh ! Tu récites le *Ch'mâ Israël ?* Tu aurais dû me réveiller pour qu'on puisse le dire ensemble. »

« Mais tu ne le connais pas ! Je ne te l'ai pas encore appris ! »

« Le rabbin David m'a enseigné les prières. Il m'a aussi appris à lire l'hébreu.

« Tu lis l'hébreu ? »

« Sans me vanter, je suis le meilleur en hébreu dans tout Belleville ! »

Aaron Goetz s'extasia.

« *Mazel Tov,* Jacob ! Je suis fier de toi. Pourquoi tu n'as pas encore fait ta Bar Mitzva, fils ? »

« Mais je suis encore un peu trop jeune, papa ! Je la ferai dès que nous serons rentrés chez nous, à la maison ! Je suis si content de t'avoir retrouvé ! »

« Alors, on le récite, ce *Ch'mâ Israël ?* »

Jacob mit sa couverture sur la tête comme un châle de prière et commença à chanter en exécutant un mouvement de balancier.

« *Chmâ, Israël, Adonay Elohenou…* Écoute, Israël, l'Éternel, notre Dieu, l'Éternel est Un. Béni soit à jamais le nom de Son règne glorieux. Tu aimeras l'Éternel ton Dieu, de tout ton cœur, de toute ton âme, et de toutes tes forces… »

Jacob chanta encore longtemps, jusqu'à ce que la bougie s'éteigne.

Le garçon se retrouva alors dans une obscurité totale…

Jacques était au bar « Le Balto », assis sur une des banquettes en skaï rouge. Il tenait une bière en main et dévisageait Josette qui buvait un verre de vin blanc à petites gorgées.

Sa tante n'était pas maquillée et ses vêtements étaient simples, presque stricts. Mais elle était très belle quand même et avait toujours cette expression de grande dame.

Il y avait un monde fou dans le bar de la rue Julien Lacroix. Tous les consommateurs riaient et paraissaient euphoriques.

La mère Gertrude approcha de Josette, un sourire aux lèvres. Elle demanda de sa grosse voix de matrone :

— Tu finis le Chablis, ma belle ? C'est la maison qui régale !

La sœur de Gaston, qui était déjà un peu saoule, accepta en faisant un petit geste de la main le plus distingué possible.

— D'accord ! C'est un grand jour, n'est-ce pas ?

La tenancière du bar vida la bouteille de vin jusqu'à la dernière goutte.

— Et comment ! Encore une que les Boches n'auront pas ! Faudrait pas maintenant que les Ricains nous piquent notre pinard ! C'est pas parce qu'ils ont libéré Paris qu'ils peuvent tout se permettre, quand même !

Jacques réalisa qu'il était projeté le jour de la Libération, en 1944.

Il tourna la tête pour voir son visage dans le grand miroir accroché au mur. Jacques avait endossé l'identité d'un jeune homme rougeaud entre vingt et trente ans, aux sourcils tellement blonds qu'ils en étaient presque transparents.

— Alors, mon petit Albert, minauda Josette après que Gertrude se soit éloignée. Tu m'as apporté une petite gâterie ?

Albert !

Albert Bardot, bien sûr, pensa Jacques ! L'amoureux de sa tante pendant la guerre, le petit frère d'Émile le poissonnier.

— Bien sûr, ma gazelle, répondit-il d'une voix de benêt. Du rognon de porc.

Il poussa devant lui le morceau de viande emballé dans du papier journal.

— Encore du rognon ? se plaignit Josette. C'est tout ce que tu as trouvé ?

Jacques-Albert baissa les yeux, la mine déconfite.

— Ben, oui. Mais il me reste un peu d'hareng fumé, si tu veux. Et du rutabaga.

La femme leva la main avec agacement.

— Ah, non ! Pas de ça ! J'en ai mangé assez pour le reste de ma vie !

Elle glissa le rognon dans son sac à main et tourna la tête vers des couples qui dansaient sur un air d'accordéon.

— Je déteste l'accordéon, maugréa-t-elle. C'est tellement… vulgaire comme instrument !

— Moi aussi, j'ai horreur de l'accordéon, s'empressa d'affirmer son amoureux avec toute la conviction qu'il pouvait y mettre.

Josette le dévisagea avec condescendance.

— Mon pauvre Albert ! Quand donc auras-tu un peu de caractère ? Tu répètes tout ce que je dis. C'est vraiment agaçant à la fin !

Le jeune homme prit un air boudeur.

— Mais j'en ai, du caractère ! J'aime pas l'accordéon, c'est tout !

Josette se mit à rire sans retenue.

— Ah, ah, ah ! Mais ce n'est pas une question d'accordéon, mon garçon ! C'est tout ce qui fait ta personne qui est en cause.

Albert baissa la tête en rougissant.

— Tu veux un bon conseil, mon petit ? reprit-elle d'un ton badin.

Le garçon acquiesça.

— Ce n'est pas en bêlant devant les femmes que tu vas parvenir un jour à en séduire une, le railla-t-elle d'une voix que le vin avait rendu un peu pâteuse. Tu empestes déjà le poisson, tu as des oreilles décollées en chou-fleur et tu es complètement empoté. Alors, tout ce qui te reste à faire, mon cher ami, c'est de te conduire comme un homme, un vrai !

Et elle termina son verre d'un trait.

Jacques sentait qu'Albert tenait un objet dans la poche et qu'il hésitait à le sortir. Après un long silence, il se décida à parler :

— Josette, j'ai quelque chose à te dire…

La femme baissa son buste vers lui et dit :

— Et moi, j'ai quelque chose à te montrer ! Mais, chut ! C'est un secret !

Josette retira un de ses gants de cuir blanc et tendit la main vers le garçon. Elle portait une bague en or, ornée d'un énorme et magnifique diamant.

Albert ouvrit la bouche de surprise, incapable de dire un mot.

— Alors ? demanda Josette, les yeux brillants d'excitation. Il est magnifique, non ?

Le garçon piqua un fard.

— Je… Euh… Je savais pas que tu avais un diamant !

Josette gloussa.

— C'est tout ce que j'ai réussi à sauver au moment du bombardement en Normandie. C'était un cadeau de mon ex-mari…

Albert saisit les doigts de la tante de Jacques et examina le bijou de plus près.

— Il est magnifique ! dit-il d'une voix sans chaleur.

— N'est-ce pas ?

Josette gloussa de nouveau.

— Mais pourquoi ne portes-tu pas la bague tout le temps ? Elle te va bien.

La femme tira brusquement sa main vers elle.

— Mais, tu n'y penses pas mon pauvre Albert ! Ce diamant vaut une fortune ! Je n'avais aucune envie qu'un Boche mette la main dessus pour en faire cadeau à tonton Adolph ! Si je le porte aujourd'hui, c'est parce que c'est un jour spécial !

Le jeune homme dodelina de la tête.

— T'as de la chance d'avoir réussi à garder ce diamant !

Josette sourit béatement.

— Je tiens à ce diamant comme à la prunelle de mes yeux ! Si on me l'avait volé, je… j'en serais morte !

— Morte ?

Albert la regarda avec un air horrifié.

— Ben oui ! Morte de chagrin, quoi ! Surtout que, chez mon frère Gaston, on pourrait rentrer comme un rien. La porte d'entrée est cassée depuis que la milice est passée faire un tour et, en ce temps de guerre, il n'a rien trouvé pour la réparer. Elle est fermée par un simple cadenas que n'importe qui pourrait ouvrir facilement. C'est pour ça que je n'ai jamais porté mes bijoux en public ! J'ai caché mon coffret sous le matelas du bébé qui dort dans ma chambre, dans le berceau de Robert… Euh… de Jacques. Enfin, un nom comme ça ! Mais je reconnais que ce n'est pas une cachette du tonnerre !

Albert-Jacques ne put que donner raison à Josette, tandis que Jacques-Albert pestait intérieurement contre cette tante qui n'avait décidément jamais été fichue de retenir son prénom.

— Mais, maintenant, tu vas pouvoir porter tes bijoux ! déclara pathétiquement le frère du poissonnier.

Les yeux de Josette brillèrent d'un éclat nouveau, qui n'avait rien à voir avec l'alcool.

— Et comment ! J'en aurai bien besoin pour trouver un autre mari !

— Un autre mari ? s'exclama Albert.

— Ben, oui. Je vais enfin pouvoir me casser de ce trou à rats et me trouver un nouvel homme, séduisant et surtout… bien riche !

— Tu… tu veux partir ? bégaya le garçon au bord des larmes.

— Le plus tôt sera le mieux, crois-moi ! Une amie de mon ex-mari est déjà prête à m'accueillir rue de Rennes. Ça sera mieux que Belleville, tu crois pas ?

Albert lui saisit brusquement la main.

— Mais je pensais que…

Josette libéra sa main en disant :

— Que quoi ?!

— Ben… Qu'on allait se marier ensemble !

La femme lui jeta un long regard incrédule et éclata de rire en inclinant grossièrement sa tête en arrière.

— T'es malade, mon petit Albert ! Qu'est-ce que c'est que cette idée débile ?

Le garçon était abasourdi.

— Mais tu étais si gentille avec moi… Je croyais qu'on s'aimait bien…

Josette haussa les épaules.

— Mais tu n'as pas compris, pauvre idiot, que j'avais surtout besoin de toi !

Elle secoua la tête en disant :

— Comme tu peux être bête, mon garçon…

Ses beaux cheveux blonds ondulaient comme si le vent venait de souffler. Albert fit un gros effort sur lui-même pour ne pas les caresser. Elle était tellement belle !

Josette se leva brusquement en s'agrippant à la table et lui jeta un regard méprisant en disant :

— Merci pour tout, mon biquet ! À la revoyure !

Et elle sortit du Balto en titubant légèrement.

Albert était comme un boxeur qu'on aurait mis K.O. Au bout d'un long moment, il sortit de sa poche un petit écrin qu'il posa devant lui. Il ouvrit la boîte et regarda le minuscule diamant monté sur un anneau de fer.

Il avait mis toutes ses économies dans cette bague de fiançailles.

Il soupira, puis sortit du bar à son tour en laissant le bijou sur la table de formica…

La vision se brouilla quelques instants.

Jacques-Albert se retrouva soudainement dans la rue de Belleville. Il faisait doux et l'on voyait les étoiles briller comme des décorations militaires sur l'uniforme sombre de cette belle nuit de début d'été.

Tout Belleville était dans la rue pour fêter comme il se devait la libération de Paris. Des dizaines de drapeaux français de toutes tailles étaient aussi de sortie. Les enfants les agitaient avec frénésie en courant dans tous les sens. Jacques-Albert se demanda un moment comment les gens avaient fait pour en trouver autant, alors que la croix gammée flottait encore un peu partout quelques heures auparavant…

Cette nuit était celle de la joie et du soulagement. Mais le frère du poissonnier n'avait pas le cœur à participer à la liesse collective. Il était profondément malheureux et se moquait bien du départ des Allemands.

Il regardait, caché dans un coin sombre d'un porche, Josette en compagnie de son frère Gaston et de son épouse Hélène qui tenait un enfant dans les bras. L'amour de sa vie riait aux éclats, embrassant tous les soldats qui passaient en criant : « Vive la France ! Vive la France ! »

Albert essuya ses yeux humides avec la manche de son blouson. Il ne l'avait jamais vue aussi patriote que ce soir-là, la Josette ! Il avait surtout l'impression que la seule chose qui l'intéressait vraiment jusque-là, c'étaient les morceaux de viande, le lait ou les œufs qu'il lui apportait en prenant des risques incroyables. Plusieurs fois, il avait traversé toute la ville en manquant de se faire prendre. À cause d'elle, il avait connu les plus grandes peurs de son existence.

Pour quel résultat, je vous le demande ?

Pour se faire jeter comme un vulgaire jouet dont on voulait se débarrasser après l'avoir cassé.

Le jour même où il voulait lui demander sa main !

Ah, elle s'était bien moquée de lui, la Josette !

Elle avait brisé son cœur, sans aucune pitié !

Albert se mit à la haïr.

Un irrépressible désir de vengeance le submergea.

Il voulait se venger.

Il voulait qu'elle meure !

Je tiens à ce diamant comme à la prunelle de mes yeux ! lui avait-elle dit dans le bar. *Si on me l'avait volé, j'en serais morte !*

Eh bien, c'était à son tour de souffrir !

Albert quitta sa cachette et se dirigea vers la rue Vilin. Il grimpa le raidillon en rasant les murs. Puis il s'arrêta devant le numéro 24 et jeta un coup d'œil autour de lui. Personne ne s'intéressait à lui. En ce jour d'allégresse, la porte d'entrée était restée ouverte. Qui aurait eu l'idée de faire quelque chose de mal un soir comme celui-là ?

Albert pénétra dans l'immeuble et monta à l'étage à pas feutrés, sans allumer la lumière.

Une fois parvenu devant chez les Bidaud, il sortit son canif et déplia la lame.

Effectivement, Josette avait raison : la serrure était cassée et remplacée par un petit cadenas encastré dans la porte.

Il passa la lame dans l'interstice du chambranle et s'en servit comme d'un pied de biche. Il força un peu sur le loquet qui sauta de la rainure sans trop de difficultés.

Albert entra alors dans l'appartement éclairé par un rayon de lune et chercha le berceau qu'il trouva dans la pièce du fond.

Le garçon poissonnier souleva le matelas, fouilla dans les linges qui tapissaient le fond du lit du bébé et saisit un petit coffret en bois caché dans les plis.

Ses mains tremblaient un peu en ouvrant la cassette. Il regarda son contenu et arbora un sourire de triomphe.

Le diamant trônait au-dessus d'autres bijoux de moindre valeur !

Il fourra le coffret dans sa poche, fit demi-tour et sortit de l'appartement en ayant soin de refermer la porte en se servant de la lame de son couteau. Il vérifia une dernière fois que tout était remis en place et descendit avec un air satisfait.

Albert tenait sa vengeance...

20
L'humiliation

Des nappes de brume couvraient le morne paysage, ondulant langoureusement autour de gros rochers saillants. La vue était bouchée, mais Jacques entendait distinctement le roulement incessant des vagues qui se jetaient sur la grève.

L'île du lac Rouge !

Le jeune garçon ignorait d'où lui venait cette certitude d'être à cet endroit, mais il n'en avait pas de doute. Il savait aussi que ce n'était pas la première fois qu'il venait là. Une étrange sensation de déjà-vu le submergea, provoquant en lui, par la même occasion, une brutale bouffée d'angoisse.

Jacques était seul, debout sur une large dalle de granit. Un vaste gouffre s'ouvrait à ses pieds, happant la lumière du jour comme une bouche avide de nourriture.

L'enfant se mit à trembler. D'horribles bruits de succion sortaient de cette gorge, mais le garçon finit par comprendre que ce gargouillis obscène n'était que l'écho de l'eau ruisselant le long des parois.

Instinctivement, Jacques fit quelques pas en arrière.

Que faisait-il sur cette île ?

Un souvenir rassurant lui revint à l'esprit : celui d'une église en pierres noires, avec un grand clocher, bâtie à l'autre bout de la bande de terre.

Comme pour confirmer cette réminiscence, une volée de cloches portée par le vent parvint à ses oreilles. Malheureusement, ce n'était pas le carillon joyeux qui appelait les fidèles à assister à un office religieux, mais la mélopée funèbre du glas qui colportait comme à regret sa mauvaise nouvelle de mort…

La mort avait encore frappé ! Entendez-vous, bonnes gens ? La mort a encore frappé !

Qui donc était mort ?

Jacques sursauta.

De l'autre côté du gouffre venait d'apparaître un jeune garçon au visage pâle, les vêtements déchirés, qui le regardait fixement. Son regard était rempli de reproches et de déception.

Jacob ?

« Qu'est-ce que tu fais là ? murmura Jacques d'une voix étranglée. Tu es… Tu es mort ? »

Il aurait voulu courir vers lui et le serrer dans ses bras, mais l'abîme qui les séparait était impossible à traverser.

— Ne bouge pas ! glapit Jacques d'une voix angoissée. J'arrive !

Mais Jacob secoua tristement la tête. Il ouvrit la bouche et se mit à parler. Ses paroles étaient faibles, comme si elles venaient de loin, de très loin.

— Parle plus fort, Jacob ! supplia Jacques.

Le jeune juif gronda alors :

— Pourquoi m'as-tu abandonné, Jacquot ? Tu m'as laissé crever tout seul, comme un chien ! Pourquoi tu n'as rien fait pour me sauver ?

Jacques protesta vigoureusement en secouant la tête :

— Mais non, Jacob, je t'ai cherché ! Je ne t'ai pas trouvé ! Je ne savais pas quoi faire… Je… Je…

— C'est pas vrai ! répliqua l'apparition avec brusquerie. Tu n'es qu'un sale Philistin ! Je croyais pouvoir compter sur toi, mais je me suis trompé. Je me suis trompé… Je me suis trompéééé…

Un coup de vent emporta les paroles de Jacob et l'apparition s'effaça brusquement comme lorsque l'on souffle sur une bougie d'anniversaire.

Jacques tomba alors à genoux et se mit à pleurer amèrement.

Il était désormais tout au bord de la caverne, comme si elle s'était approchée de lui sans qu'il ne s'en rende compte. Un bras sortit de la pénombre épaisse comme du goudron, puis un autre, et encore un autre. En quelques secondes, une forêt de mains aux ongles noirs cherchaient à l'agripper.

Jacques se redressa vivement et tenta de s'enfuir, mais l'une des mains eut le temps de saisir fermement son mollet et de le faire trébucher. Le garçon tomba de tout son long, se cogna le front contre la roche et se sentit tiré en arrière vers l'abîme de ténèbres. Une traînée de sang maculait le sol au fur et à mesure qu'il glissait sur le ventre. Ses doigts cherchaient désespérément à saisir la moindre aspérité du rocher, mais en vain : le granit était trop lisse, trop usé.

En toute dernière minute, alors que ses jambes commençaient déjà à pendre dans le vide, l'enfant réussit à attraper miraculeusement la souche d'un arbre. Il s'y cramponna de toutes ses forces, mais les spectres n'avaient pas l'intention de le lâcher. Il entendait leurs voix qui le suppliaient :

— Jacques ! Viens nous rejoindre. Viens, Jacques ! Viens ! Nous t'attendons !

L'enfant résistait de son mieux à la furieuse traction, mais ses doigts engourdis commençaient à lâcher. Il faisait un effort surhumain, tout en sachant qu'il ne pourrait pas tenir très longtemps. La sueur qui coulait de son front lui brûlait les yeux.

Tout à coup, un personnage qui venait d'apparaître lui saisit les poignets, tira fermement le garçon vers lui et parvint à le dégager de l'étreinte des forcenés.

Jacques, à quatre pattes, le souffle court et le cœur battant, ne voyait que le pantalon de son sauveteur et ses chaussures bien cirées. Il y avait quelque chose d'incongru dans cette vision. Lorsque le garçon releva la tête, il découvrit alors le visage de l'homme qui le fixait.

Il le reconnut tout de suite : *c'était le voyant de l'église de Ménilmontant, le ravisseur de Jacob !!!*

Jacques se releva péniblement, ne quittant pas du regard le médium qui lui faisait face.

L'homme avait une mine triste, effrayée même. Ses yeux étaient vitreux, comme ceux des poissons exposés sur l'étal du père Bardot. Des tics nerveux ravageaient son visage défait sur lequel des traces de sang avaient formé de grosses croûtes noires.

Le voyant ouvrit la bouche, mais les mots avaient du mal à sortir. Son ton avait perdu toute son arrogance.

— Mon enfant ! Il faut... il faut que tu viennes m'aider ! Je dois te dire où j'ai caché Jacob. Mais pour ça, il faut que tu viennes me retrouver... Tu te souviendras ? Cherche-moi, mon enfant ! Tu dois me retrouver...

Il y eut un grand coup de vent, et l'homme s'envola soudainement comme s'il n'était qu'une simple feuille morte emportée par une brise d'automne. Il se balança mollement dans les airs, les bras écartés. Puis le vent tomba, et le voyant tomba brusquement dans le gouffre rempli d'obscurité.

Jacques poussa un cri d'effroi et se réveilla.

Le jeune garçon était trempé de sueur. Ses draps et ses couvertures froissés étaient tombés par terre. Il lui fallut quelques secondes pour comprendre qu'il venait de faire un mauvais rêve et qu'il se trouvait dans la chambre de Jacob, au milieu de la nuit.

Avec une lueur d'espoir, il jeta un coup d'œil sur le lit à côté du sien, mais il était vide...

Jacques soupira. Il quittait un cauchemar pour en rejoindre un autre.

Il se leva, s'étira et fit quelques pas pour se dégourdir les jambes.

Le garçon tressaillit en découvrant ses mollets douloureux couverts d'inquiétantes marques violettes.

Comment un rêve pouvait-il laisser des traces ?

Il tomba assis sur la chaise de bureau de son ami et repensa à ce qu'il venait de rêver. Il se remémora les quelques lambeaux de songe bizarrement agencés : l'île du lac Rouge, le gouffre, les mains qui voulaient l'attraper, les gémissements lugubres et le médium qui venait le sauver...

Jacques fit la grimace. Ce n'était pas logique. Était-il possible que cet homme malfaisant qui avait enlevé Jacob puisse apparaître dans son rêve comme quelqu'un venant le sauver ? Ça n'avait aucun sens ! Un méchant ne pouvait pas se transformer soudainement en un gentil !

« Tu dois me retrouver ! » avait-il supplié.

Mais c'était Jacob qu'il devait retrouver, pas son ravisseur !

Jacques ne comprenait décidément rien aux rêves !

Le garçon tombait de fatigue. Peu à peu, l'adrénaline qui l'avait submergé pendant le cauchemar se dissipa et le sommeil réclama de nouveau son dû.

Jacques alla se recoucher et ne tarda pas à s'endormir...

Comme le jour suivant était jeudi et qu'il n'avait pas classe, le garçon avait pu faire une grasse matinée. Cela lui avait fait du bien après les dernières nuits agitées qu'il avait passées.

Il était donc presque neuf heures lorsqu'il entra dans la cuisine, le visage fripé et la bouche pâteuse. L'appartement des Goetz était déserté de ses occupants, à l'exception d'Esther qui était restée à la maison, attendant nerveusement le passage de l'inspecteur Marot.

Elle embrassa Jacques sur le front et lui prépara son petit-déjeuner.

La maman de Jacob lui expliqua que ses filles et les volontaires du quartier avaient repris leurs recherches au lever du jour, bien décidés à étendre leurs investigations jusqu'aux arrondissements voisins.

Tandis que Jacques avalait son bol de *Banania*, Esther se replongea dans la lecture de son journal, en tirant nerveusement sur sa Gauloise.

Jacques n'aimait pas manger avec l'odeur de cigarette dans les narines, mais il n'osait rien dire. Il jeta un vague regard sur les gros titres du quotidien, tout en soufflant sur sa boisson fumante pour la refroidir.

Soudain, il se figea.

Ce qu'il lut le remplit de surprise : « Suicide de Miroslav, le célèbre voyant parisien ».

Une photo accompagnait l'article : celle du médium qui avait enlevé Jacob, avec sa barbe taillée en pointe et son chapeau de feutre.

Jacques reposa son bol et approcha son nez du quotidien. Il n'en revenait pas : *le voyant était mort !*

Jacques avait tellement blêmi qu'il attira l'attention d'Esther.

— Ça va, mon cœur ? demanda-t-elle avec inquiétude.

Le garçon ne put qu'hocher la tête en signe d'assentiment, mais il se sentait incapable de prononcer le moindre mot.

— Tu es bien sûr ?, insista-t-elle.

— Oui. Ça va…

Non, ça n'allait pas ! Pas du tout, même !

Il comprenait à présent pourquoi le voyant ne l'avait pas recontacté. Et pour cause : l'homme était mort !

Jacques lut rapidement le petit article que le journaliste avait consacré au décès de monsieur Miroslav, un fol espoir au cœur. Mais son enthousiasme fut rapidement douché : la police avait fouillé son appartement sans rien trouver d'anormal, à part un fatras d'objets inquiétants servant à communiquer avec les esprits, et elle avait naturellement conclu à un suicide.

Quant à une personne séquestrée, les enquêteurs n'y faisaient aucune allusion.

Tu imagines peut-être que je retiens Jacob prisonnier dans mon domicile ? avait dit le cartomancien. *Ah, ah ! Bien sûr que non ! Je l'ai caché quelque part, dans un endroit impossible à trouver.*

Il n'avait pas menti.

Mais où donc ce monsieur Miroslav avait-il pu enfermer son ami ?

Jacques était totalement désemparé. Il n'y avait désormais plus aucune piste. Le souvenir de son rêve où il voyait Jacob de l'autre côté du gouffre lui faisant des reproches l'accabla définitivement.

Le garçon, le gorge nouée, termina difficilement son chocolat et posa le bol dans l'évier de la cuisine.

— Il faut que tu prépares tes affaires, mon chou, dit Esther en lui caressant la tête. Ta maman est passée ce matin pour me dire que ta tante Josette était partie et que tu pouvais rentrer chez toi.

Jacques se força à sourire et affirma :

— Ah bon ? Je suis content. Merci de m'avoir accueilli chez vous.

— J'ai été très heureuse d'avoir pu rendre service à tes parents. Dommage seulement que Jacob soit parti comme ça, sans prévenir, je ne sais où…

Une fois de plus, la pauvre femme laissa échapper un soupir à fendre l'âme.

Jacques ne sut que dire pour la réconforter. Elle ne pouvait pas se douter que son fils avait été enlevé à cause d'une histoire de miroir et de bâton magiques. Elle ne pouvait pas savoir non plus qu'en lisant le journal du matin, elle venait d'apprendre la mort du ravisseur de son enfant, la seule personne qui aurait pu permettre de le retrouver…

Jacques retourna dans la chambre, rassembla ses affaires et accrocha sur le sac marin le Bâton des prodiges toujours invisible. Il sortit de l'appartement après avoir dit au revoir à Esther.

Lorsqu'il entra chez lui, il comprit que l'ambiance n'y était pas beaucoup plus sereine que chez les Goetz. Il trouva sa mère en pleurs, assise dans le salon.

— Qu'est-ce qui se passe, maman ?

Hélène tendit les bras. Jacques se jeta contre sa mère et la serra contre lui.

— Qu'est-ce qui se passe ? répéta-t-il.

— Des policiers sont venus arrêter ton père, il y a une heure à peine. Il a été emmené au commissariat.

Le sang de Jacques ne fit qu'un tour.

— QUOI ? Encore ?

La femme haussa les sourcils.

— Cette fois, c'est sérieux. Le bijoutier a reconnu formellement papa comme celui qui lui a vendu un diamant à la Libération.

Jacques se mit à grogner.

— Mais ce n'est pas vrai !

— Comment le prouver ?

Le garçon connaissait à présent, grâce au Veritatis Speculum, l'identité du voleur : il s'appelait Albert Bardot, il était le frère d'Émile, le poissonnier. Mais Jacques ne pouvait pas le dire à sa mère. Comment pouvait-il expliquer qu'il sache cela ? Et quelle preuve pouvait-il présenter pour accréditer son affirmation ? Seul cet Albert pouvait dénouer la situation en révélant lui-même la vérité…

Jacques se mit à réfléchir à toute vitesse. Il fallait trouver une solution. Il n'avait jamais vu cet homme, mais René savait forcément où il habitait. La première chose à faire était de connaître son adresse. Après, il aviserait…

— Je reviens tout de suite ! clama l'enfant en attrapant son béret et sa capeline.

— Où vas-tu ? demanda Hélène, complètement interloquée.

Le garçon se dispensa de répondre à la question.

Il courut vers la rue des Envierges où René et sa bande avaient l'habitude d'aller jouer.

Il longea une longue palissade en bois et finit par tomber sur Alfred, un mioche dont tout le monde se moquait à cause de ses oreilles décollées et de ses genoux cagneux. René l'avait chargé de surveiller l'entrée d'un terrain vague où un pâté de maisons venait d'être rasé. Le garçon surveillait la planche qui avait été déclouée pour permettre l'accès à ce lieu interdit au public.

— Qu'est-ce que tu veux ? demanda Alfred.

Jacques était plié en deux pour reprendre sa respiration.

— Je veux voir René ! haleta-t-il.

— Tu veux voir Bardot ? T'es cinglé ou quoi ?

— Va lui dire que je veux lui causer !

Alfred secoua la tête d'un air désolé en regardant Jacques comme s'il avait affaire à fou.

— Y va te casser la tête, le René, c'est sûr ! Y peut plus te voir depuis que vous vous êtes castagnés !

Jacques saisit le bras d'Alfred et insista :

— Je sais ! Mais dis-lui que je viens en paix, que je veux seulement lui parler, et que c'est important !

Le garçon fit une moue dubitative, mais il pivota la planche et passa de l'autre côté de la palissade en disant :

— Surveille le coin ! J'vais voir si y'est d'accord pour te voir !

Une minute plus tard, il revint, avec la mine grave des émissaires chargés d'une grande mission.

— Y'est d'accord ! Mais pas d'entourloupe, hein ?

— Où est-il ?

Alfred désigna du doigt les ruines d'une maison à moitié rasée au fond du terrain.

— Il est au premier. T'as qu'à monter sur l'échelle, c'est fastoche. Tu l'trouveras là-haut. Y t'attend !

En courant vers la ruine, Jacques se demanda si c'était une si bonne idée que ça d'aller voir René. Il était évident que le gros garçon n'allait pas lui donner des renseignements sans sourciller. Il risquait même de se faire rosser sans rien pouvoir en tirer...

Il grimpa sur l'échelle de bois branlante et arriva dans ce qui devait être autrefois une grande chambre.

La douzaine d'enfants rassemblés braquèrent leur regard narquois sur le nouveau venu. René trônait avec un air solennel sur un vieux fauteuil dont les ressorts avaient traversé le capitonnage. On aurait dit un roi entouré de ses courtisans.

— Qu'est-ce que tu veux ? aboya le fils du poissonnier.

— Je veux te parler, seul à seul !

Le garçon aux joues rebondies fit un ample signe de la main en direction de sa bande en disant :

— Je n'ai rien à cacher à mes potes ! Tu peux causer !

Jacques insista :

— J'ai dit : seul à seul !

Les deux regards se croisèrent longuement comme on croise le fer dans un duel. Chacun d'eux savait que le premier qui baisserait les yeux aurait perdu.

Et c'est René qui perdit.

— D'accord, concéda-t-il. Ça a intérêt à être important ! Dehors, tout le monde ! Laissez-moi avec Bidaud !

Les enfants s'éparpillèrent en maugréant, déçus de ne pas assister à une nouvelle bagarre qui promettait d'être homérique.

Lorsqu'ils furent seuls, René se leva, approcha son visage de celui de Jacques et demanda :

— Alors, Bidaud, qu'est-ce que t'as à me dire ?

Jacques se racla la gorge et joua le tout pour le tout :

— Je voudrais savoir où habite ton oncle Albert.

Le fils du poissonnier écarquilla les yeux de surprise.

— Albert ?

Jacques confirma de la tête.

— Qu'est-ce que tu lui veux, à l'Albert ?

— Faut absolument que je lui parle !

René arrondit ses lèvres avec mépris.

— Ah oui ? Tu dois lui parler, comme ça...T'as qu'as me le dire à moi, et je lui transmettrai.

Jacques fit non de la tête.

— C'est pas possible. C'est à lui que je dois parler. Directement !

René cracha par terre.

— Pfutt ! N'importe quoi ! Tu crois p't'être que je vais te donner son adresse, comme ça ! Mais tu me prends pour le roi des c..., ou quoi ?

Jacques prit une voix suppliante :

— Je t'en prie, Bardot ! C'est vraiment important !

— Et pourquoi tu me le dis pas ?

— Parce que c'est un secret ! Et qu'Albert ne voudrait pas que je le répète.

— Qu'est-ce que t'en sais ?

— Je le sais, c'est tout ! C'est une question... d'honneur !

— D'honneur ?

René fit une moue sceptique, mais, au fond de lui, le garçon commençait à être un peu ébranlé par la conviction de Jacques.

Jacques soupira, baissa la tête, et expliqua d'une voix qu'il voulait la plus persuasive possible :

— Écoute, Bardot. Je sais qu'on n'a pas toujours été copains ensemble. Je sais aussi que tu as été très déçu de perdre ton billon et, crois moi, j'en suis désolé. Mais, là, il faut vraiment que tu me fasses confiance. Je suis un gars du quartier quand même, pas un de ces ratons de Montmartre ! À Belleville, quand il y a des coups durs, on se tient les coudes, non ? T'as toujours dit qu'on était solidaires, nous, les gars du XXe...

Le couplet « patriotique » ébranla le gros garçon et le toucha directement au cœur. Jacques avait honte de passer par des procédés aussi faciles, mais il n'avait pas le temps de faire dans la subtilité. Il continua à jouer sur les cordes sensibles et René finit par céder.

— Bon d'accord ! Je vais t'le dire. Mais il faut que tu saches que l'Albert, il est très malade.

— Malade comment ?

Les yeux du gros garçon s'embuèrent brusquement.

— Cancer. Cancer généralisé. Y va bientôt mourir.

Un silence gêné s'installa entre les deux enfants.

— Je suis désolé, murmura Jacques.

— Alors, t'as intérêt à vite lui dire ce que t'as à lui dire, ajouta sèchement René. Et, je te préviens, il est pas toujours lucide. Il dort beaucoup en ce moment.

Jacques regarda le bout de ses bottines avec embarras.

— Il est marié ? demanda-t-il à voix basse.

— Ouais. Et il a deux enfants.

René avala difficilement un sanglot et fit un effort pour retrouver la maîtrise de lui. Il reprit d'une voix bourrue :

— Je vais te dire où il habite. Mais il faut d'abord que tu me payes mon renseignement.

Jacques fronça les sourcils.

— Que je te paye ?

— Ouais. Je te donne l'adresse, mais toi, en échange, tu me rends le billon du Maharadja !

Le cœur de Jacques s'arrêta de battre un instant, mais après une courte réflexion, il accepta. Après tout, ce n'était qu'une perte mineure au regard de ce que René lui offrait : la possibilité de faire la vérité sur le vol du diamant et d'apporter la liberté à son père…

Il sortit de sa poche la fameuse bille de verre et la tendit à René.

Toutefois, celui-ci secoua la tête et ne la prit pas.

— Non, pas comme ça ! Je veux que tu le fasses devant les gars du quartier, et que tu leur dises que tu as triché pendant la partie de billes pour me le prendre.

Jacques ouvrit la bouche et s'indigna :

— Mais c'est pas vrai ! Je peux pas dire une chose pareille ! C'est un mensonge.

René haussa les épaules en feignant l'indifférence.

— Comme tu veux. C'est toi qui vois. Mais si tu veux l'adresse d'Albert, tu sais ce que tu dois faire.

Une bouffée de colère monta en Jacques. Une furieuse envie de lui sauter dessus et de le frapper le saisit. Mais il se calma et détourna avec écœurement son regard de celui plein de morgue du fils du poissonnier.

— D'accord, capitula-t-il d'une voix sourde.

René laissa éclater sa joie sans aucune retenue et appela sa bande.

Une fois celle-ci rassemblée autour de son chef, Jacques tendit le billon vers René en disant :

— J'ai triché pendant la partie pour prendre le billon du Maharadja à Bardot. Je viens lui rendre sa bille.

Un silence médusé accueillit la déclaration du jeune Bidaud, suivi d'une pluie de sarcasmes et de reproches plus acerbes les uns que les autres :

— Sale tricheur !

— Espèce de s… ! Comment t'as pu faire ça !

— Collabo !

— On veut plus te voir ici !

— T'es bien le sale rat que j'pensais !

— Dégage !

René était hilare. Il jouissait de ce spectacle en se pourléchant les babines comme un gros chat jouant avec une souris avant de la croquer.

Tandis que les enfants continuaient à insulter Jacques autant qu'ils le pouvaient, lui donnant des coups de poing et de pied au passage, René approcha ses lèvres de l'oreille du garçon et lui glissa dans le lobe :

— J'te dirai jamais où il habite, Albert…

21
Le puits de lumière

Jacques se jeta à plat ventre sur son lit et éclata en sanglots. Il laissa échapper un torrent de larmes sur son oreiller, comme si le barrage de ses yeux venait soudainement de céder.

Il ne savait pas si son chagrin était dû aux terribles événements qui s'étaient produits ces derniers jours, ou s'il désespérait de lui-même et de ses capacités. Il avait la douloureuse impression de tout faire échouer, d'être un bon à rien, une nullité…

Par-dessus tout, le garçon se sentait responsable de ce qui était arrivé à Jacob. À cause de lui, son ami était retenu prisonnier quelque part, dans un lieu inconnu. Pourquoi n'avait-il donc pas donné au voyant le Miroir de Vérité et le Bâton des prodiges à l'origine de tous ces maux ? Pourquoi n'avait-il pas exigé du ravisseur qu'il libère Jacob sur-le-champ ?

La réponse était malheureusement simple : que pouvait exiger un petit garçon d'à peine onze ans face à un adulte, au demeurant probablement déséquilibré et potentiellement dangereux ?

Ah, il était beau, le Protecteur du Veritatis Speculum ! Un vrai super-héros, le Jacquot ! Quelle plaisanterie ! Quelle dérision !

Même vis-à-vis des gens de son âge, Jacques ne faisait pas le poids. Il venait lamentablement de se faire avoir par

René qui, non seulement ne lui avait pas donné le renseignement attendu, mais l'avait obligé à se mettre à dos tous les enfants du quartier en déclarant publiquement qu'il avait triché aux billes et remporté frauduleusement le billon du Maharadja…

L'humiliation était totale et son père n'était pas près d'être disculpé ! Jacques éprouvait la désagréable sensation d'être comme une mouche tombée dans un pot de mélasse. Plus il se débattait, et plus il s'enfonçait….

Après l'échec de sa rencontre avec René, Jacques s'en était retourné chez lui le cœur lourd, dans l'intention de consulter Longin. L'âme du Ciel était le seul recours qu'il lui restait.

Mais en rentrant, il avait trouvé l'appartement vide. Sa maman avait laissé un petit mot laconique sur le buffet : « Je suis allé voir ton père au commissariat. Je reviens tout à l'heure. Sois sage et attends-moi. Je t'aime, mon Jacquot. Maman ».

Alors, le vase avait débordé et le garçon avait plongé sur son lit, sans avoir la force de consulter le miroir…

Il était allongé sur le ventre depuis un bon moment quand un bruit venant de son placard attira son attention.

Il se redressa, les sens aux aguets. Il avait entendu un petit cri étouffé. Il se dirigea vers le meuble de bois, le cœur battant, et ouvrit la porte avec précaution.

Ce qu'il vit faillit le faire tomber à la renverse.

Jacob était là, assis au fond de l'armoire, les jambes repliées contre sa poitrine, les pieds et les poings liés.

Jacques poussa un cri de joie. Il se jeta sur son ami et arracha le bâillon qui obstruait sa bouche. Il se mit à bredouiller :

— Oh, Jacob ! Je… Je suis si… si content de te revoir ! Tu es vivant ! Si tu savais comme j'étais inquiet…

Mais l'enthousiasme du garçon ne trouva pas d'écho chez le jeune juif. Celui-ci ne répondit rien. Il resta immobile, fixant son ami avec un air féroce. Jacques reconnut le regard qui l'avait traumatisé dans son rêve.

Il était tétanisé. La réaction de Jacob, froide et distante, lui glaçait le sang. Il baissa la tête sous le poids de reproche qui s'abattait sur lui. Il détourna le regard et se concentra sur les liens qui entravaient les poings du garçon. Mais ses mains tremblaient tellement qu'il ne parvenait pas à desserrer les nœuds.

— Tu m'as laissé crever tout seul, comme un chien !, maugréa Jacob d'une voix éraillée. Pourquoi tu n'as rien fait pour me sauver ?

Jacques ouvrit et ferma la bouche alternativement, comme une carpe, ne sachant que dire. Il finit par lâcher :

— Mais non, Jacob, je t'ai cherché. Je ne t'ai pas trouvé. Je ne savais pas quoi faire... Je... Je...

— C'est pas vrai !, riposta sèchement le jeune juif. Tu n'es qu'un sale Philistin ! Je croyais pouvoir compter sur toi, mais je me suis trompé. Je me suis trompé !

Le sentiment de déjà-vu brouillait les repères de Jacques. Ses jambes flageolèrent et il s'agrippa au dos d'une chaise pour ne pas tomber. À ce moment, il crut apercevoir un éclair rouge passer fugitivement dans les yeux de son ami.

Étrangement, les cordelettes se détachèrent toutes seules et tombèrent des mains et des pieds de l'enfant, comme par magie.

Jacob se leva et sortit de l'armoire, puis éclata de rire.

Un rire qui n'avait rien de joyeux. Un rire cruel et sardonique.

« Ce n'est pas lui, pensa Jacques, terrorisé. Ce n'est pas lui ! »

Comme s'il avait lu dans ses pensées, le jeune juif se mit à grandir soudainement et à changer d'apparence. Désormais, c'était son père que Jacques avait devant lui. Gaston fronçait les sourcils comme les jours où il était en colère contre lui et sa mine était revêche.

— Je me suis trompé sur ton compte, Jacquot, gronda l'homme. On ne peut pas te faire confiance ! Tu n'as rien fait pour m'aider !

Il avait prononcé ces mots d'un ton culpabilisant. Jacques avait beau savoir que ce n'était pas son papa qui lui parlait, il ne put s'empêcher de protester :

— Non, j'ai essayé de t'aider, mais… mais…

Le garçon tourna son regard affolé vers le miroir pendu au mur. Le reflet de la scène dans le Veritatis Speculum n'avait rien à voir avec ce qu'il percevait. En lieu et place de son père se tenait une créature velue. Sur le corps massif du démon reposait une tête de mort, avec de gros yeux rouges qui flamboyaient dans les orbites. Ses mains avaient six doigts et ses ongles longs et coupants étaient violacés comme ceux d'un cadavre.

L'enfant poussa un cri de terreur et fit un bond sur le côté au moment où le démon se jetait sur lui. Il fit une roulade sur son lit pour atteindre le sac marin posé contre le mur, de l'autre côté de la chambre. Il saisit le Bâton des prodiges qui avait pris un puissant éclat bleu électrique et fit face à son agresseur. Il sentait le bois vibrer dans ses mains. La créature démoniaque avait désormais pris l'apparence de sa maman. Elle s'approcha de lui les mains tendues, les yeux exprimant une vive inquiétude, en murmurant d'une voix douce :

— Qu'est-ce qui t'arrive, mon pauvre Jacquot ? Viens que je te fasse un câlin…

Le garçon leva le bâton pour frapper la créature, mais fut troublé par le regard suppliant de sa mère.

Et si c'était maman qui venait de rentrer ?

« Maman ? »

Son hésitation lui fut fatale. Le démon se rua sur lui en poussant un grognement sonore. Jacques tomba en arrière et se cogna violemment le crâne contre le rebord de fenêtre. La douleur irradia tout son corps. Des étincelles jaillirent devant ses yeux et il fut momentanément aveuglé.

Lorsqu'il reprit ses esprits, il vit une monstrueuse araignée qui s'était posée sur son ventre, les membres antérieurs levés, prêts à lui labourer le visage avec les crochets métalliques greffés à l'extrémité de ses pattes. Jacques chassa l'animal avec le dos de ses mains dans un mouvement réflexe et bondit sur ses pieds avec la force d'un ressort qui se détend. Il saisit alors le Bâton des prodiges à deux mains et donna un grand coup en direction de la créature. La pointe du bourdon provoqua une déchirure d'où émanait une puissante lumière rouge.

Le démon venait malheureusement de sauter une nouvelle fois sur Jacques et de s'agripper à son pull, lorsqu'une langue de feu sortit de l'ouverture et happa la créature démoniaque. Celle-ci se cramponna de toutes ses forces au garçon qui poussa un hurlement de terreur en se voyant attirer dans la fournaise par le démon.

Il bascula dans la brèche et se mit à tomber…

Jacob avait du mal à respirer. Il se sentait faible, très faible même, continuellement au bord de l'évanouissement. Sa bouche était tellement sèche qu'il avait l'impression que sa langue avait doublé de volume et qu'elle était une sorte de bûche que l'on aurait enfoncée de force dans sa cavité buccale.

Les périodes de conscience devenaient de plus en plus rares. La majeure partie du temps, il sombrait dans une sorte de sommeil sans rêve dont il émergeait brusquement. Ses membres étaient engourdis par le froid et l'humidité. Il ne cherchait plus à se lever, ni même simplement à bouger, car chaque mouvement lui demandait une énergie considérable.

En revanche, son séjour prolongé dans le noir absolu lui avait considérablement développé le sens de l'ouïe. Il se concentrait désormais sur l'écoute, comme s'il canalisait le peu de forces qui lui restaient dans cette unique activité.

Cela faisait longtemps que son père ne lui parlait plus. Il était probablement mort. Ou alors, il était parti. Quoi qu'il en soit, Jacob savait que, désormais, il était seul. Il avait bien entendu des bruits de pas, mais ils étaient bien trop rapides et trop fluets pour être ceux d'un homme. Ce n'était la plupart du temps que le carrousel de rats ou de souris attirés par cet étrange corps affalé par terre, et qui finissaient par passer leur chemin dans une totale indifférence.

Toutefois, à force d'écoute attentive, Jacob avait tiré un certain nombre de conclusions. Il avait la conviction d'être dans un lieu qui devait être une galerie souterraine, une sorte de mine. Il entendait aussi à intervalles réguliers un bruit sourd qui faisait trembler légèrement le sol. Il reconnaissait là la rumeur sourde d'une rame de métro passant dans un tunnel.

Cette découverte l'avait profondément rassuré. Jacob était sûr de ne pas avoir quitté Paris et d'être retenu prisonnier quelque part dans les sous-sols de la capitale. Il espérait de tout son cœur n'être qu'à une courte distance de chez lui. Peut-être même Belleville était-il juste au-dessus de sa tête. Il imaginait la vie paisible de son quartier, un matin blafard : la mère Gertrude ouvrant le volet métallique de son bar-tabac, le rémouleur criant sous les fenêtres, le livreur poussant difficilement sur les pédales de son vélo pour grimper la rue Vilin. Il souriait en pensant à toutes ces scènes de la vie quotidienne qui lui manquaient tant. Il s'accrochait surtout à l'espoir d'être bientôt découvert et libéré de cet insupportable calvaire...

Mais Paris était une grande ville et il fallait se rendre à l'évidence : la distance ne faisait rien à l'affaire. Seul l'homme au chapeau qui avait sonné à la porte de son appartement pour l'enlever était en mesure de révéler le lieu de sa cachette. Alors, pourquoi l'attente était-elle si longue ? Pourquoi n'était-il pas revenu lui apporter un peu d'eau et quelque chose à manger ?

Ses questions restaient sans réponses.

À l'exception d'une hypothèse qui le fit frissonner de terreur : peut-être n'avait-il jamais été dans son intention de le remettre en liberté ou de le garder vivant. Peut-être était-il un fou, un sadique, dont le seul but était de faire disparaître ses victimes de manière cruelle.

Auquel cas, seule la mort à petit feu l'attendait...

Sur cette perspective déprimante, Jacob tomba de nouveau dans un état léthargique.

Jacques atterrit lourdement sur une dalle de pierre.

Affalé sur le sol, il mit un certain temps à retrouver sa respiration coupée par la violence de sa chute. Pourtant, contre toute attente, il était encore vivant, et, à première vue, en un seul morceau.

Lorsqu'il leva la tête, il découvrit qu'il était tombé dans une sorte de puits très profond dont l'ouverture se perdait dans l'obscurité.

Étonnamment, il n'y avait aucune trace du démon qui l'avait entraîné dans ce plongeon. La créature démoniaque avait bel et bien disparu. Jacques se retrouvait seul dans cet étrange endroit, faiblement éclairé par une source mystérieuse et inconnue. À ses pieds reposait le Bâton des prodiges que le garçon avait lâché en tombant.

D'une certaine manière, la présence de cet objet le rassurait. C'était comme si une arme était à portée de sa main, un moyen de défense particulièrement précieux dans cet environnement hostile et parfaitement inconnu.

Jacques se mit debout avec difficulté et regarda autour de lui en titubant légèrement.

Ce puits était exigu, ce qui renforçait son impression d'être tombé dans une oubliette ou un cul-de-basse-fosse. Le garçon tenta bien d'escalader le mur, mais il comprit rapidement qu'il lui serait impossible de rejoindre sa chambre par ce moyen : les pierres étaient lisses, usées par le temps.

Jacques devait se rendre à l'évidence : il était impossible de sortir de là !

Un sentiment de panique le gagna. L'attaque du démon l'avait pris au dépourvu. Jamais il n'avait imaginé qu'une créature spirituelle puisse prendre forme humaine et soit capable de le faire tomber dans un trou de lumière. Cela dépassait son entendement.

Il fit le tour du puits à la recherche d'une ouverture, des pierres qui pourraient être descellées, mais il ne trouva rien. Il inspecta alors le sol attentivement. Un petit objet rond coincé entre deux dalles attira soudainement son regard. C'était une bille de terre qu'il reconnut immédiatement : Jacob l'avait lancée dans le cercle de lumière, la nuit où ils avaient découvert les capacités du Bâton des prodiges.

« Je fais une expérience », avait-il dit.

Cette fois, c'était Jacques qui était le sujet de l'expérience !

Le garçon ramassa la bille et la contempla avec curiosité. Celle-ci aussi ne semblait pas avoir souffert de la chute dans ce puits. La peinture n'en était même pas écaillée.

Après l'avoir observée attentivement, il la mit dans sa poche et fit mentalement une promesse à Jacob :

« Je te jure de te la rendre. Où que tu sois, et quoi qu'il m'arrive, je te retrouverai et tu pourras récupérer ta bille. »

Étrangement, cette boule de terre cuite lui avait redonné confiance. C'était un peu comme s'il venait de retrouver en partie son ami. La bille agissait sur lui comme un stimulant, un encouragement.

Jacques se mit alors accroupi et se força à réfléchir. Que pouvait-il faire ? Il regardait fixement le Bâton des prodiges comme s'il attendait que le bourdon se mette à lui parler pour lui indiquer la marche à suivre.

Mais le bâton se contentait de diffuser son étrange lueur bleue et de vibrer entre ses mains…

Soudain, une pensée lui traversa l'esprit : si le bâton était capable d'ouvrir des passages, pourquoi ne continuerait-il pas à le faire ?

Jacques se leva et traça sur le mur avec le bout du bourdon le dessin d'une porte.

Immédiatement, un passage s'ouvrit.

Le garçon poussa un cri de victoire ! Son cœur bondit dans sa poitrine.

Toutefois, son soulagement fut de courte durée : il n'apercevait pas sa chambre derrière cette ouverture, ni aucun endroit connu et rassurant. Il n'y avait que des ténèbres, froides et épaisses.

Jacques hésita un instant avant de franchir le seuil, mais il savait qu'il n'avait pas d'autre choix. Tendant son bâton devant lui pour éclairer ses pas, il pénétra à l'intérieur de cet espace sombre et humide.

Après avoir fait quelques pas dans l'obscurité, il aperçut au loin une lumière vive, une clarté palpitante.

Alors qu'il se dirigeait vers cette source lumineuse, il entendit la porte se refermer dans son dos.

Il n'y avait pas de retour en arrière possible…

22
La salle aux sept portes

Jacques avait le sentiment d'avancer dans un grand tunnel en direction d'une lumière qui brillait au loin. Le sol ressemblait à la terre battue d'un chemin forestier. Il ne voyait pas grand-chose autour de lui et il se servait de la lueur du bâton pour assurer ses pas.

À un certain moment, il prit conscience qu'il n'était pas seul. Au-dessus de lui voletaient des dizaines de spectres à forme humaine qui allaient toutes dans la même direction. L'obscurité l'empêchait de distinguer précisément la nature de ces ombres fugitives, mais le garçon avait l'intime conviction – sans bien savoir ce qui pouvait l'étayer – qu'il s'agissait d'âmes de personnes récemment décédées. Elles volaient à toute vitesse, comme si elles étaient aspirées par ce halo lumineux vers lequel tout convergeait.

Jacques les enviait, parce que, de son côté, il avançait difficilement. Son corps lui donnait l'impression de peser une tonne. Sa progression était lente et pénible.

Après un temps qui lui sembla interminable, il parvint toutefois à distinguer, au bout du tunnel, des êtres éthérés se tenant devant un vaste panorama ensoleillé. Jacques ne ressentait aucune peur vis-à-vis d'eux, bien au contraire. Il souhaitait même de tout cœur rejoindre ces anges ou ces âmes du Ciel dont les silhouettes se découpaient sur le fond lumineux. Il se prit à espérer que Longin comptait parmi ces entités qui semblaient accueillir joyeusement les nouveaux arrivants. Un immense espoir le poussa à forcer son allure et à surmonter sa fatigue. Il tenta de marcher plus vite, mais il en fut empêché par le poids de ses jambes raides comme des poutres de bois.

De plus, un obstacle inattendu mit brutalement fin à son espérance : Jacques s'enfonçait peu à peu dans le sol, comme s'il venait subitement d'entrer dans des sables mouvants...

Il eut la désagréable sensation de se trouver dans une sorte de marécage au limon bouillonnant qui sentait la charogne. Cette fois, il fut totalement empêché de marcher. Il avait déjà de la vase jusqu'à mi-cuisses et il ne trouvait rien à quoi s'accrocher. Il essaya bien de s'appuyer sur le Bâton des prodiges, espérant que le bourdon serait d'une aide quelconque, mais il n'y avait rien à faire ! En quelques secondes à peine, il eut de la vase jusqu'à la taille.

— Monsieur Longin, hurla-t-il. Au secours ! À l'aide !

Son cri se perdit dans l'immense tunnel. Les créatures de lumière étaient trop éloignées pour entendre les appels du désespéré et voler à son secours. Jacques agita alors frénétiquement ses bras et ses jambes dans l'espoir insensé de trouver un appui stable. Mais, plus il se débattait, et plus il s'enfonçait profondément dans le sol. Jacques assistait, impuissant, à son engloutissement dans cette fange nauséabonde et rien ne semblait pouvoir l'empêcher...

Il ne fallut guère plus d'une minute pour qu'il ait de la boue jusqu'aux épaules. L'enfant essaya de se débattre avec le plus d'énergie possible, mais ses efforts demeurèrent vains. Très vite, il ne resta plus que la tête qui dépassait du sol.

Jacques voulut crier une nouvelle fois, mais, lorsqu'il ouvrit la bouche, de la bourbe froide et humide pénétra à l'intérieur. Il la recracha avec dégoût, toussant et s'étouffant à moitié. La terre âcre lui brûla cruellement la gorge et l'œsophage...

Jacques se força désormais à respirer uniquement par le nez, tout en sachant qu'il repoussait l'inéluctable de quelques instants seulement. Cependant, son instinct de survie était plus fort que tout. Il ferma les yeux au moment où ils pénétrèrent dans la boue, et il adressa une ultime prière à Dieu : « Seigneur, prends pitié de moi ! »

Jacques disparut de la surface du marais. Il se sentit lentement glisser vers le fond, comme dans une rivière glacée. Il redoutait l'instant fatal où il ne pourrait plus retenir sa respiration, où sa volonté ne serait plus suffisante pour empêcher sa bouche de s'ouvrir toute grande. Malheureusement, il savait parfaitement que ce ne serait pas l'oxygène libérateur qui pénétrerait dans ses poumons, mais une vase grasse et dévastatrice. Il ne put s'empêcher d'imaginer avec effroi l'épouvantable sensation d'étouffement qui allait le submerger, la terrible agonie dans laquelle il allait se débattre.

Jacques ne voulait pas mourir. Il bloquait sa respiration avec la force du désespoir et se mit à croire à l'impossible. Après tout, n'était-il pas sorti indemne de la chute vertigineuse qu'il avait faite dans la brèche de lumière ? Un miracle était encore possible…

Et le miracle se produisit !

Contre toute attente, sa chute s'accéléra. Ses jambes semblaient pendre dans le vide, puis son bassin et enfin son ventre. Il glissa brusquement comme un savon qui file entre les mains. Au même instant, il ouvrit la bouche pour reprendre sa respiration. Un puissant souffle vital entra en lui.

C'est alors qu'il tomba lourdement à terre et perdit connaissance.

Lorsqu'il reprit conscience quelques instants plus tard, il aperçut un homme penché sur lui qui lui tapotait les joues. Il avait un visage émacié, avec une barbe blanche qui mangeait le bas de son visage. Sa peau pâle était presque translucide. Des veines noires saillaient sur ses tempes et sur son cou. Ses yeux étaient d'un bleu très pur, comme celui d'un ciel de printemps après la pluie. Il avait des lèvres fines, légèrement rosées.

— Jacques ! M'entends-tu, mon enfant ?

Jacques, encore tout étourdi, se mit assis et dévisagea avec étonnement l'immense chevalier aux larges épaules qui lui faisait face. Il reconnut immédiatement le Passeur qui lui avait confié le Bâton des prodiges dans la salle de classe, pendant la leçon de morale. Il portait toujours une vieille cotte de maille, une ceinture de cuir autour des reins et une longue épée sur le côté. En revanche, il n'avait plus de casque sur la tête comme lors de la première rencontre.

— Chevalier Owen ? fit l'enfant avec étonnement. C'est bien vous ?

L'homme hocha la tête et répondit de cette étrange voix caillouteuse :

— Jacques ! Mon cher petit Jacques…

Le chevalier tenait en main le Bâton des prodiges, tel un berger gardant son troupeau.

Le garçon regarda avec curiosité autour de lui. Il était au milieu d'une vaste pièce circulaire éclairée par des flambeaux accrochés au mur. Le plafond voûté était supporté par de gros piliers massifs aux chapiteaux sculptés comme ceux des églises romanes.

— Où suis-je ? demanda avec appréhension l'enfant.

— Là où tu devais aller, répondit énigmatiquement le chevalier.

— Je suis mort ? voulut savoir Jacques avec un brin d'appréhension. Je suis au purgatoire ?

— Non, tu n'es pas mort, le rassura le Passeur. Quant au purgatoire, tu serais plutôt dans son antichambre.

Le garçon se sentait un peu perdu. Ce qu'il avait vécu depuis sa chute dans la faille lumineuse était vraiment perturbant.

Jacques se releva avec difficulté, mais constata avec soulagement que s'il était fourbu et courbaturé, il ne souffrait pas de douleurs suffisamment fortes pour l'empêcher de marcher en boitillant.

— Je n'imaginais pas les choses comme ça, s'étonna l'enfant en faisant un rapide tour de la salle.

Entre chaque pilier, il y avait une grande porte de bois massif ornée de motifs décoratifs sculptés. Il en compta sept au total.

— Ce lieu prend une apparence différente selon les circonstances, expliqua complaisamment le chevalier Owen. Si tu revenais ici une autre fois, tu pourrais voir les choses de façon totalement différente. Ce qui compte, c'est le sens qu'elles prennent au moment où elles t'apparaissent.

Jacques hocha la tête.

— Vous avez dit que je suis là où je devais être, reprit-il. Vous voulez dire que c'était prévu que je tombe dans le puits de lumière ?

— Le Très-Haut est le maître du temps et de l'histoire. Ce n'est pas un hasard si ce démon t'a entraîné ici. Bien sûr, il ignorait servir les plans de Dieu, ajouta-t-il avec un petit rire. Même de ceux qui ne veulent pas faire ce qu'il veut, le Très-Haut, Lui, fait ce qu'il veut !

Jacques se tapa le front du plat de sa main.

— J'ai compris ! Vous m'avez donné le Bâton des prodiges pour cette raison : pour que je vienne ici vous le rendre !

Le chevalier Owen hocha la tête.

— Telle était la volonté de Dieu, je suppose. Lorsque mon compagnon de la Guilde des Passeurs a cherché à nous trahir en voulant donner à l'Adversaire le bâton de saint Patrick, il fallait que je le remette à quelqu'un de confiance. Dans la prière, c'est ton nom qui m'est apparu.

— Mon nom ?

Jacques était médusé.

— Pourquoi moi ? Je ne suis qu'un enfant.

Le Passeur approuva.

— Précisément, tu es un enfant. L'Adversaire n'aurait jamais pu imaginer qu'un objet aussi précieux et aussi redoutable que le Bâton des prodiges puisse être donné à quelqu'un de faible et de fragile. L'orgueil du Démon, qui ne raisonne qu'en matière de force et de puissance, est tellement grand, qu'il est incapable d'imaginer un tel dessein. Quelle meilleure cachette que celle d'un enfant innocent et pur ?

Jacques haussa les sourcils avec étonnement.

— C'était quand même risqué, affirma-t-il.

Le chevalier Owen sourit avec indulgence.

— L'Adversaire n'a malheureusement pas tardé à retrouver la trace du bâton. Satan a des espions partout. Lorsqu'il a su que c'était toi qui l'avais, il a pensé que la partie allait être facile à gagner. Mais tu es plus coriace que tu n'en donnes l'air malgré ton âge et ta taille. De plus, tu es le nouveau Protecteur du Veritatis Speculum, n'est-ce pas ?

Jacques fit une mine modeste.

— Oh, vous savez, je ne suis pas si fort que ça…

Le Passeur leva son index et le secoua comme un maître d'école affirmant quelque chose d'important :

— C'est bien là ta force, mon enfant : tu sais ne pas pouvoir compter uniquement sur tes capacités. Quand j'ai compris que tu es le garçon à qui saint Longin confie les missions d'aider les hommes à éviter le purgatoire, j'ai compris que le Très-Haut avait une intention bien précise et que tu passerais probablement par ce lieu. Je savais que nous nous retrouverions ici…

— Monsieur Longin est un saint ? le coupa Jacques, stupéfait.

Owen émit un petit rire.

— Bien sûr, Jacques. L'ignorais-tu ?

— Mais je n'ai jamais vu d'auréole autour de sa tête, s'étonna le garçon.

— Point besoin d'auréole pour être un saint, mon enfant.

Jacques se mordit la lèvre avec embarras en pensant à la familiarité dont il avait usé en appelant l'âme du Ciel « monsieur »...

— Et vous, vous êtes un saint ? reprit-il pour masquer son trouble.

Le chevalier secoua la tête.

— Non. Je ne suis pas encore allé au Ciel. Ma mission sur terre se poursuit : celle de conduire les âmes du purgatoire, en particulier les plus souffrantes et les plus délaissées, vers le Paradis. C'est le rôle de tous les Passeurs qui ont fait ce vœu.

— C'est pour ça que vous n'êtes pas un esprit, mais un homme, en chair et en os ? Pourtant, monsieur Longin... hum ! ... Saint Longin m'a dit que le purgatoire n'est pas un lieu. Il m'a expliqué que quand vous êtes allé dans la grotte de l'île du lac Rouge, en vrai, vous vous étiez endormi et que votre voyage était une sorte de rêve...

— Pas un rêve : un songe ! répliqua Owen. Dans un songe, tout ce que l'on voit, tout ce que l'on entend, est bien réel. Ce n'est pas un pur produit de l'imagination. Mais le corps, lui, reste dans le monde visible, dans le monde matériel.

Jacques écarquilla les yeux.

— Alors, je fais aussi un songe ? Où est mon corps ?

Le Passeur se mit à sourire.

— Tu le sauras lorsque tu sortiras d'ici.

Le garçon se gratta machinalement la tempe.

— Mais qu'est-ce que je viens faire ici, exactement ?

Le vieil homme prit le temps de la réflexion, puis dit :

— Je crois que le Très-Haut t'a permis, comme à moi et à tous les Passeurs, de te rendre de ton vivant au purgatoire. Non pas pour te purifier de tes péchés, comme c'était mon cas lorsque je suis descendu dans la grotte de l'île du Lough Derg la première fois, mais pour y remplir une mission.

Le garçon ouvrit la bouche de surprise.

— Une mission ? Mais quelle mission ?

Le chevalier haussa les épaules.

— Ça, je l'ignore.

Jacques désigna du doigt le Bâton des prodiges.

— Peut-être que je devais simplement vous rendre ça !

Le Passeur dodelina de la tête.

— Je ne pense pas que tu sois ici uniquement pour cette raison. Je devais reprendre le bâton de saint Patrick une fois que la Guilde aurait retrouvé son unité. Or, ce n'est malheureusement pas encore le cas.

Le garçon fronça les sourcils.

— Il y a encore un danger pour le bâton ?

Le chevalier Owen soupira.

— En effet. Le Passeur félon qui voulait le vendre à l'Adversaire se cache encore quelque part dans le purgatoire et nous ne parvenons pas à le retrouver. Tant que ce compagnon sera en fuite, notre Guilde ne pourra plus exercer sa mission auprès des âmes du purgatoire, et le bâton restera menacé…

La gorge de Jacques se serra.

— Alors, pourquoi je suis là ?

Le vieil homme se lissa la barbe d'un geste machinal.

— Parce que tu as quelque chose à faire dans le purgatoire.

Le jeune garçon secoua vivement la tête.

— Mais je ne vais pas aller au purgatoire, quand même ! J'ai vu la tête que vous aviez quand vous êtes sorti de la grotte, en Irlande ! Ça doit être… horrible !

— Je crains que ce soit ta destinée, mon enfant.

Jacques était affolé. Il ne comprenait rien à ce qui lui arrivait. Pourquoi le Très-Haut l'obligeait-il à se rendre dans un tel lieu ? Que devait-il y trouver ? Que devait-il y faire ?

— Tu as certainement reçu un signe qui doit te mettre sur la piste, poursuivit le Passeur. Cherche bien dans ta mémoire.

Jacques se mit à tourner en rond, nerveusement.

— Je vous assure que non !

— Y a-t-il quelqu'un que tu connais qui est mort récemment et qui pourrait avoir besoin de toi ?

Le jeune garçon se figea soudainement. Il eut l'impression que son cœur avait explosé dans sa poitrine.

— Jacob ! murmura-t-il. Jacob est mort ?

Le chevalier posa une main paternelle sur l'épaule de l'enfant et demanda :

— Qui est Jacob ?

Jacques était pâle comme un linge.

— Jacob Goetz. C'est mon ami qui a été enlevé par un voyant, monsieur Miroslav. Il devait l'échanger contre le bâton et le miroir, pour les donner à l'Adversaire...

— Et que s'est-il passé ?

Jacques déglutit avec difficulté.

— Le voyant est mort. Il s'est suicidé en se jetant par la fenêtre de son appartement.

Owen soupira.

— Alors c'est probablement de lui qu'il s'agit. Pas de ton ami !

Le garçon reprit espoir.

— Mais alors, à quoi ça sert de retrouver monsieur Miroslav dans le purgatoire ? Qu'est-ce que je vais bien pouvoir faire pour lui ?

Soudain, un souvenir s'imposa à son esprit : celui du rêve sur l'île où le médium était venu à son secours en le tirant du gouffre où les mains sortant des ténèbres cherchaient à le faire tomber. L'apparition lui avait dit : *Mon enfant ! Il faut... il faut que tu viennes m'aider ! Je dois te dire où j'ai caché Jacob. Mais pour ça, il faut que tu viennes me retrouver... Tu te souviendras ? Cherche-moi, mon enfant ! Tu dois me retrouver...*

Le garçon poussa un petit cri. Tout devenait clair, à présent : il devait retrouver l'âme du médium dans le purgatoire. Lui seul pourrait lui dire où il avait caché Jacob.

Ainsi, le Très-Haut l'avait entraîné jusque dans le gouffre pour répondre à sa prière, à son désir le plus profond : celui de sauver son ami !

23
Voyage au purgatoire

Le jeune garçon fixa le chevalier Owen dans les yeux et lui demanda :

— Qu'est-ce qu'il faut que je fasse pour trouver le voyant ?

Le Passeur désigna d'un geste circulaire du bras les portes réparties autour de la salle voûtée.

— L'âme de cet homme est quelque part derrière l'une de ses entrées.

Jacques fit une moue dubitative.

— Oui, mais laquelle ?

— C'est à toi de trouver, fit le chevalier.

Jacques s'approcha de l'une d'entre elles et l'observa de plus près. Il n'avait pas fait attention jusque-là aux scènes sculptées sur les portes. Il découvrit avec étonnement que les personnages et les décors n'étaient pas figés, mais bougeaient, se déplaçaient et changeaient de formes.

Sur la porte qu'il regardait, Jacques assistait au repas pantagruélique d'un personnage joufflu qui avalait goulument des monceaux de nourriture entassés sur une grande table. Plus il mangeait, et plus il grossissait, jusqu'à en être malade. Mais il ne s'arrêtait pas pour autant de dévorer les victuailles qu'il avait devant lui. Lorsque tous les plats étaient vides, il se traînait alors avec difficulté jusqu'à une autre table et recommençait à s'empiffrer comme un ogre. Tant et si bien qu'il devenait rond comme un ballon de baudruche et finissait par éclater en mille morceaux. Puis la scène reprenait à son commencement.

— Qu'est-ce que ça veut dire ? demanda Jacques au chevalier.

— Chaque porte est attachée à un péché capital, expliqua le Passeur. Comme tu l'auras compris, celle-ci représente le péché de gourmandise.

Le garçon jeta un coup d'œil aux autres scènes en passant devant chacune d'elles.

— Il y a sept péchés capitaux, poursuivit Owen : l'orgueil, l'avarice, l'envie, la jalousie, l'impureté, la colère, la paresse et enfin, la gourmandise.

— Il n'y a que sept péchés seulement ? s'étonna le garçon.

— Bien sûr que non. Mais ces sept vices entraînent derrière eux toute une série de péchés innombrables : la lâcheté, la médisance, la discorde, l'infidélité, l'ambition, le mensonge, la cruauté, et tant d'autres encore. On dit que ces péchés sont capitaux parce qu'ils sont à la tête de tous les autres péchés qui dérivent d'eux.

— Et les âmes du purgatoire vont dans l'endroit où se trouve le péché qu'ils ont fait dans leur vie ?

— C'est ainsi que le Très-Haut souhaite que tu voies les choses, du moins. Certaines âmes doivent parfois passer par plusieurs portes. Elles mettent alors beaucoup de temps à rejoindre le Ciel.

Jacques fit un signe de la tête pour signifier qu'il avait compris.

— Comment savoir quelle est la bonne porte pour trouver monsieur Miroslav ?

Le chevalier Owen écarta les bras en signe d'ignorance.

— La question que tu dois te poser, Jacques, c'est quel est, selon toi, le péché principal de ce médium. Il y a des chances que tu le trouves à cet endroit.

Le garçon se mit à réfléchir.

— La méchanceté ? proposa-t-il à tout hasard.

— La méchanceté n'est pas un vice à proprement parler : c'est une conséquence du mal que l'on commet. Le péché, c'est de prendre pour Dieu ce qui ne l'est pas : l'argent, le pouvoir, le plaisir, la nourriture. Comme tu l'as constaté dans les dessins sur la porte de la gourmandise, le dieu de cet homme insatiable, c'est son ventre ! Alors, demande-toi maintenant qu'elle pouvait être la préoccupation principale de ce monsieur Miroslav qui détournait son cœur de l'amour et de Dieu ?

Jacques fit le tour des portes pour se laisser inspirer par les différentes représentations des péchés. L'une d'entre elles attira plus particulièrement son attention : on voyait un homme qui essayait désespérément d'entasser des objets dans une grosse maison. Cependant, malgré tous les efforts qu'il déployait, il n'arrivait pas à refermer la porte tellement il avait de biens. À ses pieds, quelques êtres faméliques, principalement de pauvres femmes et des enfants, tendaient leurs mains décharnées vers lui. Mais le riche n'avait pas le moindre regard pour ces malheureux parce qu'il était bien trop occupé à trouver un moyen d'enfermer ses richesses.

— Le goût de l'argent, affirma Jacques. Je crois que c'est ça, le vice de monsieur Miroslav. Quand je l'ai vu sur le banc de l'église de Ménilmontant, j'ai remarqué qu'il portait un chapeau très chic. La mère Gertrude m'a toujours dit que les voyants profitaient de la faiblesse des gens pour leur soutirer de l'argent en racontant des bobards.

Owen hocha la tête.

— Il est possible, en effet, que l'appât du gain soit le péché capital de monsieur Miroslav.

Jacques en était totalement convaincu. Il soutint avec conviction :

— C'est là qu'il faut aller. C'est décidé !

Le Passeur approcha de la porte de l'avarice et tourna son regard bleu vers l'enfant.

— Très bien, mon garçon. Je vais t'ouvrir la porte et tu pourras chercher l'âme de cet homme.

Jacques ne put s'empêcher de frémir.

— Euh… Vous venez bien avec moi, n'est-ce pas ? Vous allez m'accompagner…

Le chevalier secoua la tête avec un air désolé.

— Non, Jacques. Tu dois y aller seul !

Le garçon réagit vivement, le cœur battant brusquement très vite.

— Mais je suis jamais allé au purgatoire, moi ! Vous, vous connaissez le coin, vous pourrez me conduire !

Le Passeur fit un sourire navré et répéta :

— Tu dois y entrer seul, mon enfant. Telle est ta mission. Il ne servirait à rien que je sois avec toi. Ce que tu trouveras derrière cette porte sera de toute manière bien différent de ce que j'y verrais moi-même.

Jacques avait la gorge serrée. Ce qu'il avait vécu jusque-là lui avait déjà semblé bien effrayant. Il n'avait pas envie de se lancer dans une nouvelle aventure. Il était trop intelligent pour penser que ce voyage au purgatoire ne serait qu'une simple promenade de santé…

— Vous êtes sûr que vous ne venez pas avec moi ? insista le garçon, de moins en moins rassuré.

— Tout à fait sûr ! affirma le chevalier d'un ton tranchant.

Le garçon soupira longuement. Il avait les jambes flageolantes. Il songea à Jacob et serra fermement la bille de terre au fond de sa poche.

— Et comment on ouvre ces portes ? interrogea-t-il d'une voix sourde. Il n'y a pas de poignées.

— Avec le Bâton des prodiges, répondit le Passeur en donnant un petit coup avec la pointe du bourdon.

La porte de l'avarice s'ouvrit alors toute seule.

— Bonne chance, Jacques ! fit le chevalier en se dérobant pour le laisser passer. Que le Très-Haut bénisse ton entreprise.

Comme Jacques le craignait, il faisait noir à l'intérieur du passage.

Le chevalier Owen lui tendit le Bâton des prodiges et dit :

— Prends-le ! Tu en auras besoin si tu rencontres d'autres portes en chemin. Tu me le rendras plus tard. Mais surtout, fais bien attention à lui. Tu dois le protéger. Son existence est toujours menacée.

Le jeune garçon saisit le bourdon de saint Patrick sans grand enthousiasme.

— Bon, j'y vais ! maugréa-t-il. Faut bien sauver Jacob…

Il allait passer le pas de la porte quand le chevalier le retint par le bras.

— Encore une chose, mon enfant : il est possible que tu doives descendre très profond pour trouver l'âme de monsieur Miroslav. Plus tu avanceras, et plus tu verras des choses effrayantes. Mais il ne faut pas que tu rebrousses chemin pour autant. D'accord ?

Jacques aurait espéré une parole plus encourageante avant de partir. Il esquissa un petit rictus nerveux, fit un signe de tête et se mit en route…

◆

Le jeune garçon se retrouva dans un couloir très sombre. Sa première impression fut celle d'avoir pénétré dans un blockhaus ressemblant à celui qu'il avait visité un jour avec son père, à Dunkerque, dans les dunes, le long de la mer du Nord.

Mais Jacques avait conscience de ne pas se trouver une casemate militaire. Ce lieu était bien plus étrange, bien plus sinistre. Il avança avec précaution dans cette longue galerie bétonnée qui s'enfonçait sous terre, le cœur battant. Des lampes grillagées jetaient une lumière vacillante sur les parois humides du corridor. Plus il cheminait, et plus il sentait son angoisse monter. Plus que jamais, Jacques avait un terrible désir de faire demi-tour ou, mieux encore, de se réveiller de ce cauchemar...

Après un long trajet, le garçon se trouva face à une porte de fer rouillé qui bouchait le passage.

Jacques eut du mal à pousser le loquet, mais, après quelques essais peu concluants, il réussit à ouvrir la porte blindée.

Ce qu'il vit derrière elle lui coupa le souffle : il était à l'entrée d'une grande plaine désertique comme on en voit dans certains pays d'Afrique touchés par la sécheresse et la misère. Le paysage était désolé, sans aucun relief, tristement monotone. Un vent brûlant soulevait des vagues de sable qui s'infiltraient partout. En quelques instants, Jacques eut la figure et les jambes couvertes d'une pellicule blanche irritante, comme s'il était devenu subitement une feuille de papier de verre.

Le jeune garçon ne s'attendait pas à se retrouver dans un endroit comme celui-là et ne savait pas ce qu'il devait faire. À vrai dire, il ne savait pas à quoi il s'attendait vraiment. Cette expérience dépassait tout ce qu'il avait imaginé jusque-là.

Soudain, il vit au loin quelque chose bouger près d'un petit tumulus. Il mit une main en visière au-dessus de ses yeux, mais il eut bien du mal à distinguer de quoi il s'agissait. N'ayant rien à perdre, il décida de s'approcher de cet unique signe de vie. Il s'arcbouta pour faire face au vent et se lança à l'assaut de la morne plaine.

À un certain moment de sa progression, il comprit de quoi il s'agissait. Un homme était penché sur le bord d'un puits et semblait absorbé par une tâche prenante.

Lorsque Jacques s'approcha de lui, il fut surpris par l'allure de la personne affairée près du tas de pierres sèches :

elle portait un costume-cravate strict et un chapeau melon noir, ce qui semblait totalement incongru dans un tel cadre.

Le garçon s'approcha d'elle et la héla :

— Hé ! Bonjour, monsieur !

L'homme sursauta brusquement et se tourna vers Jacques.

— Quoi ?! Qui êtes-vous ?

Quand il vit l'enfant, il se détendit brusquement.

— Vous m'avez fait peur, jeune homme ! Vous voyez bien que vous me dérangez dans mon travail !

— Je suis désolé, monsieur, s'excusa platement Jacques en le rejoignant.

L'homme avait un visage austère, avec des petites lunettes rondes métalliques couvertes de sable posées sur un long nez pointu.

— Qui êtes-vous ? demanda-t-il d'un ton bourru.

— Je m'appelle Jacques Bidaud, répondit le garçon.

L'adulte souleva civilement son chapeau melon en disant :

— Enchanté ! Je m'appelle John Smith, de la Barklays' Bank de Londres. Puis-je vous demander ce que vous faites là, mon garçon ?

Jacques ouvrit la bouche et hésita un instant avant de répondre :

— Je cherche un certain monsieur Miroslav.

L'homme haussa les sourcils avec étonnement.

— Miroslav, dites-vous ? Désolé, je ne connais pas ce gentleman. Excusez-moi, mais je suis très occupé : je dois retourner à mes occupations.

Puis il tourna le dos à son visiteur et jeta un objet dans le puits.

— Qu'est-ce que vous faites ? interrogea Jacques, intrigué.

Mais Smith ne répondit pas. Le garçon s'approcha de la margelle et observa ce que faisait le banquier.

Celui-ci tirait un grand seau en bois dont l'anse était accrochée à une corde. L'Anglais déployait beaucoup d'énergie pour le sortir du puits. Il ahanait lugubrement. Lorsque le récipient plein d'eau fut à portée de main, il le saisit fermement par les côtés, mais le fond céda brutalement et le précieux liquide retomba dans le puits.

L'homme tourna son regard fatigué vers Jacques et grommela :

— Vous voyez ce qui s'est passé ? À chaque fois, c'est pareil ! My God ! Quelle malédiction ! Regardez tous ces gens qui ont faim et soif ? Qu'est-ce que je peux faire pour eux ?

Effectivement, Jacques n'avait pas encore remarqué la longue file d'attente de personnes affalées derrière le puits. Les gens semblaient exténués. Des enfants malingres aux yeux énormes fixaient le banquier qui détourna le regard avec gêne.

— Quel malheur ! geignit l'Anglais en se frappant le front. Qu'ai-je fait ? Mais qu'ai-je fait ?

Jacques ne comprenait pas. Il osa demander :

— Qu'est-ce que vous avez fait ?

John Smith soupira et s'assit sur la margelle.

— J'ai refusé le financement d'un projet de construction d'un puits au Sahel. J'ai préféré mettre l'argent dans la construction d'un hôtel de luxe pour toucher une belle commission. Vous comprenez ?

Jacques fit oui de la tête.

— Depuis ma mort, je revois sans cesse mon passé et toutes les conséquences de mes mauvais choix. Qu'est-ce que je peux faire ? C'est trop tard !

Puis jetant un regard suppliant vers le garçon, il ajouta :

— Mais vous, my boy, vous êtes encore en vie, n'est-ce pas ? Alors, allez voir mon fils George qui a repris mon poste à la banque et dites-lui bien de ne pas faire la même erreur que moi ! Je vous en supplie ! Je voudrais tellement qu'il ne subisse pas le même sort que moi !

Jacques fit une moue sceptique. Il ne se voyait pas faire la leçon à un banquier de la City et, surtout, il doutait de l'efficacité d'une telle démarche…

— Je dois continuer à chercher monsieur Miroslav, s'excusa l'enfant. Je suis désolé. Vous n'avez aucune idée de l'endroit où je pourrais le trouver ?

L'Anglais haussa les épaules et lui désigna du doigt un trou dans la terre.

— Descendez là : vous verrez bien ! Je crois qu'il y a des gens là-dessous.

Puis John Smith tourna les talons, jeta de nouveau le seau dans le puits et se mit à tirer de toutes ses forces sur la corde.

Jacques laissa le banquier à ses occupations et s'approcha de l'excavation. Des marches taillées dans la roche conduisaient à une cave souterraine. Il descendit avec précaution en s'aidant du bâton qui diffusait sa précieuse lumière bleue.

Il pénétra alors dans une sorte de grotte immense. Des plaintes lugubres venant de tous les recoins de la caverne le firent frissonner. Jacques sentit les poils de sa nuque se hérisser et fut tenté de rebrousser chemin, mais il se força à suivre le monumental escalier qui s'enfonçait sous terre.

Un souffle glacé balayait cette immense caverne. Le garçon se mit à claquer des dents, autant de peur que de froid…

Il ne savait pas très bien où il devait aller, mais il n'avait pas oublié que le chevalier Owen lui avait dit qu'il devrait descendre très profond pour trouver l'âme du voyant. Alors il décida de dévaler les marches le plus rapidement possible sans s'arrêter en chemin et de poursuivre sa quête jusqu'au bout.

Sa descente dans les bas-fonds du purgatoire se révéla encore plus éprouvante qu'il ne l'imaginait au départ. Il avait l'impression d'être une éponge absorbant toutes les souffrances de ces âmes tourmentées. Il était plus terrifié et plus accablé par ce qu'il ressentait que par ce qu'il voyait. Les regrets du mal commis par ces âmes de leur vivant étaient tellement aiguës qu'ils finissaient par alimenter, comme autant de petits ruisseaux, une énorme rivière d'immondices qui coulait le long de l'escalier, emportant tout sur son passage.

Au fur et à mesure de sa progression, Jacques croisait toutes sortes de gens qui remontaient avec maintes difficultés le grand escalier de pierre. Il ressentait une grande compassion pour eux. Il reconnaissait, étrangement imprimée dans leurs yeux, cette lumière si attirante qu'il avait vue au bout du tunnel. Il lui semblait que toutes ces personnes vivaient une profonde nostalgie de la beauté, de la bonté et de la douceur qu'irradiait cette lumière qu'elles avaient capté un instant, un trop court instant. Elles aspiraient de toute leur âme à la retrouver pour ne plus la quitter.

Souvent, l'une de ces personnes tentait de le retenir au passage pour lui confier un message : « Dis à ma fille Mélissa de ne pas faire comme moi dans sa vie. Dis-lui bien d'être généreuse ! Tu te souviendras ? » ; « Demande à mon fils de faire dire des messes, s'il te plaît ! ».

Jacques, ne sachant que dire, faisait systématiquement oui de la tête, mais sa mission l'attendait ailleurs et il poursuivait sa longue descente.

À un certain moment, les âmes ne semblaient même plus remarquer sa présence, tant elles étaient préoccupées d'elles-mêmes. Une femme coquette, qui lui fit immédiatement penser à Josette, prit cependant conscience de son existence et lui demanda d'une voix angoissée :

— Petit ! Viens ici ! Tu sais où il y a une banque dans le coin ?

— Je pense pas que vous allez en trouver une ici, madame, répondit poliment le garçon.

La dame se mit soudainement en colère :

— Mais bien sûr que si, espèce d'idiot ! C'est obligatoire qu'il y en ait une, voyons ! Comment pourrait-on vivre sans ? Forcément, il y a une banque quelque part !

Et elle se mit à courir comme une folle à la recherche d'un hypothétique établissement bancaire.

Peu à peu, ce que vit Jacques était encore plus saisissant. Il constata avec horreur que l'apparence des individus finissait par se confondre avec les objets qui avaient été leurs idoles de leur vivant. Telle personne avait une voiture à la place de la tête, telle autre était affublée d'une énorme bosse en or dans le dos qui l'empêchait de se lever. Un homme nu se lamentait en arrachant les lambeaux de dollars qui formaient désormais sa nouvelle peau verte. Plus Jacques descendait, et plus les difformités devenaient horribles, à la limite de l'insoutenable.

Jacques comprenait pourquoi le chevalier Owen, en remontant du purgatoire, avait souhaité fonder la Guilde des Passeurs. La souffrance de ces âmes était terrible. Il avait lui-même la tentation de courir vers elles, de les consoler, de les libérer de leurs fardeaux, de les aider à gravir ce grand escalier. Mais ce n'était pas pour elles qu'il était venu là, mais pour retrouver monsieur Miroslav…

Le garçon en était là dans ses réflexions quand quelqu'un se jeta sur lui et le bouscula violemment.

L'homme n'avait pas la monstruosité des autres créatures qui l'entouraient. Il était petit et râblé, avec une chevelure et une barbe hirsutes. Il portait une cuirasse sur le torse et un poignard à la ceinture. Il avait l'air aussi vivant que Jacques pouvait l'être.

— Donne-moi ça ! hurla-t-il en désignant le Bâton des prodiges.

Sa voix caillouteuse était caractéristique. L'enfant comprit tout de suite qu'il avait affaire au Passeur félon qui se cachait quelque part au purgatoire et que la Guilde n'était pas parvenue à retrouver.

L'homme arracha violemment des mains de Jacques le bourdon de saint Patrick et le leva au-dessus de sa tête comme un trophée. Ses yeux rouges brillèrent d'un éclat terrifiant qui lui donnait l'air d'un fou furieux. Il hurla avec la férocité d'un fauve :

— Enfin ! L'Adversaire va être content !

24
La marionnette géante

Le Passeur serrait fermement le Bâton des prodiges contre lui comme s'il craignait qu'il ne s'échappe de ses mains comme par magie. Son regard était halluciné et il marmonnait des paroles incompréhensibles.

Jacques comprit que l'homme avait passé trop de temps dans ce lieu qui suintait l'angoisse, la peur et le désespoir et qu'il en était probablement devenu fou. Le jeune garçon restait assis par terre, à le regarder d'un air incrédule. Il n'avait plus la force de se battre. Il ne cherchait même pas à tenter de reprendre le bâton.

— Pourquoi ? demanda-t-il simplement d'une voix faible.

L'homme âgé aux cheveux blancs en bataille gronda férocement :

— Pourquoi, quoi ?

Jacques haussa les épaules.

— Pourquoi vous faites ça ?

Le Passeur sembla pris au dépourvu.

— Qu'est-ce ça peut te faire, sale morveux ? cracha-t-il méchamment.

L'enfant le fixait de son regard candide dans lequel les larmes commençaient à perler.

— Dites-moi pourquoi vous voulez donner le bâton aux démons !

L'homme éclata d'un rire sinistre.

— Le donner ? Mais je ne veux pas le donner, qu'est-ce que tu crois !

— Mais alors, quoi ?

— Je veux le vendre ! affirma-t-il sèchement. Le vendre très cher !

Jacques n'en revenait pas.

— Le vendre ? s'écria-t-il, stupéfait. C'est pour de l'argent que vous avez trahi la Guilde ?

Le Passeur arbora un rictus lui tirant un coin de la bouche vers le haut.

— Je n'ai pas de compte à te rendre ! tenta-t-il de se justifier, visiblement contrarié par la réaction de son interlocuteur.

Le garçon baissa la tête tristement. Il se demandait comment un être humain jouissant d'un tel privilège, vivant probablement depuis plusieurs siècles, pouvait se laisser tenter par un peu d'argent...

— De toute façon, tu ne pourrais pas comprendre, ajouta l'homme dédaigneusement avant de s'éloigner à grandes enjambées avec le Bâton des prodiges.

Le Passeur félon laissa Jacques perdu dans ses pensées, sans lui faire l'aumône du moindre regard. Puis, au bout de quelques instants, l'homme se ravisa et fit demi-tour.

— Personne ne peut me comprendre ! lança-t-il brutalement à l'enfant toujours prostré. Personne !

En voyant l'expression du visage penché vers lui, l'enfant réalisa que l'homme était en proie à des sentiments contradictoires. Et ce qu'il lisait à ce moment-là sur ses traits ravagés n'était ni du cynisme, ni de la haine, mais du remords...

Jacques fut soudainement saisi de compassion pour ce personnage à l'aspect négligé qui révélait une grande vulnérabilité. Malgré la peur et le dégoût qu'il lui inspirait, le garçon se leva et lui demanda :

— Qu'est-ce qui s'est passé ? Racontez-moi !

Il n'y avait pas de curiosité malsaine dans sa question. Juste le désir de comprendre ce qui pouvait amener une personne à trahir un serment si longtemps tenu.

Le Passeur soutint un certain temps le regard ingénu de Jacques, puis finit par baisser les yeux, vaincu. Il grommela :

— Ce n'est pas pour de l'argent que j'ai accepté de donner le bâton à l'Adversaire. C'est parce que je suis en colère.

Jacques se rappela que l'une des sept portes des péchés capitaux était celle de la colère.

— Pourquoi vous êtes fâché ? poursuivit Jacques.

— Fâché ?! s'emporta l'homme hirsute. Tu es loin du compte, gamin !

C'est à ce moment que quelqu'un sortit de l'ombre et répondit à sa place :

— Il est en colère parce que la Guilde ne voulait plus qu'il remplisse sa mission au purgatoire.

Le Passeur félon tourna vivement la tête vers celui qui venait d'apparaître.

— Owen ! siffla-t-il entre ses dents.

— Bonjour Jocelin !

Jacques ouvrit la bouche de surprise en apprenant l'identité du traître. Ainsi, cet homme sale et hagard était l'ancien écuyer du chevalier Owen, celui-là même dont le jeune garçon avait emprunté la personnalité lors d'un voyage dans le Veritatis Speculum. Il n'en revenait pas !

— Vous vous êtes servi de ce garçon pour me traquer ! railla Jocelin avec aigreur. Je vous reconnais bien là, *Maître !*

Le dernier mot avait été prononcé d'une voix méprisante, presque insultante. Une haine féroce brillait dans ses yeux.

— Je savais que tu ne pourrais résister à la tentation de t'emparer du bâton de saint Patrick, expliqua posément le chevalier Owen. C'est tellement plus simple de s'attaquer à un enfant, n'est-ce pas ?

— C'est donc pour ça que vous avez suivi ce garçon !

— Il fallait que je veille sur cet enfant et que je protège le saint bourdon, répliqua Owen. J'en ai fait le serment il y a bien longtemps et je ne l'ai jamais trahi.

Jocelin poussa un cri d'exaspération. Il leva le bâton et tenta de donner un coup sur l'épaule du chevalier, mais celui-ci fit volte-face et riposta en lui donnant un coup du plat de son épée qui fut accueilli par un hoquet étouffé. L'ancien écuyer, le souffle coupé, se plia en deux et laissa tomber le bâton à ses pieds. Owen en profita pour le récupérer, mais pas assez rapidement : Jocelin sauta sur ses épaules et lui serra fortement le cou entre ses mains. Les deux hommes s'écroulèrent ensemble et roulèrent, enlacés l'un contre l'autre. Le combat se poursuivit alors, âpre et sans concession. On n'entendit bientôt plus que les chocs sourds des coups de poing, entrecoupés de grognements rauques.

Soudain, Jacques vit que Jocelin était parvenu à dégager le poignard qu'il portait à la ceinture. Le garçon poussa un cri d'effroi, ramassa le Bâton des prodiges et frappa violemment l'ancien écuyer dans un geste réflexe.

Jocelin hurla de douleur. Une rayure sanguinolente labourait son dos. Il tomba inanimé sur le ventre, les bras en croix.

Le jeune garçon, affolé par ce qu'il venait de faire, manqua de défaillir. Il allait s'approcher de Jocelin pour lui venir en aide, quand le chevalier Owen l'en empêcha en levant la main dans sa direction :

— Reste tranquille, Jacques ! Je m'occupe de lui !

Le chevalier se mit à genoux à côté de son ancien ami, joignit les mains et se mit à prier en silence.

Soudain, trois anges surgirent et se postèrent autour du blessé. Les créatures célestes portaient de longues tuniques blanches et légères comme de la mousseline. Leur chevelure longue et soyeuse était retenue par une fine couronne dorée ornée d'une pierre précieuse fichée à la hauteur du front.

L'un d'entre eux posa un genou en terre et souffla avec délicatesse sur la plaie de Jocelin. La blessure se referma instantanément.

Le chevalier Owen s'inclina respectueusement devant l'ange guérisseur et murmura :

— Je vous remercie, Archange Raphaël !

Les trois anges hochèrent la tête sans prononcer le moindre mot et disparurent aussi rapidement qu'ils étaient apparus.

Le Passeur, toujours à genoux, prit délicatement son ancien écuyer dans ses bras et dit :

— Jocelin ?

L'homme hirsute ouvrit les yeux et fixa avec intensité le maître de la Guilde des Passeurs.

— Que s'est-il passé, Maître ?

— Tu as été blessé, mais les anges viennent de te guérir, mon ami, expliqua le chevalier.

Jocelin semblait avoir brusquement perdu toute son agressivité. Il murmura d'une voix faible :

— Pardon, Maître. Pardon d'avoir trahi notre cause…

Le chevalier Owen sourit avec indulgence.

— Je t'avais dit que tu t'épuisais trop à la tâche et que l'Adversaire profiterait de ton état de faiblesse pour te faire craquer. Mais tu ne voulais pas m'écouter...

— Les âmes ont tant besoin de nous, répliqua Jocelin. Il y en a tellement qui attendent vainement qu'on les soulage. Elles ne peuvent rien faire pour elles-mêmes, elles comptent sur leurs frères et sœurs humains. Mais les gens les négligent, ils ne font plus dire de messes pour elles, ils se désintéressent de leur sort. Ils ne sont préoccupés que par leurs petites affaires terrestres, leur argent, leurs promotions, leurs repas mondains.

— Je sais, Jocelin, approuva Owen. Mais ce n'est pas nous, les sauveurs. Seul le Très-Haut est le Sauveur. Notre Guilde fait ce qu'elle peut, avec le nombre restreint de Passeurs qui la composent. Nous devons avoir l'humilité d'accepter nos limites.

Jocelin exprima un sentiment de colère.

— Nous pallions les manques des familles des défunts, mais nous n'en faisons pas assez. Nous devons en faire davantage ! C'est pour ça que je suis retourné chercher des âmes au purgatoire sans ton autorisation.

— On ne se donne pas ses missions, insista Owen. On les reçoit. Le risque est trop grand d'en faire une affaire personnelle. De plus, la fatigue peut nous faire prendre des risques inconsidérés, et le monde démoniaque est toujours à l'affût du moindre signe de faiblesse.

— Ce n'était pas une raison pour m'exclure de la Guilde ! répliqua sèchement Jocelin.

Le chevalier Owen secoua tristement la tête.

— Plusieurs fois, tu as désobéi à mes ordres et tu es allé au-delà de tes forces. Tu n'as pas tenu compte de nos avertissements et tu as délibérément fragilisé notre unité en te désolidarisant du groupe que nous formions.

— Mais je le faisais pour le bien des âmes, se défendit Jocelin.

— Le mieux est l'ennemi du bien, tu le sais. L'Adversaire a profité de ta grande fatigue pour ébranler ta confiance en toi et en la Guilde. Il n'a pas cessé de te montrer l'étendue de la tâche à accomplir et les limites de notre action, de t'humilier en te répétant inlassablement que ta mission ne servait pas à grand-chose…

— Notre action au purgatoire n'est qu'une goutte d'eau dans l'océan de la misère ! le coupa le Passeur félon.

— Mais l'océan est composé de gouttes d'eau, mon ami. Toutes ces âmes sont sauvées, ne l'oublie pas, et leurs souffrances sont transitoires. Elles doivent faire leur chemin de purification avant d'entrer au Ciel, et notre mission se concentre sur celles qui sont les plus délaissées, oubliées, pour les aider à passer plus rapidement dans la lumière.

— Nous n'en faisons pas assez ! s'obstina Jocelin.

— Nous devons accepter nos limites avec humilité, répéta patiemment Owen.

Le Passeur hirsute se mit à ricaner.

— L'humilité a bon dos ! Elle est souvent un bon prétexte à notre paresse et à notre manque d'ardeur. Nous sommes des soldats, n'est-ce pas ? Nous avons été formés pour nous battre jusqu'à la dernière goutte de notre sang !

Owen serra la mâchoire avant de répondre :

— Je vois que l'Adversaire a bien fait son travail en toi. Il a réussi à te toucher dans ton orgueil, au nom de bons sentiments.

Jocelin ne répliqua pas. Il savait que le chevalier avait raison…

Quand il avait appris que le Maître lui avait interdit de retourner au purgatoire, il était entré dans une rage noire. Sa fatigue et sa lassitude étaient telles qu'il n'avait pas trouvé pas la force de contenir la colère qui l'envahissait comme un redoutable poison. Sa résistance intérieure avait volé en éclats et il était devenu soudainement perméable à toutes les influences de l'Adversaire. Jocelin avait alors commencé à éprouver de la jalousie envers Owen. Dans le même temps, il ne vit plus dans sa propre vie que les échecs et les humiliations. Rien de ce qu'il avait fait de bien et de beau n'avait désormais d'éclat à ses yeux et il ne faisait que ressasser jusqu'à la nausée ses rancœurs et ses déceptions.

Et c'est à ce moment-là que l'Adversaire lui était apparu…

Le Passeur avait tellement d'amertume en lui qu'il ne fut pas difficile à convaincre. Il se mit à marchander sa trahison comme un vulgaire maquignon, promettant au

Démon de lui donner le Bâton des prodiges en échange d'une nouvelle existence, fondée uniquement sur le plaisir et la jouissance égoïstes. Son esprit était tellement obscurci qu'il en avait oublié que l'Adversaire était le Prince du mensonge et que ses promesses n'étaient que du vent…

Jocelin s'était secrètement rendu dans la salle où la Guilde cachait le bourdon de saint Patrick. Cependant, le chevalier Owen, qui continuait à veiller dans l'ombre sur son protégé, avait surpris Jocelin au moment où il tentait de forcer la serrure du sarcophage de verre contenant le bâton. Une bagarre avait alors éclaté entre les deux hommes et le Maître de la Guilde avait rapidement pris l'avantage sur son opposant. Fou de rage, Jocelin, abandonnant le bourdon, s'était enfui dans les méandres du purgatoire, plein de honte et de ressentiment.

À présent qu'il était blessé dans les bras du Maître de la Guilde, le Passeur prenait conscience de l'inanité de sa trahison. C'était comme si la blessure guérie par l'ange avait apporté en même temps un baume de douceur et de paix à son âme meurtrie. Il serra fortement la main d'Owen dans la sienne et déclara :

— Je crois qu'il est temps pour moi de quitter cette vie et de rejoindre la Patrie céleste. Je suis si fatigué…

Le chevalier tarda à donner son avis, mais il finit par approuver gravement de la tête.

— Je pense que tu as raison, Jocelin. Tu t'es dépensé sans compter depuis si longtemps ! Ta bravoure a toujours été un exemple pour nous tous. Tu as amplement mérité de te reposer, maintenant.

— Me pardonnez-vous, Maître ?

Owen plongea son regard dans celui de son ancien écuyer.

— Je te pardonne, répondit-il avec chaleur.

Jocelin cligna des yeux et pria d'une voix profonde :

— « Maintenant, ô Dieu souverain, tu peux laisser ton serviteur s'en aller en paix, selon ta parole… »

Puis il tourna brusquement son regard embrumé vers Jacques qui était resté debout, à quelques pas des deux hommes et dit :

— Au cours de mon escapade, j'ai croisé Gustave Taponier qui était médium à Paris, sous le nom de Miroslav. Il a besoin de toi…

Le garçon écarquilla les yeux. Il ne s'attendait pas à recevoir de l'aide d'un homme qui avait pactisé avec le diable. Il hésita un instant, ne sachant que penser, mais il lut dans les yeux de Jocelin une sincérité qui ne pouvait être feinte. Jacques lui demanda :

— Où est-il exactement ?

— Miroslav se trouve derrière la porte de l'orgueil, mon enfant.

Le garçon hocha la tête.

L'orgueil. Jacques n'y avait pas pensé. Il fit une moue de contrariété en contemplant l'escalier gigantesque qu'il lui fallait remonter.

— Je dois retourner là-haut jusqu'à la salle ronde et tout recommencer ?, gémit-il. C'est bien ça ?

— Non, il y a un chemin plus simple, le rassura Owen. Tu peux taper trois fois le sol avec le bourdon de saint Patrick, et tu te retrouveras dans la salle aux sept portes. Maintenant, prends le bâton avec toi et poursuis ta quête, Jacques.

Le garçon saisit la houlette et laissa échapper un soupir.

— D'accord ! Je vais continuer ma recherche. Adieu, monsieur Jocelin !

— Bonne chance, mon enfant, répondit l'homme hirsute d'une voix faible. Et pense à moi de temps en temps. Ne fais pas les mêmes erreurs que celles que j'ai pu commettre dans ma vie. Ne laisse pas la colère et le doute t'envahir. Et, surtout, ne prête pas attention aux séductions de l'Adversaire. Tu t'en souviendras ?

Jacques fit un signe du menton pour signifier qu'il avait compris la leçon. Il frappa trois fois le sol avec le bâton, comme on le fait au théâtre avant le lever du rideau. Il se trouva alors immédiatement transporté dans la salle ronde…

Il ne mit pas beaucoup de temps à trouver la porte de l'orgueil. Les sculptures animées étaient très explicites. Elles montraient des hommes affairés à bâtir une tour gigantesque pour rejoindre le soleil et décrocher l'astre du ciel. Mais leur construction était tellement haute qu'elle finissait par s'effondrer. On voyait les bâtisseurs aux visages horrifiés tomber lourdement sur le sol et s'y écraser comme de grosses tomates mûres.

Jacques ouvrit la porte à l'aide du Bâton des prodiges et entra dans le corridor de béton qui ressemblait à celui qu'il avait emprunté quelque temps auparavant.

Au bout du couloir, il tomba sur une grande grille surmontée d'un rouleau de fil de fer barbelé. Jacques passa son visage entre les barreaux et observa avec une curiosité mêlée de crainte une sorte de camp de concentration complètement désert. Une douzaine de baraques en bois gris étaient alignées de part et d'autre du camp. On n'entendait que le ronronnement inquiétant des clôtures électrifiées et des aboiements furieux venant d'un chenil invisible. Une odeur suffocante empuantissait l'atmosphère et des fumées noires s'échappant d'inquiétantes cheminées obscurcissaient le ciel.

Jacques passa la grille et traversa la cour. Un phare puissant venant de l'un des miradors suivait ses déplacements. Se forçant à ne pas courir, Jacques avançait lentement, tendu comme un arc, s'attendant à tout instant à ce qu'un garde lui tire dessus. Mais rien ne se produisit et, à son grand soulagement, il arriva sain et sauf devant un bâtiment où quelques hommes nus et faméliques fouillaient fébrilement des tas de vêtements. Il y avait des montagnes de vestes d'uniformes déchirées, de casquettes, de pantalons et de ceinturons. Jacques comprit qu'il était là face à d'anciens soldats qui connaissaient la situation humiliante qu'ils avaient fait subir à leurs prisonniers. Ils tremblaient de froid et de fatigue, se lamentant et poussant des soupirs à fendre l'âme, mais personne ne semblait prêter attention à eux.

Jacques se demandait ce qu'il devait faire. Il ne savait pas comment retrouver monsieur Miroslav. Il avait l'impression d'être dans une impasse. Une chose était sûre : le médium n'était pas là. Il devait probablement être dans une autre partie du purgatoire, mais Jacques ignorait comment la trouver. Alors, faute de mieux, il l'appela de toutes ses forces :

— Monsieur Miroslav ? Vous m'entendez ? Où êtes-vous ?

Pour toute réponse, la porte d'un des baraquements s'ouvrit brusquement.

Jacques s'approcha de la bâtisse, le cœur battant, et jeta un coup d'œil à l'intérieur. Il poussa un cri de stupéfaction en découvrant un magnifique théâtre fortement éclairé.

Il entra dans la salle de spectacle. Les loges luxueuses étaient vides et les fauteuils molletonnés inoccupés. En revanche, sur la scène, une énorme marionnette suspendue à des fils par une main géante agitait bêtement ses jambes et ses bras comme si elle exécutait une danse aux figures complexes.

Le garçon reconnut immédiatement le pantin : il s'agissait de monsieur Miroslav, dont la barbe taillée en pointe avait été peinte en rouge vif et le visage en blanc.

— Jacques ! s'exclama le voyant d'une voix brisée. Jacques : tu es venu…

Le garçon était pétrifié.

— Approche-toi ! supplia le médium. Approche-toi !

Jacques accepta de traverser le théâtre, mais n'osa pas monter sur la scène.

— Monsieur Miroslav ? demanda l'enfant à voix basse. C'est bien vous ?

L'effrayante marionnette humaine marmonna :

— Oh, mon garçon… mon garçon…

Monsieur Miroslav continuait sa danse ridicule devant un parterre de sièges vides.

— Je… Je… bégaya-t-il piteusement. J'ai tellement manipulé la vie de mes clients par mes prédictions sur leur futur, que me voilà à mon tour réduit à l'état de Polichinelle… C'est terrible, n'est-ce pas ?

Jacques comprit qu'il n'y avait pas que l'argent qui avait motivé l'ancien charbonnier reconverti en astrologue-cartomancien. *Je suis un homme courtisé*, avait-il dit au garçon lorsqu'ils s'étaient rencontrés la première fois sur le banc près de l'église. *Ma clientèle est très haut de gamme ! Elle est composée d'hommes politiques, d'acteurs, de chefs d'entreprise…* Jacques aurait dû comprendre tout de suite que le péché principal de cet homme était l'orgueil.

Mais monsieur Miroslav ne souhaitait pas se plaindre sur son sort. Un poids autrement plus lourd pesait sur sa conscience.

— Il faut que tu ailles libérer Jacob ! se hâta-t-il de dire. Il faut faire vite !

Jacques se mordit la lèvre inférieure nerveusement.

— Vous ne l'avez donc pas tué ? demanda-t-il d'une voix étranglée.

Le voyant lui jeta un regard peiné.

— Mais non, voyons ! Je ne suis pas un assassin !

— Mais vous l'avez enlevé ! répliqua durement le garçon.

— Je ne l'ai fait que parce que le Supérieur Inconnu voulait te forcer à me donner les objets magiques... J'étais déjà une marionnette, mais je ne le savais pas !

— Pourquoi vous n'êtes pas venu me voir, le soir, comme vous me l'aviez dit ? insista Jacques.

Miroslav soupira longuement avant de répondre.

— Parce que les voix avaient pris trop de place dans ma tête. Je n'arrivais plus à les supporter. Alors tout à coup, je me suis levé et je me suis jeté par la fenêtre de mon appartement... Je ne voulais pas me suicider, mais j'étais complètement perdu. J'étais devenu fou.

Le pantin amorça une sorte de polka totalement incongrue. Puis il ajouta :

— Après ma chute sur le trottoir, je me suis retrouvé en train de flotter dans un grand tunnel noir. Il y avait bien une lumière magnifique au bout, mais je n'ai pas pu la rejoindre. Je suis tombé dans un grand gouffre glacé. Depuis, mon âme vagabonde dans les méandres de mes remords et je souffre terriblement...

Le voyant continuait à se dandiner de manière grotesque. Mais il ne faisait rire personne.

— Le plus terrible, reprit la marionnette d'une voix angoissée, c'est que, par ma faute, un enfant est en train de mourir de faim et de soif...

Monsieur Miroslav se mit à hurler de douleur et à sangloter.

— Où est Jacob ? demanda Jacques. Où l'avez-vous caché ?

Le voyant mit un certain temps avant de répondre.

— Dans... dans les catacombes de Paris, finit-il par dire entre deux hoquets.

— Les catacombes ?

Jacques n'en avait jamais entendu parler.

— Ce sont d'anciennes carrières souterraines qui ont

été transformées en ossuaire, expliqua fébrilement le médium. Il y a une entrée place Denfert-Rochereau. C'est par là qu'il faut passer. Autrefois, j'y organisais des cérémonies secrètes pour des clients… spéciaux ! Il y a une ambiance très particulière dans les catacombes, très macabre. Tu comprends ? Enfin, bref ! Pour trouver l'endroit exact où se trouve Jacob, il suffit de suivre les signes secrets que j'ai tracés sur la roche : les ouroboros.

— Les ouroboros ? C'est quoi ?

— C'est un symbole représentant un serpent lové sur lui-même qui se mord la queue. Tu t'en souviendras ?

Jacques fit oui de la tête.

— Alors, file maintenant, mon enfant ! Il n'y a pas de temps à perdre !

Le garçon allait tourner les talons, mais il se ravisa et posa une dernière question, le cœur battant :

— Vous êtes sûr que Jacob n'est pas mort ?

Monsieur Miroslav fit une grimace.

— J'en suis quasi sûr. S'il était mort je serais sûrement parmi les âmes damnées attendant l'enfer… Mais j'ai toujours su que tu allais venir ! Je n'ai jamais perdu l'espérance que tu sauves ton ami. Quand je t'ai vu près de l'église de Ménilmontant, j'ai su que tu étais un brave petit et que jamais tu n'abandonnerais ton ami. Maintenant, je sais que j'avais raison. À présent, laisse-moi ! Va sauver Jacob !

Jacques ne se le fit pas dire deux fois : il courut vers la porte d'entrée, le cœur débordant d'espoir. Il détenait enfin l'information dont il avait tant besoin ! Lorsqu'il poussa les battants de la porte du théâtre, il se retrouva directement dans la salle ronde aux sept portes où l'attendait le chevalier Owen.

Le garçon était un peu déboussolé par la géographie étonnante du purgatoire. Il tremblait d'excitation.

— Je vois à ton allure que tu as trouvé Miroslav ! fit joyeusement le Maître de la Guilde.

— Oui ! Je sais où il a caché Jacob. Il faut que j'aille le libérer tout de suite !

Puis tendant le Bâton des prodiges vers le chevalier, il ajouta :

— Je pense qu'il est temps que vous repreniez ceci.

Owen saisit respectueusement le bourdon de saint Patrick et affirma de son étrange voix caillouteuse :

— En effet. Je te remercie beaucoup d'avoir accepté de le protéger pendant cette période bien sombre…

— Et Jocelin ? s'enquit l'enfant. Que lui est-il arrivé ?

— Il est désormais au Ciel. Je suis heureux pour lui. Il va falloir à présent trouver un nouveau Passeur pour le remplacer…

Jacques leva brusquement les mains devant lui et déclara vivement :

— Je ne crois pas être la bonne personne pour ce travail !

Owen se mit à rire.

— Mais non, Jacques, je ne pensais pas à toi. Tu es le Protecteur du Veritatis Speculum : tel est le rôle que le Très-Haut t'a confié.

Jacques s'apaisa d'un seul coup. Il ajouta:

— Vous savez, ma mission n'est pas encore tout à fait terminée : je dois encore aller délivrer Jacob. J'ai déjà passé beaucoup de temps au purgatoire, et je ne sais pas dans quel état je vais le retrouver. Je suis désolé, mais il est temps que je vous quitte !

Le chevalier se mit de nouveau à rire.

— Tranquillise-toi, mon enfant : le temps n'existe pas au purgatoire, comme te l'a expliqué saint Longin. Lorsque tu retourneras chez toi, c'est comme si une seconde à peine s'était écoulée depuis ta chute dans la faille de lumière.

Jacques lui jeta un regard surpris.

— Ah bon ? Ça alors ! C'est plutôt une bonne nouvelle !

Le chevalier Owen s'approcha de lui et tendit la main en disant :

— Il est temps que nous nous séparions. Au revoir, Jacques !

Le garçon leva les yeux vers la voûte en pierre de la salle ronde et s'inquiéta :

— Comment je vais faire pour remonter là-haut ? Il y a une échelle quelque part ?

Une étrange expression se dessina sur le visage émacié du Passeur.

— Je connais des raccourcis, susurra-t-il.

Sur un des piliers, Owen désigna une porte discrète que Jacques n'avait pas remarquée jusque-là, mais dont la forme et le bois lui donnèrent immédiatement une curieuse impression de déjà-vu.

Le chevalier frappa sur la cloison avec le Bâton des prodiges. Elle s'ouvrit dans un grincement caractéristique que Jacques reconnut immédiatement : c'était celui de la porte de la penderie de sa chambre.

— Bonne chance ! dit encore Owen en lui cédant le passage. Et que Dieu te bénisse, mon enfant !

Jacques sourit et sortit rapidement.

Il eut à peine le temps de se voir lui-même allongé au pied de son lit. Il eut la sensation de se glisser dans le corps étendu. C'était comme s'il enfilait un gros manteau épais. En se relevant, il vit que la porte de son armoire était ouverte.

Mais à l'intérieur, il n'y avait rien d'autre que des chemises et des pantalons pendus sur des cintres…

Épilogue

Cinq jours s'étaient écoulés depuis que Jacques était revenu du purgatoire.

Le jeune garçon tentait vainement de lire un roman de Jules Verne, couché sur son lit. Mais, malgré tous ses ef-forts, il ne parvenait pas à se concentrer sur l'histoire compliquée du professeur Otto Lidenbrock qui voulait se rendre au centre de la Terre en passant par un volcan islandais. Il faut dire que depuis son propre voyage au centre du purgatoire – dont il était sorti bien ébranlé –, Jacques supportait difficilement les récits de grottes et de gouffres obscurs…

Le garçon désespérait de ne pas avancer dans sa lecture. Malheureusement, monsieur Pitois tenait absolument à ce que ses élèves se passionnent pour cette « épopée fabuleuse » qui, d'après lui, ne manquerait pas de les tenir en haleine jusqu'à la dernière (et lointaine) page. Le roman devait être terminé pour la fin de la semaine. Jacques estimait que ça tenait du miracle…

Pour l'heure, le garçon n'avait pas la tête aux aventures de savants fous. Il ne parvenait pas à détacher son esprit de ces dernières journées si éprouvantes et, sans cesse, le film des événements rejouait son scénario sur l'écran de sa mémoire…

La première chose que Jacques avait faite à son retour de l'Au-delà avait été d'aller chez la maman de Jacob pour lui révéler ce qu'il avait appris de l'âme de monsieur Miroslav. Il avait couru aussi vite que possible et monté quatre à quatre l'escalier de l'immeuble. Mais au moment où il allait frapper à la porte d'entrée, il s'était posé une terrible question : qu'allait-il raconter à la mère de Jacob? Jamais elle n'allait le croire ! Et même si elle accordait du crédit à ses dires, comment allait-il lui expliquer d'où il tenait une telle information ?

Jacques avait alors suspendu son geste et il était redescendu dans la rue Piat, le cœur lourd. Il était tellement énervé que ses idées se bousculaient dans sa tête comme des quilles se renversant dans un bowling. Il tremblait de tous ses membres, au bord de la crise de nerfs. Chaque seconde comptait, mais il ne savait vraiment pas comment s'y prendre pour sauver son ami.

Pendant un moment, il avait envisagé d'aller délivrer lui-même Jacob. Toutefois, il s'était bien vite rendu compte que c'était de la folie pure. Il n'était pas taillé pour une telle entreprise. Non seulement il n'avait pas la capacité de se rendre dans un tel lieu, mais jamais il n'allait avoir la force suffisante pour charger Jacob sur ses frêles épaules et le remonter à la surface.

Alors, qu'allait-il faire ?

Prévenir la police ?

Là encore, il s'était heurté au même problème : quel argument invoquer pour convaincre les enquêteurs de la véracité de ses propos ?

Une idée avait fini tout de même par germer dans son esprit. Il s'était brusquement souvenu d'un épisode qui l'avait marqué dans un film de gangsters…

Il avait fébrilement fouillé ses poches et compté la monnaie en sa possession.

« Ça pourrait marcher… », avait-il pensé.

Il s'était mis à courir vers la rue de Belleville où se trouvait le bureau de poste le plus proche. En entrant, il avait découvert avec soulagement que les cabines téléphoniques étaient libres. Il s'était avancé avec un air détaché vers la préposée au visage gris assise derrière son comptoir et lui avait demandé s'il pouvait passer un appel.

— Pour où ? avait-elle demandé d'un ton sec.

— Paris.

La femme l'avait regardé avec un air méfiant.

— Tu as de l'argent ?

Il lui avait montré ses pièces de monnaie.

— La 2, avait-elle aboyé.

Jacques s'était enfermé dans la cabine 2, avait décroché le combiné et avait recouvert le microphone avec son mouchoir, comme il l'avait vu faire dans le film. Puis il avait composé le numéro de la police sur le cadran.

— Allo ! Qui est à l'appareil ? avait demandé un homme autoritaire.

— Je voudrais parler à l'inspecteur Marot, avait répondu Jacques d'une voix la plus grave possible.

Le son était étouffé par le tissu.

— Parlez plus fort ! Je ne vous entends pas bien !

Jacques avait répété sa demande.

— De la part de qui ? avait insisté le policier d'une voix soupçonneuse.

— C'est à propos de la disparition de Jacob Goetz. J'ai des informations. Je sais où il est.

Après un long silence à l'autre bout du fil, l'agent avait fini par dire :

— Quittez pas !

Quelques instants plus tard, une autre voix avait pris le relais de la première.

— Allo ! Qui êtes-vous ? Qui est à l'appareil ?

Le garçon avait reconnu le timbre quelque peu nasillard de l'inspecteur Marot qu'il avait croisé dans l'appartement des Goetz, mais il n'avait pas répondu à sa question. Il s'était contenté de débiter à toute vitesse les informations en sa possession.

— Qu'est-ce que c'est que ça, un ouroboros ? l'avait coupé le policier.

— Un dessin qui représente un serpent qui se mord la queue ! Vous avez bien compris ? Place Denfert-Rochereau. Les catacombes. Suivez les ouroboros…

— Qui êtes-vous, nom d'un chien ?, s'était impatienté le policier.

Mais Jacques avait raccroché.

Le garçon n'était pas très sûr que son appel serait pris au sérieux. Il lui avait fallu attendre le soir pour apprendre avec soulagement que la police avait accepté de suivre ses indications. Esther lui avait expliqué, un peu plus tard, que l'inspecteur Marot n'ayant pas de pistes à suivre, avait voulu vérifier un étrange appel qu'il avait reçu dans l'après-midi. Quelques heures après le coup de fil de Jacques, Jacob avait été retrouvé enchaîné dans une galerie souterraine du XIVe arrondissement et immédiatement hospitalisé. Il souffrait d'une forte déshydratation, mais il était encore vivant…

Jacques était plongé dans ses pensées lorsqu'il entendit le coup de sonnette tant attendu. Il se rua vers le vestibule, mais ses parents accompagnés de Josette avaient déjà ouvert la porte d'entrée.

Deux hommes se tenaient sur le pas de la porte. Le premier était bien connu de Jacques : il s'agissait du poissonnier Émile Bardot, le père de René. L'autre homme, plus jeune, avait une mine affreuse. Le jeune garçon reconnut Albert dont il avait emprunté les traits lors de son voyage dans le Veritatis Speculum.

— Entrez, je vous en prie ! avait dit Hélène d'une voix affable.

Josette et Albert évitaient de croiser leur regard en s'installant dans les fauteuils du salon. Ils semblaient aussi gênés l'un que l'autre, ce qui était particulièrement inhabituel pour la sœur de Gaston.

Le frère du poissonnier était blanc comme un linge et transpirait abondamment. Il gardait son chapeau sur la tête, non par manque d'éducation, mais pour cacher son crâne que la chimiothérapie avait privé de cheveux.

Émile retira sa gabardine de laine et aperçut Jacques resté en retrait. Il lui adressa un bon sourire et lui tendit la main.

— Ah ! Voilà le garçon qui est à l'origine de notre rencontre…

Jacques rougit. Effectivement, il n'était pas pour rien dans ces retrouvailles entre Josette et Albert. Tout avait débuté au moment où Jacques était revenu du bureau de poste où il avait appelé la police. En passant par la rue des Couronnes, il était passé devant la poissonnerie de monsieur Bardot. Celui-ci l'avait aperçu par la vitrine de son magasin et il était sorti pour héler le gamin :

— Bidaud ! Viens ici ! J'ai quelque chose à te demander !

Le sang de l'enfant s'était figé. Il s'était retourné tout en rejoignant à pas mesurés le poissonnier qui le regardait d'un œil torve. Il avait cru sa dernière heure arrivée, mais la voix d'Émile n'avait pas été aussi bourrue qu'il ne le craignait.

— Mon fils René m'a raconté que tu voulais l'adresse de mon frère. Qu'est-ce que c'est que cette histoire ?

Jacques avait frémi. Il avait avoué d'un air penaud :

— Heu… C'est vrai, monsieur !

— Et pourquoi ça ?

Le visage de l'enfant avait fortement rougi.

— Madame Gertrude m'a dit que votre frère et Josette s'étaient fréquentés pendant l'Occupation…

Cette fois, c'était au tour du poissonnier de devenir écarlate.

— Oui, et alors ? Ta peste de tante a été ignoble avec mon pauvre Albert pendant la guerre. Tu le sais, ça ? Et je lui ai dit ma façon de penser, à cette garce !

Jacques avait approuvé de la tête.

— C'est que je crois que vous devriez parler à votre frère, monsieur, avait-il repris d'un ton hésitant. Je pense qu'Albert a quelque chose d'important à avouer à Josette.

Émile avait fait une grimace éloquente.

— Ça ne va pas, non ? Tu sais bien qu'il est très malade, mon frère ! Tu veux l'achever, ou quoi ?

— Non, monsieur ! s'était défendu Jacques. Je ne veux que son bien. Et celui de ma famille…

Le poissonnier avait dévisagé avec perplexité le garçon qui se dandinait devant lui.

— Qu'est-ce que tu as dans la tête ? Sois plus clair…

Jacques avait écarté les bras pour exprimer son embarras.

— Je sais que ma tante lui a fait beaucoup de mal. Mais je crois que, lui aussi, a fait quelque chose de pas bien…

Émile avait été intrigué par le toupet du gamin. Il avait froncé les sourcils et avait grondé :

— Tu en as dit trop ou pas assez !

Jacques avait pris son courage à deux mains et avait presque crié :

— Tout ce que je vous demande, c'est de parler avec votre frère du jour de la Libération de Paris et du diamant. C'est tout !

Puis il avait fait demi-tour et il était rentré chez lui en courant.

Une fois de plus, Jacques avait été pris de court et il s'était demandé s'il avait agi correctement. Longin, qu'il avait consulté en rentrant, l'avait rassuré, en lui disant qu'il devait faire confiance aux événements. Si Émile avait interpelé Jacques alors que le garçon était passé devant son magasin, ce n'était certainement pas le fruit du hasard.

« La Providence, avait-il dit. La Providence… Albert va probablement pouvoir bientôt libérer sa conscience et éviter ainsi de passer trop de temps au purgatoire après sa mort. »

L'avenir avait donné raison à l'âme du Ciel.

Deux jours plus tard, deux événements importants s'étaient produits simultanément.

En premier lieu, le père de Jacques était rentré à la maison, lavé des soupçons qui avaient pesé sur lui. Le bijoutier du boulevard Montparnasse avait avoué à la police avoir reçu la visite d'un homme portant un bouc taillé en pointe, quelques semaines auparavant. Celui-ci lui avait proposé une forte somme en échange d'une fausse information qu'il devait donner à une femme, concernant un individu lui ayant soi-disant vendu un diamant à la Libération. Le bijoutier, au bord de la faillite et du désespoir, avait imprudemment accepté le marché, espérant ainsi sauver son commerce de la ruine. Mais, lorsqu'il avait appris par le journal le suicide de monsieur Miroslav – qu'il avait reconnu comme étant le visiteur qui l'avait soudoyé –, le joailler avait pris peur et était revenu sur ses accusations. Gaston avait alors été remis en liberté et Josette, retournée en Sologne avec ses enfants, informée de l'erreur judiciaire dont son frère avait été l'objet.

Le second événement, survenu le jour même, avait été la visite surprise d'Émile Bardot chez les Bidaud. Le poissonnier revenait d'une visite à son frère malade qui avait exprimé son désir de rencontrer Josette pour lui avouer quelque chose de très important. Le commerçant triturait les bords de son chapeau en expliquant que ça avait un rapport avec le diamant volé…

Quelques jours plus tard, les deux frères sonnaient à la porte de l'appartement des parents de Jacques, où Josette, venue tout exprès de son beau manoir, attendait avec impatience la fameuse révélation de son ancien soupirant.

Lorsqu'Albert sortit de la poche de manteau un coffret à bijoux, Josette poussa un cri de surprise. Hélène eut alors la délicatesse de proposer à Jacques de quitter l'appartement.

— Et si nous allions voir Jacob ? Il vient d'être admis à l'hôpital du quartier ! Je pense qu'il va être content de te revoir !

Jacques accepta avec enthousiasme. Jusque-là, l'état de son ami ne lui avait pas permis de le voir. Les médecins avaient jugé son état de faiblesse trop grand pour qu'il puisse supporter d'autres visites que celle de sa mère et de ses sœurs.

Laissant dans le salon son père, sa tante et les frères Bardot pour une explication qui risquait d'être longue, le garçon revêtit sa pèlerine et enfonça son béret sur la tête.

— On y va ? lui demanda sa maman avec un large sourire.

— Et comment ! répondit-il.

En marchant à côté de Jacques dans la rue, sa mère ne put s'empêcher de lui demander :

— Comment as-tu appris que c'était Albert, le voleur du diamant ?

Le garçon hésita un instant avant de répondre.

— C'est Gertrude qui m'a raconté ce qui s'était passé au Balto entre Josette et lui, le jour de la Libération, le soir même où le diamant a été volé. Alors, je me suis dit que, peut-être, le frère d'Émile avait voulu se venger…

Hélène siffla d'admiration.

— Très fort, mon petit Jacquot. Tu n'as jamais pensé à devenir détective ?

Le garçon préféra ne pas répondre à la question. Il avait honte de ne pouvoir dire l'entière vérité…

Lorsqu'ils entrèrent dans la chambre de Jacob, il y avait déjà du monde : Esther et ses filles, Alice et sa maman Gertrude, ainsi que le rabbin David et l'abbé Berthier.

Jacques était déçu, car il aurait bien aimé passer un peu de temps seul avec son ami. Mais il dissimula sa déconvenue et fit contre mauvaise fortune bon cœur. Ce n'était qu'une question de temps, après tout…

Jacob semblait en pleine forme. Certes, ses lèvres étaient fendillées et les cernes violets qui soulignaient ses yeux voilés étaient impressionnants, mais le garçon bavardait avec entrain, plaisantant à tout propos et ne manquant pas de truffer son récit de citations bibliques bien choisies.

C'était Jacob, quoi !

Jacques était heureux de voir son ami aussi volubile et plein d'énergie. Il fut contrarié lorsqu'une infirmière entra brusquement dans la pièce et demanda aux visiteurs de bien vouloir s'en aller.

— Le malade a besoin de repos ! clama-t-elle avec autorité.

Jacques attendit patiemment que tout le monde dise au revoir à l'enfant afin d'être le dernier à prendre congé de Jacob.

Lorsqu'il s'approcha du lit, le jeune juif le regarda avec un petit sourire en coin.

— Alors ? demanda-t-il simplement.

Jacques sortit de sa poche la bille de terre qu'il avait retrouvée dans le purgatoire et la tendit à Jacob sans dire un mot. Celui-ci éclata de rire en saisissant l'objet.

— J'en étais sûr ! J'en étais sûr et certain !

Il contempla avec attention la petite boule de terre en disant :

— Quand l'inspecteur Marot m'a dit qu'il avait reçu un appel anonyme pour dire où je me trouvais enfermé, j'étais sûr que c'était toi qui l'avais appelé !

Jacques fronça les sourcils avec un air mystérieux.

— Tu m'as retrouvé grâce ton miroir magique, n'est-ce pas ? Bon, d'accord, t'as pas le droit de me le dire, je sais ! Mais ça, ajouta-t-il en lui mettant la bille sous le nez, c'est bien celle que j'avais jetée dans le passage de lumière, hein ?

Jacques haussa les épaules, feignant l'ignorance. Les yeux de Jacob pétillaient de curiosité.

— Alors, comme ça, tu es descendu dans le passage ? C'est incroyable ! Comment c'est, de l'autre côté ?

Comme Jacques s'obstinait à rester silencieux, Jacob lui posa une autre question :

— Et le bâton, tu l'as toujours ?

— Non. Je l'ai rendu !

Jacob se frappa les mains l'une contre l'autre.

— Moïse est venu le reprendre ! Nom d'un patriarche ! Quelle chance t'as eue d'avoir rencontré Moïse ! Alors, t'as bien vu que j'avais raison ! C'était le bâton de Moïse, hein ?

Jacques sourit. Il ne voulait pas contrarier son ami.

— Je vais devoir y aller, Jacob ! dit-il. Repose-toi bien ! Je viendrai te voir demain.

Ils se serrèrent la main.

— Et le miroir ? demanda encore le malade. Qu'est-ce qu'il est devenu ?

— Ça, je l'ai encore !

— Alors, tes aventures ne sont pas finies, mon petit *goy* ! assura Jacob en gloussant.

Jacques eut la gorge serrée.

Quelque chose au fond de son cœur lui disait que son ami n'avait probablement pas tort…

Explication de l'interjection de Jacob : « Aman de Belleville »

Lors de la fête de « Pourim », les juifs se retrouvent à la synagogue pour écouter la lecture du *Livre d'Esther.* C'est une fête très populaire, très appréciée des enfants, souvent comparée au mardi-gras ou au carnaval chrétien.

Dans le livre d'Esther, on découvre l'histoire de ce méchant Aman : à l'époque de la domination perse de la Judée, le roi Assuérus avait pour conseiller un homme dénommé Aman, qui détestait le peuple juif et qui avait résolu de faire exterminer tous les Juifs de Perse. Sa colère contre les Juifs venait, entre autres raisons, du refus d'un Israélite, Mardochée, de s'incliner devant lui de façon idolâtre. Or une jeune et belle épouse d'Assuérus, Esther, était elle-même issue du peuple juif et parente de Mardochée. Mardochée alerta la jeune femme sur les dangers encourus par les Juifs, et lui rappela qu'elle-même ainsi que toute sa famille était concernée par la résolution du cruel Aman. Esther, effrayée, révéla à Assuérus son appartenance au peuple d'Israël et le conjura de faire annuler l'ordre de massacrer les Juifs de Perse. Le roi accorda aux Juifs le droit de s'armer pour se défendre, ce qu'ils firent avec succès. Depuis lors, la fête de Pourim célèbre cette victoire.

Lors de la fête de Pourim, la lecture publique du livre d'Esther à la synagogue est un temps fort au cours duquel les enfants se livrent joyeusement à un rituel destiné à les maintenir concentrés sur la lecture : à chaque fois que dans le texte revient le nom du méchant Aman, les enfants doivent crier, tambouriner, faire du bruit avec une crécelle ! Une autre tradition de Pourim consiste à envoyer à ses amis des mets et des boissons. Enfin la fête de Pourim est l'occasion d'un somptueux festin. Des pâtisseries en forme de triangle sont confectionnées pour Pourim et appelées « oreilles d'Aman »…

TABLE DES MATIÈRES

Michael Dor

Le complot d'Éphèse est le premier volume d'une passionnante tétralogie qui apporte une réflexion sur la vie et sur les relations avec les autres. Un soir, Jean-Baptiste, quinze ans, assiste à une lutte farouche dans son jardin entre un ange et un démon qui se disputent un jeune garçon. Seule trace de leur passage : un mystérieux clou... Avec son amie Lucie, Jean-Baptiste mène l'enquête. Très vite, ils découvriront une mystérieuse porte gardée par un moine qui les fera pénétrer dans le monde des Anges.

MÉDIASPAUL
JEUNESSE – ROMAN
312 pages - 223 x 140
17,80 €

Michael Dor

Une prophétie raconte qu'un clou du crucifix de Jésus a été égaré depuis des siècles. Seul un jeune homme intrépide parviendra à le retrouver, en passant par la Porte des Anges... Et c'est Jean-Baptiste qui doit mener cette quête. Mais l'Adversaire a glissé un espion à ses côtés. Qui est ce traître? Un voyage dans le temps au coeur de la communauté chrétienne de Rome pendant le terrible incendie de 64...

MÉDIASPAUL
JEUNESSE – ROMAN
332 pages - 223 x 140
18,30 €

Michael Dor

Jean-Baptiste est confronté à la découverte d'un document archéologique qui remettrait en cause l'Apocalypse de saint Jean… L'avenir de l'humanité en dépend ! C'est tout l'itinéraire initiatique d'un ado qui est ainsi raconté par le biais du roman fantastique.

MÉDIASPAUL
JEUNESSE – ROMAN
416 pages - 223 x 140
18,30 €

Michael Dor

Situé en 2107, le quatrième et dernier tome de la Porte des Anges garde le suspense jusqu'aux dernières pages, preuve que les apparences sont décidément... trompeuses.

MÉDIASPAUL
JEUNESSE – ROMAN
376 pages – 223 x 140
18,30 €

Achevé d'imprimer par Corlet, Imprimeur, S.A. - 14110 Condé-sur-Noireau
N° d'Imprimeur : 146388 - Dépôt légal : mai 2012 - *Imprimé en France*